葉嘉瑩作品集

詩歌自有其生生不已之生命，呼喚著讀者的共鳴。

人間詞話七講

葉嘉瑩 著

目錄

第一講 07

王國維是一位很了不起的學者。他之偉大，他之了不起，他之所以得到很多人的尊敬，是因為他所追求的東西跟我們當前一般所謂的「學者」所追求的東西有所不同。王國維是真正追求學問的，而且他所追求的還不僅僅是一般的學問，王國維先生所追求的是真理。

第二講 39

王國維在《人間詞話》中提出了「境界」的說法。但是「境界」這個詞卻使讀者產生了許多的困惑。王國維在用這個詞的時候，有時指的是詩，有時指的是詞，而且他還說「詞以境界為最上」。那麼他這個「境界」到底是什麼意思？是單指詞還是也指詩？詞和詩到底有沒有分別呢？

第三講 63

小詞的這種微妙之所在，王國維已經認識到了，所以他在《人間詞話》中不但說「詞之為體，要眇宜修。能言詩之所不能言」，而且說「詞之雅鄭，在神不在貌」。現在我要介紹給大家一步一步地領會，詞真的是具有一種特殊的品質，而這是詩所沒有的。

第四講　85

我以前說過，小詞寫美女和愛情有兩種作用，一個是「雙重性別」的作用，一個是「雙重語境」的作用。當一個男性作者用女人的口吻寫女人的思念，說我孤獨啊我寂寞啊沒有人愛我啊！意思是什麼？其實他是在說，我很有才華啊我很有理想啊！怎麼沒有人用我啊？這樣的小詞就給了你多一層的聯想。王國維的詞話裡邊有這麼多微妙的道理，他真的是超越了時代。

第五講　123

王國維一生孜孜矻矻，以追求真理為是。可是一個人自然有一個人的局限，王國維有時代的局限，所以王國維的《人間詞話》也有它不完全正確的地方。可是王國維忠實於他自己，不抄襲，不偽造，不欺騙，不說自己不懂和不知道的話，他所說的都是他自己真正的感覺和思考所得。

第六講　149

詞在早年都是歌筵酒席間寫美女跟愛情的歌詞，可是王國維說「詞至李後主而眼界始大，感慨遂深，遂變伶工之詞而為士大夫之詞」。這是王國維在評論晚唐五代的詞人之中，非常有見解的一句話。

為什麼歌詞之詞會演變成詩化之詞呢？那是由於詞到柳永開始寫長調的緣故。因為溫庭筠他們寫的是小令，小令比較容易寫得含蓄蘊藉。到了柳永他寫長調，長調的篇幅較長，就比較容易說盡，比較容易失去詞的言外意蘊的那種美感。

第一講

王國維先生是一位很了不起的學者。他之偉大，他之了不起，他之所以得到很多人的尊敬，是因為他所追求的東西跟我們當前一般所謂的「學者」所追求的東西有所不同。——當前很多人之研究學問其實是出於一種功利的目的。像現在大學博士班裡的有些學生，他們的目的是要得到一個博士學位，然後就可以得到比較好的工作、比較高的等級和比較高的待遇。所以，現在有很多人讀書其實完全是出於功利的目的，這在大陸的教育界、學術界，是很普遍的現象。而且現在很多讀書人所追求的，其實還不是真正的學問，而只是一個學問的外表。但王國維先生是真正追求學問的，而且他所追求的還不僅僅是一般的學問，我曾寫過一本書叫《王國維及其文學批評》，我在那裡邊曾經提到：王國維先生所追求的是真理。

王國維先生所追求的，怎麼說是真理呢？這個是陳寅恪先生在給王國維寫的碑文裡首先指出的。清華大學有王國維先生的一座衣冠塚，塚前有一個「海寧王靜安先生紀念碑」，上邊就刻有陳寅恪寫的這篇碑文。碑文比較長，我只節錄裡邊的兩段話讀給大家聽：

士之讀書治學，蓋將以脫心志於俗諦之桎梏，眞理因得以發揚。思想而不自由，毋寧死耳。

先生之著述，或有時而不彰。先生之學說，或有時而可商。惟此獨立之精神，自由之思想，歷千載萬祀，與天壤而同久，共三光而永光。

子曰：「士志於道，而恥惡衣惡食者，未足與議也。」
——（《論語．里仁》）

什麼是「士」？士就是讀書人。在我們中國古代的「士農工商」中，「士」是排在第一位的。《論語》上曾提到過「士志於道」。士的理想是什麼？他們的理想是追求一個真正的道理、一個做人的基本原則。所以，士之讀書治學的最高目的，不應該是為了一個學位，也不應該是為了以學問當作工具來求得私人的利益。那麼應該為了什麼呢？這就是陳寅恪先生所說的王國維讀書治學的目的了，他是「蓋將以脫心志於俗諦之桎梏」。讀書治學的目的是要把我們的心思理想解放出來。從哪裡解放出來？從俗諦裡邊解放出來。俗，就是世俗；諦，就是道理；桎梏，是枷鎖。那什麼是世俗道理的枷鎖呢？除了剛才說的要得到一個高的學位，得到一個高職的工作之外，還有像中國古代所說的「揚名聲顯父母」，說你要成為一個有名的人就可以使你的父母因為你而得到尊榮，這同樣也是世俗的目的。陳寅恪先生說，我們真正的讀書人讀書治學的目的是為了追求真理。也就是說，讀書是為了明理，是在追求真理。所以「思想而不自由，毋寧死耳」，如果不能夠自由地追求真理，那麼生活就成為一種痛苦。這就是陳寅恪先生所認為的王國維為什麼自殺的原因了。

王國維生於一八七七年，死於一九二七年，死的時候只有五十歲。五十歲對於一個學者來說，正是研究學問的黃金時代，是思想最成熟精力最飽滿的時代，是會有很大收穫的時代，而王國維居然就自殺了。在頤和園裡有一個地方叫魚藻軒，他就是在那裡跳進了昆明湖自殺的。王國維為什麼自殺啊？那我們就須要講一講時代的背景了。孟子說得好，「頌其書，讀其詩，不知其人可乎？」這是一個提示：讀一個人的作品，你如果對他的時代並不瞭解，不知道他為什麼成為這樣一個人，你怎麼能夠明白他的作品呢？

> 孟子謂萬章曰：「一鄉之善士，斯友一鄉之善士；一國之善士，斯友一國之善士；天下之善士，斯友天下之善士。以友天下之善士為未足，又尚論古之人。頌其詩，讀其書，不知其人可乎？是以論其世也。是尚友也。」
>
> ——《孟子．萬章下》

沒有一個人能脫離他生活的時代。所以我要講一講王國維處身的時代。王國維生活的時代，是我們中國最後一個王朝滿清政權正在走向衰亡的時代。晚清時代訂立了很多割地賠款的不平等條約，當時中國的土地，是被列強急於想要瓜分的一片土地。一八四〇年第一次鴉片戰爭爆發，一八四二年就訂立了《南京條約》。一八六〇年（咸豐十年）英法聯軍占領北京，又簽訂了《北京條約》。而王國維就出生在那樣的一個時代背景之下，他是一八七七年十二月三日（舊曆十月廿九），在浙江海寧出生的。

參考材料中，除了我在清華大學王國維先生紀念碑前的照片之外還有一張照片，那是一九八七年王國維先生最小的兒子王登明約我去海寧拜訪王國維先生故居時照的。因為一九八一年香港出版了我的《王國維及其文學批評》，然後廣東人民出版社重印了這本書。王登明先生看了我這本書，特別約我到他的老家去訪問。那張照片，就是我在他們的海寧故居跟王國維先生銅像的合影。然後還有一張，那是一九八八年我到台灣講學，王國維先生的女兒王東明女士約我到她家裡去，我們訪談的時候拍下來的合影。

我剛才所說的，是王國維出生以前的時代背景。那麼，王國維出生以後呢？王國維十八歲的時候，就是一八九四年，光緒二十年，那一年發生了中日甲午戰爭，中國海軍完全失敗，然後一八九五年中日簽訂了《馬關條約》。一八九八年（光緒二十四年），歷史上又發生了一件大事，在座的朋友們有誰知道？那是一件非常有名的大事。戊戌變法就是在一八九八年王國維二十二歲的時候發生的。而這一次試圖挽救國家的變法，不幸失敗了。

在列強的侵略之下，國家雖然貧弱，政府雖然墮落，可是中華民族這個民族，卻也有不少有血性有理想的年輕人在尋求辦法挽救我們的國家。當時有一個人叫羅振玉，在上海辦了個農學會。為什麼辦農學會呢？因為農業是一個國家立國的根本。孔子在《論語》上說過，要治理好一個國家必須「足食、足兵，民信之矣」。是你先要有足夠的糧食使老百姓吃飽了，還要有足夠的軍事力量抵禦外寇，然後還要使老百姓對你這個政府有信心。所以，糧食的生產是非常重要的事情。而中國過去的舊社會，饑荒、戰亂、土匪頻起，老百姓常常是吃不飽的。我是一九二四年出生，今年實歲八十五，虛歲八十六。在我小的時候，常常在報紙上看到某某省市發

子貢問政。子曰：足食，足兵，民信之矣。子貢曰：必不得已而去，於斯三者何先？曰：去兵。子貢曰：必不得已而去，於斯二者何先？曰：去食。自古皆有死，民無信不立。

——《論語・顏淵第十二》

生了饑荒，有的是蝗蟲的蝗災，有的是雨水的澇災，有的是天旱的旱災。老百姓那時候真是流離失所。沒有糧食吃就吃草根、吃樹皮、吃泥土。他們管那個叫做「觀音土」，吃了以後會得「臌脹」，很多人都死去了。所以為了振興農業讓老百姓吃飽，羅振玉就成立了農學會。——其實那個時代的年輕人，有很多人都在尋求如何使我們的國家富強起來的辦法。像我的伯父也曾到日本去留學，我的父親考入北大的外文系，後來又學了航空。他們的選擇，都是要學習新的學問來為國家效力。

一八九八年戊戌變法之時，維新派在上海辦了一個報紙叫《時務報》。王國維先生就在這一年他二十二歲的時候，從海寧這樣一個比較偏僻的地方來到了上海這樣一個熱鬧的都會，進入《時務報》的報館做校對的工作。

而這個時候的羅振玉呢？他在上海辦了農學會。農學會本來是提倡農業的，可是當時我們中國科學落後，需要向西方和日本學習，而想要向西方和日本學習，首先不就得翻譯人家的書嗎？——其實這也是我父親之所以當年進外文系學習翻譯航空書籍的緣故——要翻譯人家的書，就要培養翻譯人才。所以羅振玉就配合著他的農學會，又成立了一個學社，叫做東文學社。「東文」是東方的語文，當時這個是指日文。因為日本明治維新以後比較進步，學了很多西方新的科學知識。羅振玉成立了東文學社，聘請了一些日本人來做教授。那麼當時的王國維先生就跟《時務報》報館的領導汪康年要求說：我除了校對的工作以外也需要自己進修，我要學一點新學科的知識，你能不能允許我每天下午用兩個小時到羅振玉的東文學社去學習？汪康年答應了。於是王國維就進了羅振玉主辦的東文學社，開始研習西方近代文化。

剛才我說了，是日本先翻譯介紹的西方文化。日本的明治維新就是向西方學習，我們是再透過日本來學習西方文化的。當時東文學社有兩個日本教師，一個叫藤田豐八，一個叫田岡佐代治。日本的這位田岡佐代治先生是研究德國的康德、叔本華哲學的。王國維本來是因為看到國家的積弱而來尋求新學，誰知他進了東文學社之後，接觸了這位日本教師，讀到了康德、叔本華的哲學，從此就對西方哲學產生了興趣。

哲學所要解決的是人生的問題。一個人來到這個世界幾十年，活著的意義和價值是什麼呢？發財、享樂難道就是活著的目的和意義了嗎？何況發財享樂的人也不一定都是快樂的，有了錢以後也仍然會有很多煩惱。歐陽修的《秋聲賦》說：「人為動物，唯物之靈。」在所有的動物之中，只有我們人是最有靈性的。貓狗，你養的寵物，對你可能有感情，但是它們有思想嗎？它們會不會想到人生的種種問題？這我還真是不知道。但孟子說「人之所以異於禽獸者幾希」，如果你只有飲食男女的欲望，你跟動物相差多少？所以，人生的意義和價值是一個大問題。王國維就這樣一下子被哲學給吸引了，就開始對於康德、叔本華的哲學產生興趣了。

嗟乎，草木無情，有時飄零。人為動物，唯物之靈。百憂感其心，萬事勞其形。有動于中，必搖其精。
——歐陽修《秋聲賦》

王國維在他的《靜安文集》裡面講了很多關於叔本華的哲學，我的《王國維及其文學批評》對此有詳細的剖析。那麼王國維他受了叔本華哲學的什麼影響呢？我現在要念王國維引叔本華的一段話，給大家做參考：

一切俗子……彼等自己之價值，但存於其一身一家之福祉，而不存於眞理故也。惟知力之最高者，其眞正之價值不存於實際而存於理論，不存於主觀而存於客觀，端端焉力索宇宙之眞理而再現之。……彼犧牲一生之福祉，以殉其客觀上之目的，雖欲少改焉而不能。

——王國維《靜安文集・叔本華與尼采》

「俗子」就是一般世俗的人，這些人所追求的是個人一身的幸福，或者再推廣一下是他自己一家的幸福，他們追求的不是真理。只有真正有智慧的人，他追求的是真理，而不是眼前物質上的利益，他不是說我要怎麼樣我要怎麼樣，他的目的是要探尋宇宙間真正的真理是什麼。一個追求真理的人，他對現實的物質享受是不會很重視的。孔子說他的學生顏回「一簞食，一瓢飲，在陋巷，人不堪其憂，回也不改其樂」，那是孔顏之樂。孔子和顏回他們所樂的是什麼東西呢？就是他們的「道」。真正有智慧有理想的人，是絕不會對物欲孜孜以求的，為了「道」的理想，他們甚

子曰：「賢哉回也！一簞食，一瓢飲，在陋巷。人不堪其憂，回也不改其樂。賢哉回也！」

——（《論語・雍也》）

至可以放棄那些一般人孜孜以求的東西。

王國維後來在《哲學叢刊》的序文中還說過一段話：

余正告天下曰：「學無新、舊也，無中、西也，無有用、無用也。凡立此名者，均不學之徒，即學焉而未嘗知學者也。

又說：

事無大小，無遠近，苟思之得其眞，紀之得其實，極其會歸，皆有裨於人類之生存福祉。

王國維先生對於學術並沒有什麼中外古今之區分的狹隘成見，而且他認為，無論你所做的事情是大是小，是遠是近，只要你真是追求一個真理，就一定要忠實於你所追求的真理。什麼是「思之得其真，紀之得其實」啊？這就是我以前常常引我的老師所說的，「余雖不敏，然余誠矣」。我不是一個有學問的人，我的文章也不見得好，但至少我說的話是真實的，都是發自我內心的話。一個人，不要總是欺世盜名，不要總是說好聽的話。欺人欺己不但得不到真理，自己內心也不會平安。只要你忠實於真理，忠實於你自己，最後都會對人類的幸福有好處的。

現在我們返回來接著講陳寅恪先生所認識到的王國維。在碑文的最後一段他說「先生之著述，或有時而不彰，先生之學說，或有時而可商」。現在有很多人不知道王國維，不知道王國維的學說是什麼，不知道王國維《人間詞話》的好處和缺點是什麼。更何況，王國維先生的說法有的時候也不見得是完全正確的。我剛才說了，我說的話也不見得完全是對的，但至少我說的時候很誠實，並沒有想要欺世盜名，說謊話去騙人。王國維先生也是同樣。他的其他的學問是不是可商，我沒有資格說，但王國維的《人間詞話》我認為可商之處甚多。就是說，王國維的《人間詞話》不一定是完全正確的，他可以有他的缺點和可以商討的地方。但是王國維他說詞的時候是非常真誠的，他寫的完全是他自己的見解，不像現在有些人寫的那些書，常常是拿來騙人的。所以陳寅恪先生說，「惟此獨立之精神，自由之思想，歷千載萬祀，與天壤而同久，共三光而永光」。他認為王國維先生這種追求真理的、忠實於自己也忠實於學問的這種精神，可以與天地同期長久，可以和日月星三光永遠地共明。以上我們所說的是王國維的時代與王國維先生這個人。下面我們就要說王國維的《人間詞話》了。

王國維的《人間詞話》，是在什麼時候發表的呢？《人間詞話》最初是在一九○八年十一月，在《國粹學報》上發表的第一批，然後在一九○九年的一月和一九〇九年的二月，發表了第二批和第三批。我們現在是二〇〇九年，距離王國維最初發表《人間詞話》，整整一百年之久。

王國維在《宋元戲曲史》裡邊有這樣一段話，他說：「凡一代有一代之文學：楚之騷、漢之賦、六朝之駢語、唐之詩、宋之詞，皆所謂一代之文學，而後世莫能繼焉者也。」每一個時代都有它表現得特別有光彩的文學成就，其實我還要說，人總是受時代的影響，不僅不同的時代有不同的文學作品，而且一個時代也要有一個時代的文學批評啊。如果你生活在二〇〇九年，卻沒有二〇〇九年這個時代所應有的眼光和見解，那你就對不起這二〇〇九年！

一個時代有一個時代的文學，一個時代也應該有一個時代的文學批評。王國維生在一八七七年，死於一九二七年，所以他的《人間詞話》受到了時代的局限，有很多我們現在可以看到的和我們現在可以說明的，王國維先生當時沒有看到，沒有說明。那麼對於這種時代的局限，我們今天就應該有一個反思——王國維《人間詞話》問世百年的詞學反思。但這樣一個反思，講起來實在是很複雜的題目，為什麼呢？因為沒有詞哪裡有詞學？沒有詞哪裡有詞話？如果你對什麼是詞還不認識呢，那麼對詞學你能夠反思到哪裡去？所以，在講王國維的《人間詞話》以前，我們一定先要對詞和詞話有一個基本的認識。

所謂「詞話」，就是談論評說詞的著作。評論詩的叫詩話，評論詞的叫詞話。

我們中國一向缺少有系統的、有邏輯的理論性著作，古人常常是點到為止。所以有人說，我們中國的學問，是為利根人——就是思想非常敏銳的人——所說，你只要點到，他就明白了。所以古人談詩論詞常常沒有一種邏輯的、思辨的模式，寫出來的都是比較零亂的詩話、詞話。

你說我喜歡一首詩，這首詩「高古」，那首詩「自然」。什麼是「高古」？什麼是「自然」？什麼是「神韻」？這都太抽象了，這是什麼東西嘛？更何況，中國的詞學又是非常容易引起人們困惑的一門學問。你要問為什麼？那現在我們就不得不回頭來先講一講詞。

中國的各種文學體式之中，最讓人困惑的就是詞。比較一下就知道了，中國的文，有一個悠久的歷史，上古的《書經》，就是散文的記述，是當時商周時代的那些個政府的公文、公告、典章的整理。中國的詩呢，我們有《詩經》，那是一個把各地的歌謠都編輯在一起的collection。而且，它被編輯的時候有一個目的，在周朝的時候有採詩之官，他們採集各地的歌謠，以觀民風。就是說，透過各地的歌謠來知道當地人們的風俗習慣，用來給周天子的政府作參考。這個詩集裡的詩歌大概有三百篇上下，所以叫做「詩三百篇」。可是從漢朝開始，詩三百篇就變成《詩經》了。就是說它被尊稱為經，被當作一個有法度的、可以模仿可以尊崇的一部典籍、一部經書；而這就給詩抬高了地位。

復能清淨持戒，與柔和者而共同止，忍辱無瞋，志念堅固，常貴坐禪得諸深定，精進勇猛攝諸善法，利根智慧善答問難。

——《妙法蓮華經卷第五．安樂行品第十四》

我們說詩是怎麼樣？詩是「情動於中而形於言」。你內心的情意有所感動，但是你沒有寫下來，那不是詩，那只是你內心有一點兒詩意就是了。要「情動於中而形於言」，你把它用言語寫出來，那就是詩了。

讀了這些詩，就可以知道你那個地方的人生活是快樂還是不快樂，是幸福還是不幸福，還可以知道你為什麼快樂為什麼不快樂，為什麼幸福為什麼不幸福。你的這些感情都在詩裡邊反應出來了嘛！而且《詩經》裡面所編輯的還不只是各地方的民歌，《詩經》裡邊還有雅，還有頌。雅和頌，就與國風不同了，它不是各地老百姓的作品，而是政府官員的作品，是士大夫的作品。他們作一首詩是為了什麼目的？有的是為了歌頌這個王朝而作的，有的是為了諷刺這個王朝而作的，是因為國家出了奸佞與小人而作的。所以詩就有了一些基本的功能，首先當然是要表達你自己內心的情意，那麼另外呢？詩還有教化的目的。所以《毛詩・大序》說：「動天地、感鬼神，莫近於詩。」能夠感動天地，能夠感動鬼神，這詩歌的作用，真的是了不起的。

所以，詩與文都有很悠久的歷史傳統，文章可以用於載道，詩可以用於言志。

可是，詞就很奇妙了。詞，它師出無名，你找不到它的價值跟意義在哪裡。好的詩我們會分辨：杜甫的忠愛纏綿，那是好詩；陶淵明的任真固窮，那是好詩。可是大家不知道什麼是好的詞，什麼是壞的詞。

詩者，志之所之也，在心為志，發言為詩。情動於中而形於言，言之不足，故嗟嘆之；嗟嘆之不足，故詠歌之；詠歌之不足，不知手之舞之，足之蹈之也。

——《毛詩・大序》

治世之音安以樂，其政和；亂世之音怨以怒，其政乖；亡國之音哀以思，其民困。故正得失，動天地，感鬼神，莫近於詩。先王以是經夫婦，成孝敬，厚人倫，美教化，移風俗。

——《毛詩・大序》

我以前其實講過多次了。詞本來沒有什麼了不起的意思，它就是歌唱的歌詞。在隋唐之間有一種 popular music，就是當時流行的音樂，叫做燕樂。大家都按燕樂的曲調來歌唱，但是每個人都可以寫自己的歌詞。你喜歡哪個曲子，你就自己給那個曲子作一首歌詞，他喜歡哪個曲子，他也可以作一首歌詞。販夫走卒、各行各業的人都可以寫歌詞。而這些最早的歌詞呢，它們沒有被印刷，沒有被搜集整理，所以大家都不知道有這個東西。一直到晚清時代，才從敦煌某個洞窟的墻壁裡邊發現了這些手抄的歌詞。那麼在這之前所流傳的最早的歌詞是什麼呢？是晚唐五代的《花間集》。西方譯為 *songs among the flowers* ——在花叢裡唱的歌。《花間集》是什麼時候編的？它是在五代的後蜀廣政三年編訂的。廣政三年，是公元的九四〇年，而王國維的《人間詞話》最早發表的時間是一九〇八年，這差不多相距有一千年之久了。因此我們要把《人間詞話》做一個反思的回顧，就要知道自從《花間集》出現以後，直到王國維以前，都發生了什麼事。比如說在王國維以前有沒有人評論《花間集》啊，王國維的評論跟他們有什麼不同啊等等。而且，在一千年之久的時間裡，僅以詞這種文學體式的本身來說，就發生了很多的變化。

最初的那些歌詞，本來是社會大眾、販夫走卒，什麼人都可以寫的。可是《花間集》裡的歌詞就不是那些人寫的，而是有文化的士大夫們創作的。而且《花間集》的編訂是有目的的，就在這本詞集的序言裡邊說得很清楚，《花間集》的序言裡說：

因集近來詩客曲子詞……庶使西園英哲，用資羽蓋之歡；南國嬋娟，休唱蓮舟之引。

說是我們編訂這些歌詞，是為了使詩人文士飲酒聚會的時候，有美麗的歌詞給歌女們唱，有了這些歌詞，就不必再唱以前那些庸俗的粗淺的歌詞了。這本書裡所編輯的，是詩客的曲子詞。在詩人文士們聚會的時候，他們可以親自為燕樂的曲子填寫歌詞，然後就給那些年輕美麗的歌女拿去演唱。即所謂「遞葉葉之花箋，文抽麗錦；舉纖纖之玉指，拍案香檀」（歐陽炯《花間集序》）。所以你們看，這就是最早的文人詞，它們是詩人文士在歌筵酒席上給歌女寫的歌詞。而在歌酒筵席上，你能夠寫杜甫的「朱門酒肉臭，路有凍死骨」（《自京赴奉先縣詠懷五百字》）嗎？那當然不能，所以早期的文人詞寫的都是美女跟愛情，整個《花間集》中五百首歌詞，大都是寫美女跟愛情。

而有一件很微妙的事情，那就是一般情況下中國人對男女的事情是避諱不談的，對愛情、情欲的事情是避諱不談的。雖然也許他滿心都是情欲，但是作為一個士大夫應該道貌岸然，嘴巴上是不能夠談這些的。詩要言志，文要載道，詩文裡邊當然不方便談愛情。那麼現在，由於出現了歌詞這種體裁，它以美女愛情為主要抒寫對象，所以士大夫們就可以大膽地把自己內心中對於美女跟愛情的嚮往都寫出來了。而正因為如此，大家對詞這種體裁的意義和價值就產生了困惑，很多人認為，小詞是沒有意義也沒有價值的。在很長一段時間裡，小詞是被輕視的。宋朝人編集子，很多人不把自己寫的詞編到裡邊去。陸放翁編進去了，但是他說：我小的時候年輕不懂事，所以就寫了這些歌詞，我現在非常後悔。可見他也不以為這些歌詞有什麼意義和價值。我有一個很有才華的學生，從小就喜歡詩詞，可是他報考大學的時候，考哲學系不考文學系。他說：「我雖然喜歡詩詞，但是我不學它。尤其詞，詞是小道，這東西都寫美女和愛情，沒有價值，沒有什麼意義。」他後來做了我的博士生，出的第一本書是關於詞學的，因為現在他忽然間覺悟改變了，他提出來說：「詞是聖賢之學。」這又把詞抬得太高了，詞怎麼從愛情歌曲的小道又變成聖賢之學了？這是好為大言。

但是詞裡面果然有一種很微妙的東西，就是說，你本來沒有心寫什麼聖賢的學問，你本來寫的就是男女的愛情，可是，居然就有了聖賢的意思了！這就是其所以微妙的地方了，那為什麼呢？王國維的《人間詞話》說了一段話：

> 五代北宋之詩，佳者絕少，而詞則為其極盛時代。即詩詞兼擅如永叔少游者，

詞勝於詩遠甚。以其寫之於詩者，不若寫之於詞者之眞也。

你看，宋代人自己都看不起詞。像陸放翁之類的，連蘇東坡都算上，蘇東坡把詞放在他的集子的最後作為附錄，他前面長篇大論的都是載道的文章和言志的詩篇，詞是不放在正經的卷數裡的。宋朝只有一個人專力寫詞，那就是我在兩個禮拜前講的辛稼軒。

詞人裡邊，如果說有一個人可以和詩人中的陶淵明、杜子美、屈原相媲美的，那就只有辛稼軒。辛稼軒是專力來寫詞的，他當然也寫美女和愛情，但卻並非僅僅是美女和愛情。

我那次關於辛棄疾的講演，是從西方的意識批評（Criticism of Consciousness）談起的，意識批評曾經受近代西方哲學中的現象學（Phenomenology）的影響。西方的意識批評提出說：每個人都有意識，但並不是每個詩人都有一個意識的pattern。也就是說，並不是每個詩人都有一個意識的基本型態。

文學批評，在西方經過了幾個不同的階段。就以二十世紀這百年來說，從十九世紀後期到二十世紀初期，歐美所流行的是New Criticism，就是新批評。新批評是承認作品，否認作者，認為作品的好壞與作者為人的好壞沒有關係。杜甫的詩好，不是因為他的忠愛才好，是因為他的詩的本身好。新批評主張，你一定要從詩歌本身的藝術來評定詩的好壞，而藝術與作者的人品無關。

可是後來，西方的文學批評，就有現象學出現了。現象學認為，是我們的意識跟外界的現象接觸了以後，我們從這些種種的活動認識了世界。世界沒有我們的意識，就不成其為世界。因此這一派就重視到意識的活動。好，那當然，我們的詩歌都是consciousness（意識）的活動，情動於中而形於言嘛！可是，你的意識的活動不一定有一個pattern——一個基本的型態呀。我認識兩個很會寫詩歌的小朋友，是姊妹兩個人，一個十一歲，一個九歲，已經出了詩集了，寫得非常好。她們看見什麼就說什麼，看見花開就說花開了，看見葉落就說葉落了，聽見鳥叫就寫鳥叫了。每個人接觸了現象就一定會有意識活動。但這裡邊有沒有一個pattern？沒有一個pattern。

而意識批評就說了，說每個詩人都有consciousness，每個人都情動於中就形於言了，但只有偉大的作者有一個pattern of consciousness。杜甫的忠愛與纏綿，這是杜甫的pattern。陶淵明的任真固窮，這是陶淵明的pattern。這些偉大的詩人，每個人都有他的pattern。

而在詞人裡面呢？詞人寫的好像都是美女跟愛情。他們今天看見小蓮，說小蓮很漂亮，明天看見小蘋，說小蘋也很漂亮；今天跟你喝酒，覺得很快樂，明天跟他喝酒，也覺得很快樂；今天看見這朵花開，說它很美麗，明天看見那朵花開，說它也很美麗。他們見什麼就說什麼，見人說人，見物說物，見花說花，見草說草。但是，雖然沒有一個pattern，你也可以是詩人，也可以寫不錯的詩，但你不會是一個偉大的詩人，偉大的詩人是有一個pattern的。屈原有一個pattern，陶淵明有一個pattern，杜甫有一個pattern。而在詞人裡邊，只有辛稼軒是有pattern的。

詞和詩大有不同，詞人和詩人也大有不同。當然，我們現在不能把野馬跑得那麼遠。我剛才說到，詞就是寫美女跟愛情的，為什麼有人居然說詞裡面有聖賢的道理，而且王國維還說宋人的詩不如宋人的詞？要知道，詞本來是不正經的，是作者聽歌看舞時給美女寫的歌詞；詩才是言志載道，是作者的理想、作者的道德、作者的志意。為什麼王國維認為宋人的這些個內容很正經的詩反而不如詞呢？

王國維說得非常好，他說：「以其寫之於詩者，不若寫之於詞者之真也。」因為宋人他們寫在詩歌裡邊的不像寫在詞裡邊的真誠。在寫詩的時候，詩要言志嘛，一定要端起一個架子來，一定要說得很好，要說得冠冕堂皇的。每當有一個政治上的大題目，或者社會上的大事件，你也寫一首詩，他也寫一首詩，所說的話都是冠冕堂皇的，但是，他們內心中最真實的、最底層的那種活動，是不肯暴露出來的。王國維說，宋人寫在詞裡邊的比寫在詩裡邊的更真誠，為什麼？就是因為詞脫去了「言志」的約束——我就是給歌女填一個歌詞，它不代表我的「志」嘛！

我屢次講過一個故事，說黃山谷常常寫美女跟愛情的歌詞，有一個學道的人法雲秀跟黃山谷說：黃山谷先生啊，你多作點詩多麼好呀，這詞都是寫美女和愛情的，你就不要寫了。因為中國傳統向來認為寫這些東西是不正經的。可是黃山谷怎麼回答？他說，這是「空中語耳」。什麼叫「空中語」？空中語就是沒有事實根據的話。我寫我跟一個美女有愛情，並不代表我黃山谷在現實中真的做了這樣的事，我之所以這麼寫，不就是為了在歌酒筵席上飲酒作樂嗎？

可是，你要知道，正是由於你一心飲酒作樂，正是由於你不必寫那些冠冕堂皇的言志的話，所以你的內心鬆弛下來。你寫美女跟愛情，雖然你不見得有美女跟愛情的真正的故事，但你內心深處對於美女跟愛情的嚮往，那可是真實的啊！這正是詞的第一個微妙的價值之所在：因為作者脫除了外在的約束跟限制，所以在詞裡反而常常能夠把內心中最真誠的本色表現出來。

可是，美女跟愛情，怎麼會讓後來的詞學家看到了聖賢的意思呢？這是更奇妙的一件事情、更微妙的一種作用。誰看出來了？王國維他就看出來了，所以他說，宋人的詩不如詞。

當然王國維沒有說聖賢，王國維從來都不說詞裡邊有聖賢。說聖賢的是我的一個學生他喜歡誇大其詞。但是，詞裡面確實有一種非常微妙的東西。那東西是什麼？我的學生說它是聖賢，這太誇大了。王國維也體會到了那個東西，王國維都沒有敢說是聖賢，王國維說詞裡面有一種「境界」。

法雲秀關西，鐵面嚴冷，能以理折人。魯直名重天下，詩詞一出，人爭傳之。師嘗謂魯直曰：「詩多作無害，豔歌小詞可罷之。」魯直笑曰：「空中語耳，非殺非偷，終不至坐此墮惡道。」師曰：「若以邪言蕩人淫心，使彼逾禮越禁，為罪惡之由，吾恐非止墮惡道而已。」魯直領之，自是不復作詞曲耳。

——釋惠洪（洪覺範）《冷齋夜話・卷十・魯直悟法雲語罷作小詞》

可是呢，王國維的境界這兩個字用得太模糊了。什麼是境界，王國維自己說得不清楚。不但他沒有把它說明白，而且他把它弄得非常混亂。這是王國維的缺點。王國維是忠實於他自己的，「苟思之得其真」——他確實體會到詞裡邊有一種東西。這個東西他為什麼要用「境界」來說？因為他沒有找到一個更合適的詞語來描述那個東西，他是不得已，才用了「境界」兩個字。

王國維提出來說，詞裡邊有個東西，他管那個叫做「境界」。好，現在我們就開始看他在《人間詞話》裡是怎麼說的。大家看講義提綱。我選了《人間詞話》裡一些比較重要的條目，把它們歸為四類：第一部分是關於詞之境界的九則詞話；第二部分是關於詞之特質的五則詞話；第三部分是論溫、韋、馮、李四家詞的十二則詞話；第四部分是論代字及隔與不隔的四則詞話。現在我們先看關於詞之境界的九則詞話，這其實也就是通行本《人間詞話》的開頭九則。我們看第一則：

> 詞以境界為最上。有境界，則自成高格，自有名句。五代、北宋之詞所以獨絕者在此。

他說詞裡邊要有境界，有了境界你的品格就自然高了，有了境界你的句子自然就好了。五代的詞跟北宋的詞為什麼特別好呢？就是因為它有境界。這是王國維說的。

好，我們姑且不管他的「境界」到底是什麼意思，但他的這句話我們是可以接受的。他說，詞裡邊有一種境界，而且好的詞如五代、北宋的詞就有這種境界。

王國維畢竟是曾跟那些日本老師學了很多西方哲學、文學的理論，所以下面第二則詞話他又說了：

有造境，有寫境，此理想與寫實二派之所由分。然二者頗難分別。因大詩人所造之境必合乎自然，所寫之境，亦必鄰於理想故也。

所謂「造境」，就是說詞裡邊那個境界呀，有的是你假造出來的，它根本不存在。我從前年輕的時候很喜歡看卡夫卡的小說。卡夫卡的小說沒有一個是真的、現實的，都是他自己編造想像出來的。一個人，早上起來，變成了一隻大甲蟲。哪有這樣的事情？人怎麼能變成蟲子？還有一個絕食的藝術家，這個人從來不吃飯，不吃東西。一個人不吃東西怎麼能活？但這個人就是不吃東西，要是勉強吃，他就會嘔吐。於是，這個人被馬戲團請去了，當作一個怪物，關在一個籠子裡，並告訴大家：「這個人是不吃飯的。」沒有一個觀眾相信這種事情，都說他一定是白天關在籠子裡面不吃東西，晚上就會有人偷偷給他送飯吃。可是，小說上說他確實就是不能吃東西，只要一吃東西就會嘔吐。但沒有一個人相信他。這個世界上有這樣的事情嗎？不可能的啦。所以，這個卡夫卡所寫的小說，就都是「造境」，這個故事裡的環境啊、事件啊，都是他造出來的。那什麼是「寫境」呢？就是現實中真的有這個境界，是我真的寫出來的。像杜甫的詩「朱門酒肉臭，路有凍死骨」（《自京赴奉先縣永懷五百字》），那是杜甫從長安回奉先去，在驪山的路上看見有凍死餓死的人。那就是「寫境」了。王國維說這是「理想與寫實二派之所由分」。但是他又說了，「然二者頗難分別」，因為「大詩人所造之境必合乎自然；所寫之境，亦必鄰於理想故也」。他說哪一個是純粹的「理想」，哪一個是純粹的「寫實」，這個其實很難分辨的。因為大詩人所造出來的境界，一定合乎自然。卡夫卡《變形記》寫一個人變成一個大甲蟲，早晨怎麼樣不能夠翻身起床，後來有一只蘋果打中他，他躲在牆角裡又怎麼樣怎麼樣的。那牆角啊，蘋果啊，床啊，都是現實的。他假造的東西，其實都是根據他現實的認識編造出來的。你儘管寫理想，但你是根據自然的現實造出來的，所以「所造之境，必合乎自然」。至於「所寫之境，亦必鄰於理想」，那是因為你所寫的這個東西，雖然是寫實的，但是也含有理想。杜甫的「朱門酒肉臭」是寫實，「路有凍死骨」也是寫實，但兩個形象一對比，就有他的理想在裡邊了，他是在講這個時代的災難，講那些帝王和貴族們不顧老百姓的死活。所以，寫實之中也有理想，理想之中也有寫實，這兩個是很難分別的。那麼王國維說詞裡邊有境界，這境界裡邊又有「造境」有「寫境」，造境和寫境很難分別，他說的這個我們也可以接受。

下面再看第三則詞話：

> 有有我之境，有無我之境。「淚眼問花花不語，亂紅飛過秋千去」、「可堪孤館閉春寒，杜鵑聲裡斜陽暮」，有我之境也。「採菊東籬下，悠然見南山」、「寒波澹澹起，白鳥悠悠下」，無我之境也。有我之境，以我觀物，故物皆著我之色彩。無我之境，以物觀物，故不知何者爲我，何者爲物。古人爲詞，寫有我之境者爲多，然未始不能寫無我之境，此在豪傑之士能自樹立耳。

「淚眼問花花不語，亂紅飛過秋千去」，誰的句子？歐陽修的《蝶戀花》。「可堪孤館閉春寒，杜鵑聲裡斜陽暮」，誰的句子？秦少游的《踏莎行》。王國維說像這樣的句子，就是「有我之境」。那「有我之境」是怎樣的呢？他後面就說了，有我之境，是從我的主觀感情來看萬物，所以萬物都帶著我自己主觀的感情色彩。因為我悲哀，所以我看花也是悲哀的；因為我孤獨寂寞，所以我覺得這孤館斜陽的景色中也都有孤獨寂寞。王國維說這就是「有我之境」，是「以我觀物，故物皆著我之色彩」。那麼後面還有「採菊東籬下，悠然見南山」，這是誰的句子啊？陶淵明的句子。陶淵明沒有說他的感情，他說我在東籬之下採菊，一抬頭就看到了南山。

庭院深深深幾許？楊柳堆煙，簾幕無重數。玉勒雕鞍遊冶處，樓高不見章臺路。雨橫風狂三月暮。門掩黃昏，無計留春住。淚眼問花花不語，亂紅飛過秋千去。

——歐陽修《蝶戀花》

編按：本闋作者歷來說法不一，有人說是南唐馮延巳所作，詞牌為《鵲踏枝》，但《陽春集》並未收錄；有人說是宋朝歐陽修所作，詞牌即為《蝶戀花》，但《全宋詞》亦未收錄；此文學史上紛紜之論，謹供讀者參考。

結廬在人境，而無車馬喧。問君何能爾，心遠地自偏。採菊東籬下，悠然見南山。山氣日夕佳，飛鳥相與還。此中有真意，欲辨以忘言。

——陶潛《飲酒》其五

「寒波澹澹起，白鳥悠悠下」是誰的句子呢？這是元遺山的句子。元遺山他看見秋天寒冷的水波澹澹地在那裡起伏，空中有白色的鷗鳥慢慢地飛下來。陶淵明和元遺山，他們都沒有寫自己的悲歡喜樂，都沒有寫主觀的、強烈的感情。王國維說這就是「無我之境」，是「以物觀物，故不知何者為我，何者為物」。什麼叫「以物觀物」？就是說：白鳥就是白鳥，寒波就是寒波，我沒有說寒波就是悲哀，也沒有說白鳥就是悲哀。所以你看不出來哪個是我，哪個是物。王國維又說：「古人為詞，寫有我之境者為多。然未始不能寫無我之境，此在豪傑之士能自樹立耳。」他說古人寫詞大半都是有我，大半都是主觀感情表現得很明顯的。可是古人也不是不能寫無我之境啊，像陶淵明、元好問都寫出了無我之境嘛。所以，豪傑之士是什麼境界都可以寫出來的。

那接下來王國維又講了：

> 無我之境，人惟於靜中得之。有我之境，於由動之靜時得之。故一優美，一宏壯也。

「無我之境」，你內心是平靜的，所以才看見這「寒波澹澹起，白鳥悠悠下」。其實，我們還可以舉王維為例，王維有很多詩真是無我之境。就是說，你內人閒桂花落，夜靜春山空。
月出驚山鳥，時鳴春澗中。
——王維《鳥鳴澗》

颯颯秋雨中，淺淺石溜瀉。
跳波自相濺，白鷺驚復下。
——王維《欒家瀨》

心裡沒有你自己強烈的悲歡喜樂的感情，你現在完全是客觀的，所以你能看到那「人閒桂花落」，能看到那「白鷺驚復下」。那什麼是「由動之靜」呢？這個就比較複雜了。由動之靜中間那個「之」字是個動詞，是「往」的意思。「之」是往，是往哪裡去。

我給小孩子講詩時，還寫過這個象形字「㞢」字，古人造出這個「之」字表示用腳行走的意思。在「之」字下邊加上個象形字的「心」字，就成了「志」字。這個字是會意的字，是「心之所之」，就是說，你的心往哪裡去，那就是你的「志」。

我問小孩子：「你的心會走路嗎？」一個孩子回答說：「心不走路，我的腳才會走路呢。」我說：「你從哪裡來？」他說：「我從臺北來。」我說：「你住哪裡呀？」他說：「我住潮州街。」我說：「你記得潮州街嗎？」他說：「記得。」我說：「潮州街家裡有什麼人？」他說：「有我爺爺奶奶。」我說：「你想他們嗎？」小朋友說：「想啊。」我說：「現在，你的心就在走路了，你都走到潮州街去了啊！」

而這個「由動之靜」呢，就是由動轉到靜的時候。這就很奇怪了，為什麼「有我之境」是要「由動轉到靜」呢？其實這也不難理解。比如說我小的時候，十幾歲我母親就去世了，我就寫了幾首哭我母親的詩；在我五十歲左右的時候，我女兒和女婿去世了，我又寫了幾首哭我女兒和女婿的詩。我當時內心是非常激動、非常悲哀的，但這詩的奇妙的地方，就是說，儘管你是悲哀的，可是當你寫詩的時候，你就把你的感情當成了一個客體的東西，和它有了一個藝術的距離。你本來的感情是激動的，可是當你坐下來要寫詩的時候，你就把這個悲哀的感情，變成一個對象去寫它了，而且中間有了一個藝術上的距離了。這個時候就是你「由動之靜」的時候，這時你才能夠寫出來「有我」的境界。如果你只是激動，一直在那裡慟哭，你沒有辦法靜下來，那就沒有詩了。而當你能坐下來寫詩的時候，這已經是由動到靜，你已經把悲痛當作一個客體來觀察它、描寫它了。王國維還說，這「無我之境」和「有我之境」，它們一個是優美，一個是宏壯。這當然是王國維受了西方康德他們那些哲學家的影響。所謂優美，就是你能夠很平靜很客觀地觀賞它；所謂宏壯，就是在巨大的強烈的刺激之下，而你也能夠來觀賞它。

好，以上這個還都不是王國維特別有見解的好處之所在，而只是他受了西方哲學的影響。只是他借用了一些別人的話來分析我們中國的詩詞而已。下面我們看第五則詞話，他說：

> 自然中之物，互相關係，互相限制。然其寫之於文學及美術中也，必遺其關係、限制之處。故雖寫實家，亦理想家也。又雖如何虛構之境，其材料必求之

於自然，而其構造，亦必從自然之法則。故雖理想家，亦寫實家也。

他說，自然裡的東西，都是互相有關係的，都是互相有限制的，可是你寫到文學中和表現在美術中的時候，你要把它獨立出來，把它原來與現實的關係擺脫掉。到那個時候，你雖然是寫實家，但同時也就是理想家了。所以寫實都是會接近理想的。就是說當你把現實寫到藝術裡邊去，它就成了一個單獨的藝術的東西。你寫那個「朱門酒肉臭，路有凍死骨」，你把它獨立出來，畫成一個悲慘的飢民的圖畫，你就創造了一個藝術品，它就擺脫了現實的具體的限制，而反映了一個戰亂的時代，於是寫實家也就變成理想家了。

「又雖如何虛構之境，其材料必求之於自然，而其構造，亦必從自然之法則。故雖理想家，亦寫實家也」。這就是剛才我所說的像卡夫卡的小說，他寫人變成了蟲子，這是不可能的。可是他寫那個蟲子所看見的一切，生活上所感受到的一切，都是在現實中存在的。所以他的材料都是求之於自然的，而且他的構造也符合自然的法則。因此他雖然是理想家，但也是寫實家。那麼這一段，也不能算是王國維特別的長處，也只是他接觸了西方的哲學，用一些西方哲學的理論來分析和談論詩詞的創作而已。

我們再看下邊的一則：

境非獨謂景物也，喜怒哀樂，亦人心中之一境界。故能寫眞景物、眞感情者，謂之有境界。否則謂之無境界。

「境界」兩個字，大家容易誤會，以為只有現實中的景物才是境界。王國維說，你不要只以為一個教室、一個花園才是一個境界。其實喜怒哀樂，也是人心之中的一個一個的境界。否則就是無境界。只要是你能夠寫出真的景物，或者是寫出真的感情，都叫做有境界。詞，要有境界才是好的。但是，你寫喜怒哀樂是境界；你寫大自然的風花雪月也是境界，到底什麼是「境界」呢？他其實還是沒有說明白。我們接著看第七則：

「紅杏枝頭春意鬧」，著一「鬧」字，而境界全出。「雲破月來花弄影」，著一「弄」字，而境界全出矣。

王國維他的意思是說，如果你只說「紅杏枝頭有春意」，就不好，「紅杏枝頭春意鬧」，用了一個「鬧」字，這個境界就活動起來了。如果你說「雲破月來花有影」，這是廢話，雲破月來，花當然有影了。但是「雲破月來花弄影」，一個

東城漸覺風光好，縠皺波紋迎客棹。綠揚煙外曉寒輕，紅杏枝頭春意鬧。浮生長恨歡娛少，肯愛千金輕一笑。為君持酒勸斜陽，且向花間留晚照。

——宋祁《玉樓春．春景》

水調數聲持酒聽，午醉醒來愁未醒。送春春去幾時回？臨晚鏡，傷流景，往事後期空記省。沙上並禽池上暝，雲破月來花弄影。重重簾幕密遮燈，風不定，人初靜，明日落紅應滿徑。

——張先《天仙子（時為嘉禾小倅，以病眠，不赴府會）》

「弄」字，那個感受、那種意味就跑出來了。這就是說，在詩詞裡面，你要能夠真切而且生動地把你的感受傳達表述出來；只須有那樣的一個活潑的字，整個句子就有了境界了。這是王國維說的。

下面我們再看第八則：

境界有大小，不以是而分優劣。「細雨魚兒出，微風燕子斜」，何遽不若「落日照大旗，馬鳴風蕭蕭」。「寶簾閒掛小銀鉤」，何遽不若「霧失樓臺，月迷津渡」也。

他說，可以寫大的境界，場面很大；也可以寫小的境界，場面很小。但詩詞的好壞，並不因為你寫大的境界就是好，也不因為你寫小的境界就是不好。比如杜甫有兩句詩，「細雨魚兒出，微風燕子斜」。杜甫他很悠閒地坐在那裡，看見魚在細雨之中倏地跳出水面；在春天的微風之中，有一隻燕子斜斜地飛下來了。這當然是小的境界。可是杜甫還寫過兩句詩，「落日照大旗，馬鳴風蕭蕭」。這是戰場上的景色，是非常浩大的場面。落日斜暉，照在大旗上，北風吹過來，聽見那蕭蕭馬鳴的聲音，他說，境界不因為寫得大就好，也不因為寫得小就壞，「細雨」兩句和「落日」兩句同樣都是好詩。在這裡他的意思說得也很明白，我們也能夠接受。但

漠漠輕寒上小樓，曉陰無賴似窮秋，淡煙流水畫屏幽。
自在飛花輕似夢，無邊絲雨細如愁，寶簾閒掛小銀鉤。
——秦觀《浣溪沙》

去郭軒楹敞，無村眺望賒。
澄江平少岸，幽樹晚多花。
細雨魚兒出，微風燕子斜。
城中十萬戶，此地兩三家。
——杜甫《水檻遣心》二首其一

朝進東門營，暮上河陽橋。
落日照大旗，馬鳴風蕭蕭。
平沙列萬幕，部伍各見招。
中天懸明月，令嚴夜寂寥。
悲笳數聲動，壯士慘不驕。
借問大將誰，恐是霍嫖姚。
——杜甫《後出塞》五首其二

是你要注意，他舉的例證是詞嗎？不是呀，他舉的例證是詩呀！還有剛才他說「無我之境」的時候所舉的「採菊東籬下」兩句和「寒波澹澹起」兩句，也是詩而不是詞啊。所以從一開始，王國維他就給大家帶來混亂了。因為在《人間詞話》的第一條裡他就說，「詞以境界為最上」。那麼詩呢？詩中不是也有境界嗎？你為什麼說只有詞以境界為最上呢？所以這是王國維從一開始定義的時候就沒有說清楚的地方。請大家注意：我是說王國維沒有說清楚，我並不是說王國維沒有弄清楚。王國維他看到了，他確實是了不起的，他果然體會到詞裡面有一個東西。可是那個東西是什麼呢？他找不到一個合適的詞語來說明那個東西，因為在中國傳統的文學批評裡面，沒有一個字是合適的，所以，他就借用了「境界」這兩個字。但「境界」這個詞太寬泛了，什麼都可以說，詩也可以，詞也可以，所以就造成了混亂。

那麼我就要來「添字注經」了。什麼是添字注經啊？你看那《十三經注疏》，經書裡邊的句子才有十個字，注解就有一百個字，那就是添字注經嘛。而現在我要把「境界」這兩個字說明白，我的說明就也是添字注經，就是想辦法把王國維所領悟到的那個東西表達清楚，如果我說清楚了，我們這系列講座的目的也就達到了。不過現在，我們還是先把這第八則看完。

後面他又舉了一組例證，這一回舉的是詞了。「寶簾閒掛小銀鉤」是秦少游的《浣溪沙》，「霧失樓臺，月迷津渡」是秦少游的《踏莎行》。你看，前者寫得是多麼清淡閒靜，後者寫得是多麼蒼茫淒慘，但這兩個都是有境界的，這兩個都是好詞。所以說，不管是詩是詞，你只要能夠把你的感受生動、真切地表述傳達出來，就是好的作品。

可是如果你回頭再看他的第一則詞話，就發現不對了啊。詞有境界，詩也有境界；詞有有我的和無我的境界，詩也有有我的和無我的境界；詞有大境界小境界，詩也有大境界小境界。你幹嘛說「詞以境界為最上」呢？這是王國維第一點說得不清楚的，引起了很多人的爭議。後面第九則提及嚴滄浪的這段詩話涉及對歷代詞學家說法的比較，我們到最後再看。現在我還是要談王國維所說的「境界」到底是什麼。

剛才我們說了，詩是言志的。杜甫寫詩說「劍外忽傳收薊北，初聞涕淚滿衣裳」。他有一個題目《聞官軍收河南河北》。他說，我聽見說我們政府的軍隊已經把那些個被亂賊所占據的地方都收復回來了，所以我很高興，高興得淚流滿面。這個我們從題目就已能知道他寫的是什麼。可是詞沒有題目，詞裡面都寫美女和愛情，而且那美女跟愛情還不見得是真的，他就只是給歌女寫個歌詞而已。然而真正好的詞它裡面就有一個「境界」，一個讓你很難說清楚的東西，因此王國維他才說「詞以境界為最上」。

（張怡菊整理）

劍外忽傳收薊北，初聞涕淚滿衣裳。卻看妻子愁何在，漫卷詩書喜欲狂。白日放歌須縱酒，青春作伴好還鄉。即從巴峽穿巫峽，便下襄陽向洛陽。

——杜甫《聞官軍收河南河北》

第二講

王國維在《人間詞話》中提出了「境界」的說法。但是「境界」這個詞卻使讀者產生了許多的困惑。王國維在用這個詞的時候，有時指的是詩，有時指的是詞，而且他還說：「詞以境界為最上。」那麼他這個「境界」到底是什麼意思？是單指詞還是也指詩？詞和詩到底有沒有分別呢？

要想明白王國維的「境界」，我們首先需要瞭解詞的美感特質。我以為，王國維對詞的美感特質是有體會的，但是他找不到一個更恰當的詞來指稱他所體會到的東西，所以就使用了「境界」這個詞。在我講完第一講之後，就有不只一位聽課的朋友來問我境界到底是什麼，但是我現在還不能告訴你們，因為你們現在對詞的真正好處——也就是它的美感特質——還沒有體會，王國維說的是對是錯你們分不清楚。如果我現在就談我的看法，這看法是對是錯，你們也分不清楚。所以，我要把大家的困惑暫時先存放在這裡，等我把詞的美學特質講完了，等大家都能夠看到詞裡邊果然有一種不同於詩的獨特的東西，到那時我再談我的看法，你們再來判斷我說的有沒有道理。

好，上一講我們看了《人間詞話》中關於詞之「境界」的九則詞話，現在我們接下來要看《人間詞話》中關於詞之特質的五則詞話，先看其中的第一則：

詞之爲體，要眇宜修。能言詩之所不能言，而不能盡言詩之所能言。詩之境闊，詞之言長。

這「要眇」和「宜修」都是《楚辭・九歌》裡邊的語言，是形容湘水上的一位女神，說她不但有一種深微幽隱的美，而且還有一種修飾的美。王國維說詞也具有這樣的一種美，說詞的這種美能夠傳達出詩所不能夠傳達的內容，但卻不能夠完全傳達出詩所能夠傳達出來的內容。我在上次也曾簡單地說過，像杜甫的《自京赴奉先縣詠懷五百字》和《北征》這樣的長詩，記錄了天寶的亂離，反映了一個時代的歷史，詞是沒有這種容量的。詞只是給燕樂的曲子所配的歌詞，一首歌曲只要幾分鐘就唱完了，所以它不能夠像杜甫那樣長篇大論地敘寫歷史。然而詞卻能夠寫出詩所不能夠傳達出來的東西，那是些什麼東西呢？今天，我們要用晚清的一位遺民詞人陳曾壽的一首《浣溪沙》詞作例子，來看一看詞能夠傳達出哪些詩所不能傳達的東西。我先讀一下這首詞：

君不行兮夷猶，蹇誰留兮中洲，美要眇兮宜修，沛吾乘兮桂舟。

——屈原《九歌・湘君》

修到南屏數晚鐘。目成朝暮一雷峰。纁黃深淺畫難工。　千古蒼涼天水碧，
一生繾綣夕陽紅。爲誰粉碎到虛空。

詩都有一個題目，比如杜甫的《聞官軍收河南河北》，那是在唐代的安史之亂中，

杜甫在劍門關外聽到官軍收復了河南河北的消息，喜極而作。詩的標題就已經把要說的意思說得很明白了。而詞呢？詞的妙處在於它常常沒有題目，《浣溪沙》是音樂的詞牌而不是題目。陳曾壽這首詞寫的是什麼？好，有一位朋友說：「他寫的難道不是一幅西湖美景的圖畫嗎？」那我們現在就來看一看，他是否只是在寫一幅美景圖畫。

「劍外忽傳收薊北，初聞涕淚滿衣裳」是比較容易講的，而「修到南屏數晚鐘」就不那麼容易講了，你要注意它的每一個語言的符號都起著很微妙的作用。比如，他為什麼不說他「住到」了南屏山下，而要說「修到」了南屏山下？你要知道，陳曾壽經歷了晚清的滅亡，經歷了國民革命，經歷了東北的偽滿，經歷了種種亂離的苦難，而這些還僅僅是外在環境的苦難，其實最苦的是他的內心：作為一個漢族人，他卻甘心做遺民，對已經滅亡的滿清有這麼深厚的感情，這不是很難被人理解的嗎？

陳曾壽的祖先在清朝做過官，他的曾祖陳沆是很有名的學者，曾寫過一本書叫《詩比興箋》，這本書是學古典詩詞的人都必須要讀的。因為，從《詩經》開始就講賦比興，「比興」這個詞已經成為中國論詩常用的術語。我們學古典詩詞不是都要從《詩經》學起嗎？你打開《詩經》看第一首詩《周南》的《關雎》，它後邊的註釋就說這首詩是「興也」。你看《魏風》的《碩鼠》，註釋說那是「比也」；

關關雎鳩，在河之洲。窈窕淑女，君子好逑。參差荇菜，左右流之。窈窕淑女，寤寐求之。求之不得，寤寐思服。悠哉悠哉，輾轉反側。參差荇菜，左右采之。窈窕淑女，琴瑟友之。參差荇菜，左右芼之。窈窕淑女，鐘鼓樂之。

——《詩經‧國風‧周南‧關雎》

《鄭風》的《將仲子》，註釋說那是「賦也」。什麼是賦比興呢？這得先瞭解詩是怎麼來的。《毛詩・大序》上說了，詩是「情動於中而形於言」。是你的感情在你的內心之中感動了，你把它用語言表達出來，那就是詩。但你的感情又是怎麼被感動的呢？那我還要提到後來的一本很重要的著作——鍾嶸的《詩品》。鍾嶸在《詩品序》中說：「氣之動物，物之感人，故搖蕩性情，形諸舞詠。」人為什麼要作詩？他說那是天地的陰陽之氣催動了萬物，而這萬物的變化就感動了你內心中的性情，表現出來就形成了詩。比如說「春風春鳥，秋月秋蟬，夏雲暑雨，冬月祁寒」，這是四季的氣候變化給你的感動；「楚臣去境，漢妾辭宮」，這是世間人事的變化給你的感動。當然了，這是古人對詩興之由來的一種概念。我們是二十一世紀的人，有比古人更科學的頭腦，所以我們應該把它歸納得更清楚些。我以為，古人所講的從根本上說其實就是一個「心」與「物」之間的關係問題。而這心與物之間的關係基本上有三種形式：由物及心、由心及物、即物即心。這也就是《詩經》中賦、比、興三種方法的由來。《關雎》是詩人聽到了關雎鳥和美的叫聲，那是外物給他內心的感動，由此使他聯想到了「窈窕淑女」是「君子」的「好逑」。這種感動的方式是「由物及心」，屬於「興」的方法。而《碩鼠》是作者真的看見了一隻大老鼠嗎？不是的，那是他內心先有一種被剝削的感覺，然後找來一個大老鼠的形象把他的感覺表達出來。他說：你就像一隻大老鼠一樣把我的糧食都吃光了，因

碩鼠碩鼠，無食我黍！三歲貫女，莫我肯顧。逝將去女，適彼樂土。樂土樂土，爰得我所！

碩鼠碩鼠，無食我麥！三歲貫女，莫我肯德。逝將去女，適彼樂國。樂國樂國，爰得我直！

碩鼠碩鼠，無食我苗！三歲貫女，莫我肯勞。逝將去女，適彼樂郊。樂郊樂郊，誰之永號？

——《詩經・國風・魏風・碩鼠》

此我要離開你，去尋找一處真正安定快樂的所在。這當然是「由心及物」，屬於「比」的方法。《詩經》裡除了比和興之外，還有一種方法是「賦」，這個我們要看《鄭風》的《將仲子》。「將仲子兮，無踰我里，無折我樹杞」，「將」字讀音ㄑㄧㄤ，它只是一個發語詞，沒有意義；「兮」字也是表示語氣的詞，也沒有意義。那麼這「將仲子兮」四個字中就有兩個字沒有意義，這是為什麼？其實它表示了一種口吻。因為，這是一個戀愛中的女子呼喚她所愛的人，如果不用那兩個虛字而只喊「仲子」那像什麼？像父親在喊兒子：「老二！」而「將仲子兮」的口氣就委婉多了，所以有人把這句翻譯為：「哎呀我的小二哥啊！」而且還不止如此，由於兩個人在談戀愛，這個仲子每天就跳牆過來和女子相會，於是這女孩子就說：仲子啊，你不要老是跳我家的里門，你不要在跳牆的時候把我家種的杞樹都折斷了。——說你不要這樣不要那樣，接連兩個否定，這在戀人之間不是很傷感情的嗎？所以這女孩子趕快就把話拉回來說：「豈敢愛之，畏我父母。」我難道捨不得這棵杞樹嗎？當然不是，我是怕我的父母罵我啊！接下來她又表白說，「仲可懷也」——我當然很想和你相會了；可是「父母之言，亦可畏也」——父母的責備我也是很怕的啊。你們看，這就是「賦」的方法。它不用借一個外物來做比喻，只從說話的語氣和口吻中就表現了感動，女孩子內心那種想愛又不敢愛的矛盾感情就傳達出來了。

將仲子兮，無踰我里，無折我樹杞，豈敢愛之，畏我父母。仲可懷也，父母之言，亦可畏也。
將仲子兮，無踰我牆，無折我樹桑。豈敢愛之，畏我諸兄。仲可懷也，諸兄之言，亦可畏也。
將仲子兮，無踰我園，無折我樹檀。豈敢愛之，畏人之多言。仲可懷也，人之多言，亦可畏也。
——《詩經・國風・鄭風・將仲子》

以上我簡單地介紹了中國最古老的《詩經》所提供給我們的三種作詩的方法——賦、比、興。不過大家一定要注意：它們是作詩的方法，而不僅僅是作詩的技巧，它們所揭示的，其實是作詩的時候你內心感動的由來：一個是由外物引起你內心的感動；一個是你內心先有了感動，然後用一個外物的形象來表現；一個是你就直接用你說話的口吻和語氣把你的感動表現出來。這就是古人所總結出來的詩歌中三種表現興發感動的方式。剛才我說了，陳曾壽的曾祖陳沆寫了《詩比興箋》。這個「比興」，就是從《詩經》發展下來的中國傳統的詩歌理論，但他更注重的是比的方法，即所謂「言在此而意在彼」。上面我所說的都是詩，那麼詞呢？如果說，詞也常常在表面上說的是一種東西，卻引起讀者聯想到另外的東西，那也是「比興」嗎？我以為，那與傳統的詩論所說的「比興」是不一樣的。這我們還是要看完了陳曾壽的這首詞，才能知道它們是怎樣的不一樣。

如前所說，陳曾壽經歷了滿清的滅亡、軍閥的混戰、日本的挾持，經歷了這種種的亂離與災難，終於從東北回到了杭州，住在了西湖邊上南屏山下，所以他說：我真是「修到南屏數晚鐘」。這「修到」兩個字之中實在有太多的感慨在裡邊。而且你看，他還不是「聽晚鐘」而是「數晚鐘」。這個「數」字也很妙，是那每一聲每一聲的晚鐘，其實都是他內心的寂寞和哀感啊。這就是詞的要眇幽微了。一首好詞中的每一個字，都起著非常微妙的作用。

下一句，「目成朝暮一雷峰」的「目成」兩個字，就僅僅是「看見了」這麼簡單嗎？讀中國古典詩歌是需要有古典的修養做基礎的，你的古典修養越豐富，你從中體會到的意思就越多。「目成」兩個字有出處，出於《楚辭》的《九歌》。《九歌》本來是楚地祭祀鬼神時所唱的歌，最初可能是比較粗淺的，但是它經屈原改寫過，其中包含了屈原的感覺和感情，所以就有了很深厚的意思。按楚地的習慣，祭神如果請的是男神仙就要用女巫，如果請的是女神仙就要用男巫。《九歌》裡有一首《少司命》，是男性神仙，所以用了女巫的口吻。其中有兩句說：「滿堂兮美人，忽獨與余兮目成。」說是在祭祀的大廳裡雖然有這麼多美人，可是那降臨的神仙只對我看了一眼，我們兩個就一見傾心了。這就是古人所說的「目成心許」啊！所以「目成」這個詞，它是包含有感情的投入這樣一種意味在裡邊的。「目成朝暮一雷峰」——我抱著如此專一的感情，從早晨到晚上就看著這唯一的雷峰塔，我已經把我所有的感情都寄託在它上面了。而這雷峰塔呢？它真是美麗極了，黃昏時的滿天晚霞染就了從橙紅到淺黃之間錯綜複雜的、深深淺淺的多層顏色，沒有一個畫家能夠用人工的色彩把它畫出來，那真是「縹黃深淺畫難工」。

雷峰塔是北宋初期建造的，而陳曾壽來到這裡是什麼時候？已經是民國初期。從北宋到民國，千年往事都已經過去了，這雷峰塔就一直矗立在青山綠水的西湖邊，閱盡了人間千古興亡。所以是「千古蒼涼天水碧」。那麼這個「天水碧」，看

秋蘭兮蘪蕪，羅生兮堂下。綠葉兮素枝，芳菲菲兮襲予。夫人自有兮美子，蓀何以兮愁苦！秋蘭兮青青，綠葉兮紫莖。滿堂兮美人，忽獨與余兮目成。入不言兮出不辭，乘回風兮載雲旗。悲莫悲兮生別離，樂莫樂兮新相知。荷衣兮蕙帶，儵而來兮忽而逝。夕宿兮帝郊，君誰須兮雲之際？與女遊兮九河，衝風至兮水揚波。與女沐兮咸池，晞女髮兮陽之阿。望美人兮未來，臨風怳兮浩歌。孔蓋兮翠旍，登九天兮撫彗星。竦長劍兮擁幼艾，蓀獨宜兮為民正。

——《楚辭．九歌．少司命》

起來不就是說上邊是青天下邊是綠水嗎？可是你一定要知道中國古典詩詞的妙用。寫舊體詩和寫新詩是完全不一樣的，寫新詩可以由你自己想出一個新的語彙，找出一個你認為恰當的語言；而寫舊體詩就有一個古典的背景，它的文本裡邊的每一個符號都是帶有古典傳統的。這「千古蒼涼天水碧」裡邊其實藏著一個故事。大家都知道五代十國裡的南唐，南唐的李後主是很有名的，他是一個有才華的詩人，卻不是一個好皇帝。這個人非常喜歡歌舞宴樂，養了一大批歌兒舞女，這些歌兒舞女需要做漂亮的衣服來穿，那麼有一次，他們就把一匹絲綢染成淺藍的顏色，晾在外面，到夜間忘記了收進來，第二天早上一看，經夜間的露水浸染過的這匹絲綢，它的顏色比他們以前染過的任何一匹絲綢都漂亮。於是，這種藍色就被起名叫做「天水碧」。可是你要知道，古人認為很多盛衰興亡的事情都是有預兆的。宋朝的皇帝不是姓趙嗎？趙姓的郡望就是天水——所謂「郡望」就是指一個姓氏中最有名望的家族的所在。而這個「碧」字呢，在古代是個入聲字，讀音同「逼」字。所以，「天水碧」就預示了南唐將要亡於北宋的這樣一個史實。

南唐是亡於北宋了，那麼現在陳曾壽所經歷的，又是滿清的敗亡。所以他說：雷峰塔在西湖邊閱盡了多少朝代的盛衰興亡，而我陳曾壽在西湖邊上，和雷峰塔一起，也看到了那麼多的盛衰興亡。所以你們看，這首詞表面上都是風景，但內裡卻隱藏著很多的感慨悲哀。在歷史上，對待盛衰興亡和改朝換代，不同的人有不同的

天水碧，因煜之內人染碧，夕露於中庭，為露所染，其色特好，遂名之。

——五代《五國故事》卷上

煜宮中盛雨水染淺碧為衣，號「天水碧」。未幾，為王師所克，士女至京師猶有服之者。天水，國之姓望也。

——《宋史・志第十八》

先是，江南自後漢以來，民間有服玩侈靡者，人詢之，必對曰：「此物屬趙寶子。」又煜之妓妾嘗染碧，經夕未收，會露下，其色愈鮮明，煜愛之。自是宮中競收露水，染碧以衣之，謂之「天水碧」。及江南滅，方悟「趙」，國姓也；「寶」，年號也；「天水」，趙之望也。

——《宋史・列傳第二百三十七》

態度。像五代的馮道，曾歷仕後唐、後晉、後漢、後周四朝，還得意洋洋地自稱「長樂老」。那麼陳曾壽呢？滿清已經滅亡了，而且他自己是一個漢人，為什麼要做滿清的遺民，為什麼對那個已經成為日本傀儡的溥儀還有那麼深的感情呢？這就是古人所說的「看得破，忍不過」了。陳曾壽本來是溥儀皇后婉容的老師，溥儀非常信任他，在離開天津時把天津的一切事情都交託給他，到了東北以後又幾次叫他去。他不願意在偽滿做官，不肯去，最後溥儀說，你來管我們祖先的陵墓吧，他不得已才去了東北，但溥儀祖先的陵墓後來好像也被日本人霸佔了。陳曾壽為什麼不能夠斷然離開溥儀？因為溥儀是個小皇帝啊，他即位的時候才是個三歲的孩子，清朝的腐敗和滅亡並沒有他的責任。其實像王國維、陳寶琛他們也是一樣的，但他們這種感情放到現在確實是很不容易說清楚。正是由於陳曾壽從內心擺脫不了，所以他無可奈何。那麼他這些感情的來龍去脈，我用了這麼多的話來解釋，而陳曾壽他也說了這麼多話嗎？沒有啊，人家陳曾壽只是說：「一生繾綣夕陽紅。」你看他用的這「繾綣」兩字，都是絞絲邊，都是纏綿不斷的，都是雙聲疊韻的，那就是他那種剪不斷理還亂的感情啊！而且人的一生留戀什麼不好？像陶淵明「撫孤松而盤桓」，他留戀的是松樹，因為松樹是獨立的、挺拔的、在霜雪中都不凋零的。而你陳曾壽為什麼留戀夕陽呢？你這一生繾綣不能擺脫的，難道就是夕陽那即將消逝的顏色嗎？

園日涉以成趣，門雖設而常關。策扶老以流憩，時矯首而遐觀。雲無心以出岫，鳥倦飛而知還。景翳翳以將入，撫孤松而盤桓。
——陶淵明《歸去來兮辭》

而且還不僅如此，如果眼前還有那個雷峰塔，還有那纏黃深淺的背景，還有那夕陽紅的顏色，那麼你還有一個可以留戀的對象，還可以「目成朝暮」，還可以「一生繾綣」，而實際上，現在連這個夕陽紅的雷峰塔也沒有了。在陳曾壽寫這首詞的那一年，雷峰塔倒了。所以他說：「為誰粉碎到虛空？」為什麼連這一點點聊以繾綣的對象都不能夠保留呢？——聽說，現在已經重建了新的雷峰塔，不過舊塔的遺跡還留在那裡，供大家參觀。

所以你看這首詞，它的「目成」兩個字的深厚的意思，它的「天水碧」這樣的典故，它的「繾綣夕陽紅」的那一份心情，都是非常微妙的。這些東西如果用詩來寫就變得落實了：你說你眷戀故國？你說你忠愛纏綿？那太落實了，你不會那樣說的。這也就是王國維《人間詞話》說的「詞之為體，要眇宜修，能言詩之所不能言，而不能盡言詩之所能言」了。而且你看，這麼短的一首詞我為什麼講了這麼多？因為在短短的七個字裡邊他就有說不完的意思，給讀者非常豐富的聯想。這就是王國維《人間詞話》所說的「詞之言長」啊。那麼，王國維所看到的這些詞之不同於詩的特質，如果說用「境界」兩個字來概括不是很恰當的話，那應該怎樣表達呢？我們先不急著總結這個問題，到最後我會給大家一個答案的。現在我們還是接著看王國維《人間詞話》是怎麼說的。

王國維論詞之特質的第二則詞話說：

詞之雅鄭，在神不在貌。永叔、少游雖作艷語，終有品格。

所謂「雅」，當然是典雅的、正當的、不偏邪的。什麼是「鄭」呢？《詩經》裡有十五國風，其中一個就叫《鄭風》。周天子派使者到各諸侯國采風——所謂采風，就是收集各地的流行歌曲。在採集來的各地流行歌曲之中，鄭國和衛國的歌曲常常都是涉及男女愛情的，於是就有了「鄭風淫」的說法。所以這個「鄭」是和「雅」相反的，指的是那些淫靡的、不正當的詩歌。我已說過，《花間集》本來是文人詩客們給歌伎酒女寫的歌詞，在那樣的場合下，這些歌詞只能夠寫美女和愛情。那麼這些文人詩客，你也寫美女愛情，我也寫美女愛情，內容雖然相同，但不同的人寫出來卻有不同的風格，因此也就有了「雅」與「鄭」的區別。那什麼樣的是「雅」什麼樣的是「鄭」呢？現在我就要從《花間集》裡邊舉幾個例證來看一看。我們先看歐陽炯的一首《南鄉子》：

二八花鈿。胸前如雪臉如蓮。耳墜金環穿瑟瑟。霞衣窄。笑倚江頭招遠客。

「二八」是一十六歲，那是女孩子最美妙的年齡。從前我剛到加拿大的時候，帶我的兩個女兒去買衣服，那個賣衣服的店鋪就叫做Sweet Sixteen。可見不只古人，連西方人也有這樣的看法。「花鈿」是頭上戴的珠翠的裝飾，這裡用來指代這女孩子。「胸前如雪臉如蓮」是說，她胸前的皮膚像雪一樣白，她的臉像荷花一樣美。「耳墜金環穿瑟瑟」，她的耳朵上戴著一對金耳環還不說，金耳環上還穿著美麗的珠子，「瑟瑟」是一種珠子。「霞衣窄」，她穿著像天上彩霞一樣五彩繽紛的衣服，這衣服很窄，是緊身的。古代婦女一般不像現代婦女一樣喜歡露出身材曲線什麼的，她們一般都穿寬袍大袖。所以這個女子不是居家的女子而是在江頭擺渡船的女子，現在她正在面帶笑容，招呼客人上她的渡船。你看，這就是歐陽炯寫他眼中所見的美女。西方女性主義有一本書叫《第二性》，書中提到女性是男性眼中的「他者」。男性看女性不是以平等的地位，而是以一種帶有欲求的眼光，一種male gaze。歐陽炯這首詞，就是這樣的一種眼光。下面我們再看一首薛昭蘊的《浣溪沙》：

越女淘金春水上。步搖雲鬢佩鳴璫。渚風江草又清香。　不爲遠山凝翠黛，
只應含恨向斜陽。碧桃花謝憶劉郎。

「越女」，浙江一帶的女子，她是在水邊淘金的。「步搖」是女子戴在頭上的首

飾，就是一根簪子下面串著飾品，你一走路它就搖晃，所以叫步搖。而且她還「佩鳴璫」，身上還佩戴著會響的飾物，一走路它就響起來。「渚風江草又清香」是說，河岸上一陣風起，江水上的水草就飄來陣陣香氣。這是這個女子活動的背景。下面寫這個女孩子的表情，「不為遠山凝翠黛，只應含恨向斜陽」。「翠黛」是女子的眉毛，「凝」是眼睛定住了來看。這女孩子不是為看風景而凝神遠山，她是滿懷著相思的離愁別恨而面對將落的夕陽。她在想什麼？是「碧桃花謝憶劉郎」。這裡又有一個典故，傳說從前有劉晨和阮肇兩個人在天臺山與仙女有一段美好的遇合，所以後來用到這個典故都是講男女之間的愛情。他說現在桃花已經謝了，春天已經過去了，可是這女孩子所盼望的那個男子還是沒有來。剛才歐陽炯那首只是寫了女子的外表和服飾；現在薛昭蘊這一首除了服飾之外也寫了女子的感情。但這仍是一種male gaze，是男子眼中所看到的女子。雖然寫得也很美，但是沒有更深一層的東西。那麼現在我們再看一首歐陽修的《蝶戀花》，他也是寫美女和愛情，但是和剛才那兩首就有了品質上的不同：

越女採蓮秋水畔。窄袖輕羅，暗露雙金釧。照影摘花花似面。芳心只共絲爭亂。　鸂鶒灘頭風浪晚。霧重煙輕，不見來時伴。隱隱歌聲歸棹遠。離愁引著江南岸。

劉晨、阮肇，入天台採藥，遠不得返，經十三日飢。遙望山上有桃樹子熟，遂躋險援葛至其下，啗數枚，飢止體充。欲下山，以杯取水，見蕪菁葉流下，甚鮮妍。復有一杯流下，有胡麻飯焉。乃相謂曰：「此近人矣。」遂渡山。出一大溪，溪邊有二女子，色甚美，見二人持杯，便笑曰：「劉、阮二郎捉向杯來。」劉、阮驚。二女遂忻然如舊相識，曰：「來何晚耶？」因邀還家。南東二壁（南東二壁原作雨壁東壁，據明鈔本改。黃本作西壁東壁）各有絳羅帳，帳角懸鈴，上有金銀交錯。各有數侍婢使令。其饌有胡麻飯、山羊脯、牛肉，甚美。食畢行酒。俄有群女持桃子，笑曰：「賀汝婿來。」酒酣作樂。夜後各就一帳宿，婉態殊絕。至十日求還，苦留半年，氣候草木，常是春時，百鳥啼鳴，更懷鄉。歸思甚苦。女遂相送，指示還路。鄉邑零落，已十世矣。（出《神仙記》）。明

「蓮」，它的諧音可以是「憐愛」之「憐」，所以古人寫到蓮常常涉及愛情，這在中國詩歌裡是有傳統的。學習中國古典詩歌，第一個要念的是《詩經》，第二個要念的是《楚辭》，然後就是《昭明文選》了。在《昭明文選》裡邊有很奇妙的一組詩，那就是《古詩十九首》。這十九首詩，注解說它們「不知作者」——千古以來沒有人確知它們是誰作的。但那真是非常好的一組詩，其中有一首的開頭就提到蓮花：

涉江采芙蓉，蘭澤多芳草。采之欲遺誰，所思在遠道。

「芙蓉」，就是蓮花。中國有一本最古老的辭書《爾雅》，《爾雅》裡邊的《釋草篇》說，荷也叫蓮，也叫芙蕖，也叫芙蓉，也叫菡萏。所以，採芙蓉就是採蓮。這首詩說，這個女孩子渡過江水去採蓮，在蓮花的岸邊長滿了芬芳的香草。那麼她採了這麼美麗的花要送給誰呢？她說，我要把它送給在遠方的、我所懷念的那個人。這不就是寫愛情和相思嗎？其實，歐陽修寫的越女採蓮和薛昭蘊寫的越女淘金都是現實中實有的事情。淘金固然是為了生計；採蓮採了蓮花、蓮子、蓮葉也都可以去賣錢，所以這都是江南女子現實中的生活。可是你也要知道，「採蓮」這兩個字和

鈔本作出《搜神記》。）

——《太平廣記・卷六十一女仙六・天台二女》

編按：本則故事另參南朝・宋・劉義慶《幽明錄・劉晨阮肇》

涉江采芙蓉，蘭澤多芳草。採之欲遺誰，所思在遠道。還顧望舊鄉，長路漫浩浩。同心而離居，憂傷以終老。

——《昭明文選・第二十九卷・古詩十九首其六》

荷，芙渠；其莖茄，其葉蕸，其本蔤，其華菡萏，其實蓮，其根藕，其中的，的中薏。

——《爾雅・釋草》

「淘金」這兩個字在文學作品裡邊給讀者的聯想是完全不同的。淘金就只是淘金，而採蓮卻可以使你產生像「涉江采芙蓉，蘭澤多芳草」那樣美麗的、關於相思與愛情方面的聯想。

那麼「秋水畔」的「秋水」呢？那美麗而又澄清的秋水也是文學作品中所經常涉及的，這個詞語使我們聯想到王勃《滕王閣序》的「落霞與孤鶩齊飛，秋水共長天一色」。那是多麼美的景色！而現在這個女子採蓮時環境的背景就是在美麗的秋水之畔。

「窄袖輕羅」，是這個女子採蓮時所穿的衣服。剛才我講過歐陽炯詞中的那個女子不也是「霞衣窄」嗎？歐陽炯寫的是一個擺渡船的女子，歐陽修寫的是一個採蓮的女子，她們都是勞動的女子。女子不勞動，在家裡享清福，當然可以寬袍大袖，可以拖起長裙，而勞動的婦女是不可以這樣打扮的。否則你的手還沒摘到蓮花和蓮蓬，你的袖子就已經拖到水裡去了。「輕羅」是很薄很輕的絲羅，因為它薄，所以你隔著袖子可以隱隱約約地看到這個女孩子手臂上戴著一對黃金的手鐲。這就是「窄袖輕羅，暗露雙金釧」。

西方文學批評注重作品中的結構、形象等質素，而且還不止如此，他們還注重作品中的符號。每一個符號常常都有它不同的作用。剛才那個「越女採蓮」的「蓮」字不是讓我們聯想到「涉江采芙蓉，蘭澤多芳草」嗎？現在你再看「暗露雙金釧」，他還什麼都沒有說，但是他的語言的符號已經暗示了很多的東西了。還不要說「金」的貴重、「雙」的成雙成對，你只看這個「暗露」：薛昭蘊那淘金的女子是「步搖雲鬢佩鳴璫」——頭上戴著的一走就動，身上佩著的一走就響，都是張揚的，都是顯露的，都是輕狂的；而這裡的「窄」字、「輕」字都有很輕微的意思，「暗露」則是隱藏的、含蓄的、不張揚的。當然我們現在這個時代比較崇尚顯露和張揚，但中國古代並不如此，中國古代講究含蓄謙恭，尤其女子，更是以這樣的品質為美德。《詩經・衛風》裡有一篇《碩人》，描寫了一位美女莊姜夫人，詩的一開始就說：「碩人其頎，衣錦褧衣。」「碩」是高大的樣子，「頎」是頎長。莊姜夫人不但長得美，而且是高䠷身材。她是衛莊公的夫人，當然衣飾華麗，穿著錦繡的衣服。但是她在外邊穿了一件「褧衣」。「褧衣」就是罩袍。像我們小時候在學校念書，冬天要穿大棉襖，大棉襖穿髒了很難洗，所以就在外邊再穿一件陰丹士林的藍色罩衣。可是莊姜夫人為什麼也要穿一件罩衣？《詩經》的注解說是「惡其文之著也」——因為她不喜歡把美麗的錦衣鮮明地顯露出來。所以你看，「越女採蓮秋水畔，窄袖輕羅，暗露雙金釧」，歐陽修筆下的這個女子與歐陽炯、薛昭蘊筆下的那兩個女子有著多麼微妙的不同！

下邊兩句就更妙了：「照影摘花花似面，芳心只共絲爭亂。」這真是作者的神來之筆！這個女子低下頭去採一朵蓮花，水面上就映出她和蓮花的影子。古人不是

碩人其頎，衣錦褧衣。齊侯之子，衛侯之妻，東宮之妹，邢侯之姨，譚公維私。手如柔荑，膚如凝脂，領如蝤蠐，齒如瓠犀，螓首蛾眉。巧笑倩兮，美目盼兮。碩人敖敖，說于農郊。四牡有驕，朱幩鑣鑣，翟茀以朝。大夫夙退，無使君勞。河水洋洋，北流活活。施罛濊濊，鱣鮪發發，葭菼揭揭。庶姜孽孽，庶士有朅。

——《詩經・國風・衛風・碩人》

說「人面桃花相映紅」嗎，現在她從水面的倒影看到了她自己的容顏，那容顏和蓮花一樣的美麗。這是什麼？這是對自我的一種認識，一種反省。當她對自己有了這樣一個清楚的反省的時候就怎麼樣？是「芳心只共絲爭亂」，她的內心感情就產生了一種困惑和繚亂。荷花的花梗和蓮藕的藕節，如果你把它們折斷就會有許多的絲，所謂「藕斷絲連」嘛！而現在她的內心感情，就也像蓮藕折斷後的這些亂絲一樣地纏綿、繚亂。

為什麼她會「芳心只共絲爭亂」呢？上次我也說過，人生一世，你的價值表現在哪裡？男子可以修身齊家，治國平天下，他們的價值是早已被安排好了的，即所謂「太上有立德，其次有立功，其次有立言」。西方也是一樣，西方有一位人本主義哲學家馬斯洛曾提出過，人有「自我實現」的需求。但中國古代的女子能夠「自我實現」嗎？根本就沒有這樣的可能。社會道德要求她們「在家從父，出嫁從夫，夫死從子」，不管在物質上還是在精神上她們都沒有獨立的人格。我前兩年講女性詞的時候，提到古代男子可以有理想，女子則談不到理想。我的一個朋友就說：「女子怎麼沒有理想？女子的理想就是找個好丈夫嫁出去嘛！」你們大家聽了都笑。確實，這種「理想」和男子的「立德立功立言」比起來，根本就不成其為理想啊！但在古代的確就是如此的。《孟子》上就說過，「良人者，所仰望而終身也」（孟子・離婁下》），女子既不能獨立謀生，那麼找個好丈夫怎能不是她們唯一的希

去年今日此門中。人面桃花相映紅，人面不知何處去，桃花依舊笑春風。

——唐・崔護《題都城南莊》

二十四年春，穆叔如晉，范宣子逆之問焉，曰，「古人有言曰，死而不朽，何謂也？」穆叔未對。宣子曰，「昔丏之祖，自虞以上為陶唐氏，在夏為御龍氏，在商為豕韋氏，在周為唐杜氏，晉主夏盟為范氏，其是之謂乎？」穆叔曰，「以豹所聞，此之謂世祿，非不朽也，魯有先大夫曰臧文仲，既沒，其言立，其是之謂乎？豹聞之。太上有立德，其次有立功，其次有立言。雖久不廢，此之謂不朽。若夫保姓受氏，以守宗祊，世不絕祀，無國無之，祿之大者，不可謂不朽。」

——《左傳・襄公二十四年》

望呢？我正在寫關於女性詞的一本書，現在寫到晚明女詞人，其中提到葉氏一門母女——葉紹袁的妻子沈宜修，女兒葉紈紈、葉小紈、葉小鸞。這些女子真的是有才華！沈宜修的作品有詩、詞、文、賦、騷體等等，各種體裁她沒有一種寫得不好。因為她是書香世家，她父親是沈珫，叔父是沈璟，沈璟是明代有名的戲曲家。可是你看一看她的身世：沈宜修死後葉紹袁在給她寫的傳記中說，她嫁到他們家之後，婆婆對她很嚴，如果發現她在自己房間裡作詩就不高興，所以她再不敢作詩了。一直到她的兒女都很大了的時候，只要婆婆發了脾氣，她就得長跪在地上請罪。古代女子嫁人，第一當然希望丈夫好，第二還得希望婆婆好。就沈宜修而言，雖然婆婆對她不好，但是丈夫對她很好。而她的女兒們呢？葉氏姊妹都很有才，在家的時候一起作詩，一起賞花，可是嫁出去以後呢，葉紈紈的丈夫就對她不好，所以她很年輕就死了。葉小鸞就更奇妙了：從家裡給她訂下婚期她就生病，在結婚的前兩天她就死了，死時才十七歲。葉紹袁為妻女整理遺作，印行了《午夢堂集》，在序言裡他說：「丈夫有三不朽，立德立功立言。而婦人亦有三焉，德也，才與色也。」男子最喜愛的，其實還是色。只不過才子們覺得女子除了有色以外，如果還能夠與他吟詩唱和不是更好嗎？不過，才色倘若與婦德比起來，婦德顯然是更重要的。在我所寫過的女性詞人中，李清照和朱淑真其實是屬於叛逆的類型：李清照總是想和男人一較短長；朱淑真則大膽地追求戀愛的自由。這都是與「婦德」相違背的。如果

齊人有一妻一妾而處室者，其良人出，則必饜酒肉而後反。其妻問所與飲食者，則盡富貴也。其妻告其妾曰：「良人出，則必饜酒肉而後反；問其與飲食者，盡富貴也，而未嘗有顯者來，吾將瞯良人之所之也。」蚤起，施從良人之所之，遍國中無與立談者。卒之東郭墦間之祭者，乞其餘；不足，又顧而之他，此其為饜足之道也。其妻歸，告其妾曰：「良人者，所仰望而終身也。今若此。」與其妾訕其良人，而相泣於中庭。而良人未之知也，施施從外來，驕其妻妾。

——《孟子·離婁下》

我們想要在古代女性作者中尋找最有「婦德」的才女，寫《女誡》的班昭當然不用說了，沈宜修也要算一個。她不但勉力侍奉好婆婆，而且還能夠守貧窮耐勞苦，這是中國傳統社會在道德上對婦女的要求。

那麼，作為一個有才有貌又有德的女子，她應該把自身這些美好的東西交託給誰啊？男子當然是要交託給皇帝與朝廷，而女子呢？那就要交託給一個真正賞愛她的男子。所以這個採蓮的女子當她對自己美好的品質有了一個覺醒以後，反而「芳心只共絲爭亂」——我應該把我的美好交託給什麼人？我人生的意義在哪裡？

接下來他說：「鸂鶒灘頭風浪晚，霧重煙輕，不見來時伴。」這寫得真妙！女孩子出外常常喜歡結伴而行，這個採蓮女子當然也是和許多同伴一起來採蓮的。現在天色已經暗下去了，水面上起風了，有浪了，黃昏的煙靄漸漸籠罩過來了。可是當她要划著船回去的時候，一抬頭，才發現那些女伴怎麼都不見了？這句從表面上看意思也很好懂，可是你要問為什麼就「不見來時伴」了呢，他妙就妙在這裡。陶淵明曾寫過五首《歸園田居》詩，其中一首詩裡邊說「試攜子侄輩，披榛步荒墟」——我歸隱到田園之後，有一天我帶著我家的小孩子們到荒野去散步。中國的古人以帶著小孩子出去遊玩為樂事，像《論語》上不是就說過「暮春者，春服既成，冠者五六人，童子六七人，浴乎沂，風乎舞雩」（《論語・先進》）嗎？可是陶淵明在這首詩的後邊一首又說什麼？他說我「悵恨獨策還」——我一個人拄著拐杖

久去山澤游，浪莽林野娛。
試攜子侄輩，披榛步荒墟。
徘徊丘隴間，依依昔人居。
井灶有遺處，桑竹殘朽株。
借問採薪者，此人皆焉如。
薪者向我言，死歿無復餘。
一世異朝市，此語真不虛。
人生似幻化，終當歸空無。
——陶潛《歸園田居》五首其四

悵恨獨策還，崎嶇歷榛曲。
山澗清且淺，可以濯吾足。
漉我新熟酒，隻雞招近局。
日入室中闇，荊薪代明燭。
歡來苦夕短，已復至天旭。
——陶潛《歸園田居》五首其五

回去了。大家一定會問，前面說的那些小孩子們都跑到哪裡去了啊？你要知道，當陶淵明一個人沉浸在對人生和仕隱問題的思考之時，小孩子們是不會跟他一起思考這些事情的，所以他在精神上已經只剩下孤獨一人了。同樣，當這個女孩子對自己美好的品質有了一個覺醒的時候，當她為自己美好的感情沒有一個可以交託的對象而心緒撩亂的時候，她是孤獨和寂寞的，其他那些女孩子已經離她很遠了，只能隱隱聽見她們遙遠的歌聲。而現在她自己那滿心的追求嚮往、滿心的悵惘哀傷，就「離愁引著江南岸」——從水面一直伸展到岸邊，於是從水面到岸邊便也佈滿了她的這些哀傷悵惘。

所以你看，王國維說「詞之雅鄭，在神不在貌」，那確實是對詞的一種很深切的體會。一首詞是高雅的還是淫褻的，我們絕不能只看它外表說的是什麼，而要看它精神的境界是什麼。

下邊我們再看王國維論詞之特質的第三則詞話：

南唐中主詞「菡萏香銷翠葉殘，西風愁起綠波間」，大有眾芳蕪穢，美人遲暮之感。乃古今獨賞其「細雨夢回雞塞遠，小樓吹徹玉笙寒」，故知解人正不易得。

怎樣讀詞？怎樣理解詞？怎樣體會詞？這裡邊真的是有點兒講究。現在我們來看看王國維是怎樣讀詞、怎樣體會詞的。他所說的南唐中主這首詞的牌調叫做《攤破浣溪沙》，全詞如下：

菡萏香銷翠葉殘。西風愁起綠波間。還與容光共憔悴，不堪看。　細雨夢回雞塞遠。小樓吹徹玉笙寒。多少淚珠何限恨，倚闌干。

剛才我提到《爾雅》的〈釋草篇〉說荷有很多不同的名字，它的花就叫做「菡萏」。所以，這「菡萏香銷翠葉殘」寫的也是荷花。到了秋天的季節，荷花的香氣就消失了，荷花的葉子也殘破凋零了。天津南開大學校園裡有一池荷花，每年九月我回到南開的時候，那一池荷花的景象就已經是「菡萏香銷翠葉殘」了。所以我在我的一首詞中說，「荷花凋盡我來遲」。秋天一般颳西風，西風也叫金風。因為，中國古人有所謂「五行」和「五方」之說，五行是金木水火土，五方是東西南北中。五方不但要配合五行，而且還要配合干支裡邊的「天干」，也就是甲乙丙丁戊己庚辛壬癸。東方在天干是甲乙，在五行屬木；西方在天干是庚辛，在五行屬金；南方在天干是丙丁，在五行屬火；北方在天干是壬癸，在五行屬水；中央在天干是戊己，在五行屬土。那麼西方屬金，「金」代表什麼？它代表刀劍斧鉞啊！那是一種殺伐的象徵。所以西風主肅殺，大自然中有生命的萬物都在西風中衰落凋殘。因此是「西風愁起綠波間」——當西風初起於荷塘的水面之上的時候，就帶來了一片的悲傷哀愁。

從這首詞的下片看，詞中女子是一個思婦，因為「細雨夢回雞塞遠」的「雞塞」代表邊關的關塞。這女子的丈夫當兵到邊塞去了，所以家中只剩下她一個人孤獨地思念和等待。這乃是古人寫女子最常見的一個主題。在中國古代社會裡，男子一般是不會留在家裡的，他們或者出去做官，或者出去經商，因為「大丈夫志在四方」嘛！而女人是不準許拋頭露面的，她們必須留在家裡大門不出二門不邁，謹守婦德。倘若丈夫在外邊有了另外的感情或娶了另外的妻子呢？那麼「思婦」就變成「怨婦」或「棄婦」了。這就是在中國舊時代的社會中女子普遍的命運。其實，也不僅中國如此，當西方女性主義思潮盛行的時候，美國西北大學的一位學者 Lawrence Lipking（勞倫斯・利普金）寫過一本書叫做 *Abandoned Women and Poetic Tradition*——《棄婦與詩歌的傳統》。由此可見，西方也不是沒有這種事情的。

那麼為什麼「還與容光共憔悴」呢？因為女子青春的容顏也是不能久長的，它也會和外邊大自然的景物一樣在西風中凋殘。這就是《古詩十九首》說的「思君令人老，歲月忽已晚」了。相思懷念的憂愁，是最容易使人憔悴衰老的。因此，外邊肅殺的西風中淒涼的景物和女子鏡中憔悴的容顏一樣，都是「不堪看」的。

行行重行行，與君生別離。
相去萬餘里，各在天一涯。
道路阻且長，會面安可知。
胡馬依北風，越鳥巢南枝。
相去日已遠，衣帶日已緩。
浮雲蔽白日，遊子不顧返。
思君令人老，歲月忽已晚。
棄捐勿復道，努力加餐飯。

——《古詩十九首》其一

於是，在那西風愁起的晚上，外邊下著小雨，這個女子就做了一個夢，夢到了她的丈夫——也許是夢見遠在雞塞的丈夫回來了；也許是夢見她自己遠赴雞塞去探望她的丈夫。唐詩裡不是有這樣的句子嗎，「可憐無定河邊骨，猶是春閨夢裡人」。但夢醒之後還是要回到現實，現實一切照舊，依然是她的丈夫遠在邊關，依然是她自己孤獨寂寞地相思懷念。為了排遣這些憂愁，她就起來吹笙——「小樓吹徹玉笙寒」。「吹徹」，就是不斷地吹，一直吹到玉笙都變得寒冷了。「多少淚珠何限恨」，她流了多少眼淚，她心中有多少離愁別恨；「倚闌干」，天亮了，她到外邊去，依舊倚在闌干上。「倚闌干」是望遠，望遠當然還是在盼望遠方的人回來。可是倚欄所能看到的是什麼？依然是「菡萏香銷翠葉殘，西風愁起綠波間」的那一片淒涼的景色。

至於王國維對這首詞的體會和聯想，我們下次再講。

（安易整理）

誓掃匈奴不顧身，
五千貂錦喪胡塵。
可憐無定河邊骨，
猶是春閨夢裡人。
——陳陶《隴西行》

第三講

詞與詩有什麼不同？除了表面形式上的差別以外，它們在內容的美學特質上究竟有什麼不同？我們上次講到《人間詞話》關於詞之特質的五則詞話中的第一則：

> 詞之爲體，要眇宜修。能言詩之所不能言，而不能盡言詩之所能言。詩之境闊，詞之言長。

我上次已經把這段話講過了。而且當我們講這段話的時候，我舉了晚清陳曾壽的《浣溪沙》：「修到南屏數晚鐘。目成朝暮一雷峰。纁黃深淺畫難工。　千古蒼涼天水碧，一生繾綣夕陽紅。為誰粉碎到虛空？」這首詞裡的那種幽微要眇的很難以言說、很難以表達出來的一種情意，是要在詞裡面才表達得出來的，而詩裡是不容易表達出來的，所以王國維說詞「能言詩之所不能言」。

那麼，陳曾壽，為什麼他的詞能有這樣的境界？其實，是因為他自己的內心本身，就有一種很難說明白的感情。陳曾壽是漢族人，可是從他的祖先就在滿清做官，他自己參加了滿清的科考，也在滿清做官。所以，他在感情上認同了清朝還不說，而且因為清朝最後一個小皇帝宣統的皇后婉容，是陳曾壽的學生，所以對於滿清，陳曾壽在感情上，是有一種不能割捨的關係的。可是，這個宣統皇帝又被日本挾持到東北建立了偽滿洲國，這是陳曾壽所不同意的，可是他無可奈何。他在理性上知道，他是漢族侍奉滿族；他在理性上也知道，宣統現在已經做了傀儡，被日本人所挾持。可是他在感情上，沒有辦法完全割捨。所以他雖然是從東北的偽滿退回來了，他沒有留在偽滿，但是他心中對滿清始終有一種難言的情感。

他回到杭州，住在西湖邊上。每天都可以面對雷峰塔。而現在有一天，雷峰塔倒塌了。「修到南屏數晚鐘。目成朝暮一雷峰。纏黃深淺畫難工」。上次我開始講的時候，我問大家這首詞講的是什麼？大家說這首詞寫得像一幅圖畫，寫得很美。不錯，這首詞是像一幅圖畫，是寫得很美，但是他不只是寫這個景物而已，他在寫景物的時候，都是表達他那種最幽微的、最隱曲的、難以言說的那種感情。

「修到南屏數晚鐘」，一個「修」字，一個「數」字，上次我已經講過了，今天就不再仔細地講。「目成」兩個字，出自《楚辭・九歌・少司命》「滿堂兮美人，忽獨與余兮目成」，是一種如此深厚的感情的投注。後面「千古蒼涼天水碧」，表面上還是在寫景，寫西湖，上面的藍天，下面的碧水。但是我也告訴大家，這「天水碧」三個字，可能另有深意。南唐將要滅亡的時候，他們宮中染出來一匹絲絹，這個絲絹的顏色，是在夜間滴上了露水而染出來的，所以把這個顏色叫做「天水碧」。可是在中國的諧音中，這個「碧綠」的「碧」字和「逼迫」的「逼」字的讀音是一樣的。所以根據中國古代的筆記的記載可以知道，當南唐宮中新染出來的這個美麗絲帛叫「天水碧」的時候，他們就認為這是一種預言，即一種迷信上所說的一個預兆。你要知道，天水是趙姓的郡望——所謂「郡望」就是古稱郡中為眾人所仰望的貴顯家族。大家學古典文學，一定要知道我們中國古典傳統的很多方面的這些知識。中國的姓，每一個姓有一個郡望，即這個姓在什麼地方他們最有名。那麼天水這個地方是姓趙的最有名。又比如說隴西李氏，就是隴西這個地方，姓李的他們最有名。「天水」就是趙氏的郡望，那麼宋朝皇帝就是姓趙的。而「碧綠」的「碧」字在廣東話裡也就是在中國古音中是入聲字，跟「逼迫」的「逼」字讀音是一樣的，即是「天水」逼迫而來了，那就是說，趙宋已經逼迫到南唐，南唐快要滅亡了。所以這是一個預言，預言了南唐的滅亡。那麼「一生繾綣夕陽紅」呢？我們說一個人「繾綣」，那是多情留戀的意思，而且「繾綣」兩個字是疊韻的字，所以中國的詩詞，它的形體、它的聲音、它的出處、它的典故，都帶著豐富的message，帶著很多的資訊，一起傳達出來。「一生繾綣」，可以指多情，你可以找到一個有情人，一個男子或一個女子，你都可以與其「繾綣」。可是陳曾壽他說，我所投注的「繾綣」的情感，是黃昏的一抹夕陽的紅色——「一生繾綣夕陽紅」。那是因為雷峰塔的背景最美的時候就是夕陽的晚照。可是現在，連我所留戀的這傍晚黃昏夕陽的那點紅色也消失了。「為誰粉碎到虛空」？你為什麼連這一點安慰都沒有留給我呢？連這雷峰塔都不存在了。這麼短的一首小詞，表現了這麼豐厚的情意，這不是簡單地用詩的說明所可以表達出來的。所以，詞能「言詩之所不能言。」

我們也看了王國維論詞之特質的第二則詞話：

詞之雅鄭，在神不在貌。永叔、少游雖作艷語，終有品格。方之美成，便有淑女與倡伎之別。

「鄭」字，代表一種淫靡的聲音，因為中國的《詩經》有十五國的「國風」，其中鄭國的國風中很多都是講男女愛情的，所以孔子說「放鄭聲，遠佞人」。「放」，就是把它趕走，消滅這些「鄭聲」，因為「鄭聲」就代表的是淫靡之音。

顏淵問為邦。子曰：「行夏之時，乘殷之輅，服周之冕，樂則韶舞。放鄭聲，遠佞人。鄭聲淫，佞人殆。」
——《論語．衛靈公》

「詞之雅鄭，在神不在貌」，這真是王國維欣賞能力很高的地方，他說一首詞是典雅的還是淫靡的，在它的精神，不在它的外表。因為詞本來最早就是歌詞，是在這些個詩人文士飲宴的場合，交給歌女去歌唱的曲子，所以都是寫美女的，都是寫愛情的，表面上都是一樣的，都是美女跟愛情。但同樣寫美女跟愛情，可是它所傳達出來的那個境界有高下的不同，所以說「永叔、少游雖作艷語，終有品格」，歐陽修、秦少游雖然也是寫美女跟愛情，可是他們是有品格的。

上次我也舉了例證，我舉了歐陽炯的一首《南鄉子》：「二八花鈿，胸前如雪臉如蓮。」歐陽炯是比較淺薄的，他寫的就是肉體上的美色跟情欲。歐陽修也寫江南女子，他說：「越女採蓮秋水畔。窄袖輕羅，暗露雙金釧。照影摘花花似面。芳心只共絲爭亂。」我上次給大家講了，這就是歐陽修寫感情寫得很幽微很曲折的地方。這個女孩子本來很天真浪漫，跟了女伴就一同出去採蓮。所謂採蓮，可以採蓮花，可以採蓮蓬，也可以採蓮藕。當她低頭採蓮的時候，就「照影摘花花似面」，在水裡面把她自己面容的影子都映照了出來，花跟人都一樣的美麗。那麼，為什麼「照影摘花花似面」，從而就「芳心只共絲爭亂」呢？上次我也說了，我說這是很難講的。就是說一個人，你有沒有認識你自己的美好？你有沒有珍重愛惜你自己的美好？你對你自己生下來、你的才能你的質量，你有沒有珍重、愛惜？你願意把你的才能和品質交託、投注給一個什麼有價值的對象嗎？這是一種覺醒。由於這個女子有了「照影摘花花似面」的覺醒，所以就引起她「芳心只共絲爭亂」的對愛情的嚮往。這是我們從表面所可以理解到的。可是你要知道，中國文化還有更微妙的一點。就是中國從古以來的這些詩人、墨客、騷人、文士，都喜歡用女子來自比。屈原就說「眾女嫉余之蛾眉兮」，說「我」是「蛾眉」，那些女子都嫉妒「我」的美麗。可見，從來中國古代的才子、志士，有理想的人，他們都喜歡把自己的美好用美女來比喻。

女子應該有一個交託，男子也應該有一個交託啊。而中國古代的男子，所謂「士」，是「當以天下為己任」的。但你雖然願意以天下為己任，你參加科考考上

長太息以掩涕兮，哀民生之多艱。余雖好脩姱以鞿羈兮，謇朝誶而夕替。既替余以蕙纕兮，又申之以攬茝。亦余心之所善兮，雖九死其猶未悔。怨靈脩之浩蕩兮，終不察夫民心。眾女嫉余之蛾眉兮，謠諑謂余以善淫。固時俗之工巧

了嗎？你考不上怎麼能以天下為己任呢？你考上了以後，沒沒無聞、庸庸碌碌地做一個卑微的小官，怎麼能以天下為己任呢？像李商隱當初做弘農縣的縣尉，每天縣官大老爺升堂，點名，他就把囚犯帶過來，然後縣太爺判罪，把有罪的判成無罪，把無罪的判成有罪。縣太爺接受賄賂，貪贓枉法，你作為他屬下的人，你有權力干涉他嗎？你沒有權力干涉他，你沒有辦法啊。做這樣一個卑微的像奴隸一樣被驅使的人，你有什麼理想可言？所以李商隱才寫了那首《任弘農尉獻州刺史乞假還京》：

黃昏封印點刑徒，愧負荊山入座隅。卻羨卞和雙刖足，一生無復沒階趨。

黃昏的時候，縣太爺要下班了，就要「封印」。就是說白天縣太爺拿了官印在上面坐堂，到黃昏時候，要下班了，就把這印封起來了。縣尉要負責清點這些囚犯，哪些是死罪的，哪些是拘囚的，要點名。所以是「黃昏封印點刑徒」。李商隱他自己說，真是覺得羞慚，我辜負了這個出美玉的荊山，我沒有辦法，我現在只能置身於最偏僻最低微的那個角落裡，是「愧負荊山入座隅」。下邊李商隱接著又說了，「卻羨卞和雙刖足，一生無復沒階趨」。他說我現在反而羨慕古代的卞和——從前戰國時候，有一個楚國人叫卞和，他在山間發現了一塊璞玉，就是那種外面包著石

兮，偭規矩而改錯。背繩墨以追曲兮，競周容以為度。忳鬱邑余侘傺兮，吾獨窮困乎此時也。寧溘死以流亡兮，余不忍為此態也。鷙鳥之不羣兮，自前世而固然。何方圜之能周兮，夫孰異道而相安。屈心而抑志兮，忍尤而攘詬。伏清白以死直兮，固前聖之所厚。

——屈原《離騷》節錄

頭還沒有雕琢出來的玉，他就把這玉拿到朝廷獻給楚王，楚王找人來看，那個人說這不是玉是石頭，楚王大怒，就把卞和的一條腿砍斷了。後來楚王死了，他的兒子繼位，卞和又把玉拿去獻給繼位的楚王，這個楚王再找人看，那些人還說這是石頭不是玉，於是楚王把他的另外一條腿也砍斷了。其實這不是一個故事，而是歷史上一件真實的事情。那麼卞和的兩條腿都被砍斷了有什麼好？李商隱為什麼要羨慕卞和呢？李商隱說，因為卞和的兩條腿都斷了，所以從此就可以「一生無復沒階趨」。他一輩子再也不用在台階底下供別人驅使奔走了。所以你看，李商隱寫出這樣的詩來，說明他一生一世也沒有實現過他的理想。豈止一個李商隱！古代千千萬萬的讀書人，希望「修身、齊家、治國、平天下」，希望考中科舉得到皇帝的任用，但又有幾個人實現了自己的理想？杜甫說要「致君堯舜上，再使風俗淳」，可是杜甫落拓潦倒，窮老死在異鄉路途之上，理想卻最終也沒有實現。所以，中國這些讀書人，他們對理想的追求就很類似一個美女對愛情的追求。而當他們寫到美女的時候，表面上是在寫一個美女，但是在內心的潛意識裡面，常常是把自己比作那個美女的。

其實我一直不想用這個名詞，我現在要用這個名詞是因為沒有辦法。我現在要用的這個西洋的名詞是「double gender」。gender是「性別」，double gender是「雙重的性別」。小詞之所以微妙，之所以有很多言外的意思，這是第一個值得我們注意的特色。小詞，尤其是《花間集》裡的小詞，大部分是寫美女對愛情的追求，對愛情的渴望，但是《花間集》裡的十八位作者卻都是男子，沒有一個女子。男子以女子的口吻寫愛情，說我要找一個愛我、我也愛的人嫁給他。這種話女子自己敢寫嗎？沒有一個女子敢寫。女子不能站出來說「我要找一個愛的人嫁給他」。宋代朱淑真就因為要找一個愛的人嫁給他，結果是不得善終，死後沒有埋骨之所。因為女子要自己追求愛情，這是不可以的，是不被傳統觀念允許的。只有男子，男子在寫小詞的時候，可以用女子的口吻說：「我要追求愛情，我要找一個可以託付我終身的人。」可是他內心裡面的subconsciousness（潛意識）卻在說：「我要找一個欣賞我的君主，我願終身託付給他。」

中國之所以養成這樣一個傳統，其實來源於我們的「三綱五常」之中的「三綱」。「三綱」是什麼？君為臣綱，父為子綱，夫為妻綱。在這「三綱」之中，夫妻男女之間的身分地位的關係跟君臣之間的身分地位的關係是一樣的。一個是dominant，一個是subdominant，一個是統治的，一個是被統治的。這本是中國小詞形成其微妙特色的一個重要的原因，可是王國維沒有說出來。不只是王國維，其實很多人都沒有說出來。王國維只說是有一個東西使中國小詞如此微妙。為什麼小詞能夠引起人這麼豐富的聯想？為什麼「照影摘花花似面」，「芳心」就「只共絲爭亂」？為什麼「隱隱歌聲歸棹遠」，「離愁」就「引著江南岸」？什麼是「離

《花間集》十卷　蜀歐陽炯作序，稱衛尉少卿字宏基者所集，未詳何人。其詞自溫飛卿而下十八人，凡五百首，此近世倚聲填詞之祖也。詩至晚唐、五季，氣格卑陋，千人一律，而長短句獨精巧高麗，後世莫及，此事之不可曉者，放翁陸務觀之言云爾。

——陳振孫《直齋書錄解題卷二十一．歌詞類》

……《楊柳》《大堤》之句，樂府相傳；《芙蓉》《曲渚》之篇，豪家自製。莫不爭高門下，三千玳瑁之簪；競富樽前，數十珊瑚之樹。則有綺筵公子，繡幌佳人，遞葉葉之花箋，文抽麗錦；舉纖纖之玉指，拍按香檀。不無清絕之詞，用助嬌嬈之態。……昔郢人有歌《陽春》者，號為絕唱，乃命之為《花間集》。庶使西園英哲，相資羽蓋之歡；南國嬋娟，休唱蓮舟之引。

——歐陽炯《花間集．序》

愁」？離愁是我想找到一個我愛的人，但是我不能找到，心中的愛沒有辦法投注，渴望的愛沒有辦法得到。當一個美女「照影摘花花似面」，醒悟到自己的美好的時候，這美好卻不能夠有所投注，這美好的價值不能夠實現。這在表面上說的是女子，但是在中國的傳統文化之中，它隱藏著很深很豐富的男子的不得志的感情。這才是小詞之所以微妙的地方。

小詞的這種微妙之所在，王國維已經認識到了，所以他在《人間詞話》中不但說「詞之為體，要眇宜修。能言詩之所不能言」，而且說「詞之雅鄭，在神不在貌」。都是寫美女，歐陽修所寫的採蓮女子，跟薛昭蘊所寫的淘金女子有什麼不一樣？跟歐陽炯所寫的擺渡船的女子有什麼不一樣？雖然外表看起來，都是寫江南的美女，但她們果然是有不同的。所以王國維說「永叔、少游雖作豔語，終有品格」。他這樣說，絕不是沒有根據地隨便一說而已。因此現在我要介紹給大家一步一步地領會，詞真的是具有一種特殊的品質，而這是詩所沒有的。

我們接著看關於詞之特質的第三則詞話：

南唐中主詞「菡萏香銷翠葉殘，西風愁起綠波間」，大有眾芳蕪穢，美人遲暮之感。乃古今獨賞其「細雨夢回雞塞遠，小樓吹徹玉笙寒」，故知解人正不易得。

我們首先要知道南唐中主這首詞到底寫的是什麼？上一次我已經給大家讀過這首詞了。他說「菡萏香銷翠葉殘，西風愁起綠波間」，「菡萏」就是「荷花」的別名，秋天，荷花的香氣都消滅了，它的荷葉也殘破了。你看，所有的植物，它們的花和葉的零落方式是不一樣的。溫哥華春天的時候，馬路兩邊的櫻花、李花、桃花，開得滿街都是。那些花怎樣零落？就像杜甫說的：「一片花飛減卻春，風飄萬點正愁人。」是一陣風吹，使那千片萬片的花都飄零了。而荷花怎麼落？荷花的花瓣那麼大，它是一瓣一瓣地凋落，它不是飄零，而是殘破。這邊一個大花瓣掉了，缺了一塊，那邊一個大花瓣掉了，又缺了一塊。這是荷花。荷葉呢？它不像那些細碎的葉子，被風一片一片地吹落下來，荷葉是從來不落的，它是乾枯，然後殘破。所以，每種植物的花和葉都會凋落，但它們各自凋落的那種情景、那種形態，都是不一樣的。其實，我倒是覺得「一片花飛減卻春，風飄萬點正愁人」那種凋零的方式更好一些，因為你不會看見它悲慘地憔悴在枝頭嘛，風一吹，它完全就沒有了。可是荷花，你要眼看著它破，眼看著它一瓣一瓣地凋零。所以，當「西風愁起綠波間」的時候，這個女子就為自己的「還與韶光共憔悴」而悲哀。荷花、荷葉，也跟女子容顏的光彩一樣，一天一天地憔悴了，以至於有人說，三十歲以後的女子就不可以看了。像這滿池的荷花一樣，你已經不忍心不能夠承受這種景象了，你無法面對如此

一片花飛減卻春，
風飄萬點正愁人。
且看欲盡花經眼，
莫厭傷多酒入脣。
江上小堂巢翡翠，
苑邊高塚臥麒麟。
細推物理須行樂，
何用浮名絆此身。

——杜甫《曲江二首》其一

美好的東西變成如此狼藉殘破的樣子。

但這首詞其實寫的是思婦的主題。「細雨夢回雞塞遠，小樓吹徹玉笙寒」，說的就是思婦。大家學習中國古典詩詞一定要知道我們中國古代整個的文化背景和歷史。之前就說了，女子成為思婦，這在中國的舊傳統中是必然的命運。「好男兒志在四方」，男子都是要以天下為己任的，就算不以天下為己任而只為謀生，不管你做官也好，經商也好，你都不應該待在家裡面。男子株守家園，不去創一番事業，整天跟妻子在一起，那是可恥的事情。像上次我提到過的明代文學家葉紹袁，他不喜歡官場的腐敗因而回到家鄉，可是家貧無以為生，所以他母親就不喜歡他總是跟他太太兩個人躲在屋裡作詩。至於女子呢？女子大門不出二門不邁，女子是「十四藏六親」，十四歲連親戚的男子都不許見，那麼，女子注定要在閨中，男子注定要在四方，所以思婦就是女子必然的命運了。因此你看中國古代傳統的舊詩，只要寫女子，幾乎都是思婦。唐人陳陶說「可憐無定河邊骨，猶是春閨夢裡人」，李太白說「長安一片月，萬戶搗衣聲。秋風吹不盡，總是玉關情。何日平胡虜，良人罷遠征」（《子夜吳歌四首》其三）。他們所寫的都是思婦。

所以，在古代做一個女子，就一定要有所投注。沒有結婚的時候，你要找一個人投注；結婚以後，你投注的那個人不能守在身邊，你就要投注到對他的思念。不管什麼時候，女子都注定了是思婦。這不僅中國如此，西方也是如此。上次我曾經

八歲偷照鏡，長眉已能畫。
十歲去踏青，芙蓉作裙衩。
十二學彈箏，銀甲不曾卸。
十四藏六親，懸知猶未嫁。
十五泣春風，背面鞦韆下。
——李商隱《無題》

引過當代的美國學者、芝加哥西北大學的勞倫斯・利普金（Lawrence Lipking）的觀點。利普金他寫了一本書叫做*Abandoned Women and Poetic Tradition*（《棄婦與詩歌的傳統》）。Abandoned Women，是被拋棄的婦女，他討論的是被拋棄的婦女與詩歌之傳統的關係。Lawrence Lipking說，這並不是說詩歌裡面寫的都是棄婦，而是說其實男人們本身也有一種跟棄婦同樣的、難以言說的感情。

那麼，中國古代女子在家裡做思婦，倘若男子在外面另外有了婚姻呢？她就變成棄婦了。而中國古代的男子是沒有這種憂慮的，男子可以休妻，但女子不可以離婚，所以男子永遠不會被棄。——現在當然不同了，現在有的女子，以為是有了女權了，有權以後就變得非常刁蠻，說你要是愛我，你就得什麼都要給我，我怎麼欺負你都要承受。這同樣是不自重，我不是只說男子不好，男子有的時候墮落敗壞，女子有的時候也同樣的墮落敗壞。

我們返回來接著說。既然如此，你以為古代的男子就不會遭遇到被拋棄的那種痛苦嗎？並非如此的，男子之被拋棄，是另外的一種被拋棄。我已經說了，君臣、父子、夫妻這「三綱」，在「君臣」這一綱裡，君是dominant（統治的），臣是subdominant（被統治的）。「臣」字通常跟什麼字聯繫在一起呢？臣妾。所以，男子不會被他家裡的妻子拋棄，但可以被他的上司拋棄，可以被他的君主拋棄，可以被他的老闆拋棄。就算你的老闆沒有拋棄你，如果你在你的同事中間沒有作為，大家都看不起你，你也會有一種「棄婦」的感覺。所以說，棄婦的感情，並不只是女子才有的。因此 Lawrence Lipking 就說，abandoned women 成了一個 poetic tradition，他說男子比女子更需要借助abandoned women來表達自己的感情。男子寫的那些詩詞，表面上是寫思婦是寫女子，而在他內心實際上隱藏了自己的一種不得志的感情。這就是我說的雙重性別—— double gender的作用。

好，還不只是 double gender，小詞還有更妙的地方，我們一步一步地講。我剛才說了，古代女子以色事人，色衰則愛弛。所以南唐中主詞中的這個女子因「菡萏香銷翠葉殘」而想到「還與韶光共憔悴，不堪看」，於是就懷念起她的丈夫。今天晚上，外面下著綿綿的細雨，她夢到了遠在雞塞的丈夫，但雨聲把她從夢中驚醒，雞塞仍然遠在天邊。在這種時候，她怎樣安排自己的感情？她只有「小樓吹徹玉笙寒」，在那孤獨閉鎖的樓中，她就一直吹著玉笙，吹了很久很久。當她吹著這玉笙的時候，她流了多少眼淚？她內心之中有多少離愁別恨？天亮了，她又靠在樓前的闌干上，盼望也許今天我所懷念的人會回來。而當她在闌干前如此盼望的時候，眼前所看到的仍是引起她悲哀思念的景色——「菡萏香銷翠葉殘」。這是一個循環不斷的相思和懷念。

這首詞寫得很明白，我們完全能看出是寫思婦的感情。思婦的感情是這首詞顯意識之中的主題。如果這樣說，那麼這首詞最重要的兩句當然就是「細雨夢回雞塞遠，小樓吹徹玉笙寒」，這是它重要的情意之所在。而「菡萏香銷」呢？那只是外表的景色的鋪陳而已。所以王國維說，古今獨賞其「細雨夢回雞塞遠，小樓吹徹玉笙寒」。因為這兩句不但是主題之所在，而且你看它文字的對偶多麼工整，字面是多麼美麗！但王國維對此提出了不同的看法，他說「南唐中主詞『菡萏香銷翠葉殘，西風愁起綠波間』大有眾芳蕪穢，美人遲暮之感」。王國維欣賞開頭這兩句，他認為這兩句有很深的感慨。什麼樣的感慨？他說是「眾芳蕪穢，美人遲暮」的感慨。

這「眾芳蕪穢，美人遲暮」又是什麼樣的感慨呢？「美人遲暮」是屈原《離騷》中的句子：「日月忽其不淹兮，春與秋其代序；惟草木之零落兮，恐美人之遲暮。」「眾芳蕪穢」也是屈原《離騷》裡的句子：「余既滋蘭之九畹兮，又樹蕙之百畝。畦留夷與揭車兮，雜杜衡與芳芷。冀枝葉之峻茂兮，願俟時乎吾將刈。雖萎絕其亦何傷兮，哀眾芳之蕪穢。」

首先我們來看「日月忽其不淹兮」的一段。「忽」是說日月在天上走，不肯停留。那麼，一天的太陽落了，一天就過去了，三十天的太陽落了，一個月就過去了，三個月過去之後，季節就改變了，積時成日，積日成月，積月成年，一天一天的時光就流逝了。「惟草木之零落兮」，秋天真的來了，你看溫哥華在春天的時候是滿樹的繁花，一到秋天就是滿地的落葉了。你要想到這「惟草木之零落兮」，你就會「恐美人之遲暮」！女子以色事人，所以最怕衰老，而越是美人衰老起來，大家就越覺得難以接受、值得惋惜。也許有人會說，只有美的人衰老嗎，不美的人不是也會衰老嗎？不美的人當然也會老。可是那好像不大會引起我們如此強烈的感受。

而我們現在所說的其實還不在於女子的美不美，這「美人之遲暮」實際上說的是男子。三國時曹丕給他的朋友吳質寫過一封信，信中提到他們的一個朋友應瑒。應瑒字德璉，是建安七子之一，曹丕說「德璉常斐然有述作之意，其才學足以著書，美志不遂，良可痛惜」（《與吳質書》）。他說我這個朋友應德璉，很有才華，他不只有文采，而且有著述之意，他也很希望留下一些著作來。一個人總想成為作家，但你夠不夠資格成為作家？你有沒有成為作家的才能？曹丕說應德璉是有這個才能的，他的才學，真的能夠寫得出好作品來。你要知道，有的人志大才疏，他有志意，但是卻沒有才能。有的人生下來果然是有才能，但是卻遊戲人生，自甘墮落，從來沒有遠大的志意。這兩種人蹉跎落空了都不大可惜。那些有大志而沒有才能的根本就做不出什麼事情來，白白活一輩子並沒有什麼可惋惜的；那些有才能卻從來也不想要做什麼事情的，空過了一生也沒有什麼值得惋惜的。什麼才值得惋惜？是他既有這種志意，也有這種才能，但這美好的志意卻沒有能夠完成，那才是最可悲哀的，那才叫做「美人之遲暮」。因此，在中國的詩歌傳統裡面，「美人」

所指的常常不只是女子，而是一切有美好志意和才能的人，主要還是指男子。

再看「余既滋蘭之九畹兮」這一段。屈原說，我栽培了這麼大一片蘭花，我還種了這麼多的蕙草。這「蘭」跟「蕙」有什麼分別你們知道嗎？只開一朵的那個是蘭，一串一串的那個是蕙。蘭和蕙都有香氣，都很美麗。屈原說，除了蘭和蕙之外，我還種了留夷、揭車、杜衡和芳芷。這些也都是美麗的香草。屈原是常常用美女跟香草來表現他美好的志意和願望的。他說我種了以後怎麼樣？我就盼望它們長得枝葉繁茂嘛，我要等到它們成熟的時候，就把它們收割起來。可是我的花竟沒有開。「萎絕」，萎是枯乾，絕是死去，我種的花都乾了，都死了，我種花的努力完全失敗了。

在天津南開大學，有一個朋友會養蘭花，她每年到春節都送給我一盆。蘭花的香是一種幽香，你若將香水百合與中國的蘭花一比較就會覺得，這香水百合怎麼這麼刺激人呢。而那個朋友送我的蘭花，在傍晚黃昏的時候，你不知不覺之間走過，一陣幽微的香氣就過來了。但我半年不在南開大學，所以這些蘭花也沒有養好。我在蘇州看見有一種蓮，叫鉢蓮，也叫碗蓮，可以種在大碗裡面。我想這個不錯，我可以種一盆，放在我的桌子上。蘇州園林的人對我很好，他說，叫你的學生來，我挑幾種讓他給你帶回去。於是我的一個學生就到了蘇州，挑選了六棵鉢蓮，回來交託給三個女生去替我栽培。從春天四月種上，等我九月回去的時候，一棵都沒有活。那些幽香的蘭花、蕙草是很難種好的，我每年也都不能保存下來，到明年它就不見了。

那麼屈原《離騷》說，「雖萎絕其亦何傷兮，哀眾芳之蕪穢」，雖然我的九畹蘭花、百畝蕙草都枯乾死去了，但我還不只是為這個而悲傷。他說我所悲哀的，是「眾芳之蕪穢」。我一個人種的花死了沒關係，可是為什麼所有人種的花都萎絕了呢？這是一個國家、一個民族最可悲哀的事情。一個人墮落敗壞，一兩個做官的墮落敗壞，那也就算了，為什麼你們大家都敗壞了？為什麼沒有一個人能把大局挽回呢？「雖萎絕其亦何傷兮，哀眾芳之蕪穢」——這是屈原的悲哀。

可是，這些與南唐中主的這首思婦之詞有何相干？人家南唐中主明明寫的是思婦啊，而王國維居然說他這裡面有屈原的「美人遲暮」和「眾芳蕪穢」的悲哀。人家有嗎？王國維他不但說人家有，而且他還說：我所看到的「眾芳蕪穢」、「美人遲暮」才是這首詞中真正最重要的意思，如果你們只欣賞他關於思婦的「細雨夢回雞塞遠」兩句，那就是「解人正不易得」——懂詞的人真是不容易找到！你們大家都不懂啊，你們怎麼都看不到詞裡面有這麼深刻的意思呢？

前些天，有大陸上的刊物，說要出版我的詩詞的選集，要寫一篇介紹。他們說你就找你的學生寫吧。我的學生有幾個都是詩詞寫得很好的人。先頭我就找一個女生寫，女生感覺豐富，敏銳，多情。但你讓她用理論分析，她分析不出來。好，女生不可以，找個男生來寫吧。男生也寫了一篇。我還有一位在澳門的朋友，曾為我捐一百萬人民幣給我們南開研究所的，他也寫詩詞，我的學生都認識他，常常把詩詞傳給他看，我就把女生和男生寫的文章都給他傳過去了。他看了以後對女生說，你連你老師的理論還沒搞清楚，就隨便亂引，你自己不懂的東西怎能說呢？男生寫的也傳去了，他就對我說，這篇文章，如果是外邊的一個人隨便寫的還可以，但是你的學生寫的就不可以。你的學生怎麼能對你一點都不了解呢？他說，對於你的詩詞理論的批評，有些文章寫得還可以，而對你的詩詞創作的批評，沒有一個人批評得好的。那我就笑回道：「那是因為我的詩詞本來就不好吧。」

我說這個是為了說明，所謂「解人」，是真正不易得的。你看現在那些賞析詩詞的書一本一本地出，把五個字鋪陳成五十個字，好像他就講明白了，其實真是非常淺薄。所以，做學問寫論文，把一些知識材料填進去還可以。但詩詞的評賞，要真正憑你自己的感受來說，大家就都說不出來了。

那麼王國維自己認為是「解人」，他從人家南唐中主的這首詞裡邊，看到「眾芳蕪穢」、「美人遲暮」的感慨，難道他就對了嗎？人家明明寫的是思婦，他憑什麼說人家有屈原《離騷》中「眾芳蕪穢」、「美人遲暮」的悲慨？這就是很微妙的一點了。

關於南唐中主的這首《攤破浣溪沙》，在《南唐書》、《五代史》這些史書中，都記載有一個故事。說南唐中主李璟常常在宮廷之中演奏音樂。有一天他寫了這首詞，就叫一個樂工去演唱。這個唱曲子的樂工名字叫王感化。而這個王感化，歷史上也有關於他的記載。史書上說有一天中主讓王感化演奏曲子，他卻唱了一句詩「南朝天子愛風流」。因為南唐也同南朝一樣，偏安在南方嘛，而且南朝的天子也都是風流浪漫、很有文采的。然後下一句呢？他再唱「南朝天子愛風流」。再下一句呢？他還是唱「南朝天子愛風流」。於是南唐中主幡然大悟：「他是在說我呢，說我不理國政，每天聽歌看舞。」

你要知道，這就很妙啦。他們都是從眼前的歌舞，聯想到了國家的危亡。我剛才說，像歐陽修的那首小詞是double gender，是雙重性別的作用。而南唐中主這首詞，它不是雙重性別，他是雙重語境。你在什麼樣的語言環境中說的這話，這是非常重要的。「雙重語境」，就是「雙重的語言環境」。我們現在在這個教室裡面，這就是我們的語言環境。我在這裡，我就不能在天津的南開大學。語言的環境，現場只有一個。可南唐中主他們不一樣，他們是double contact，有兩個語言環境。有人就會問，他南唐中主今晚開個party，大家唱歌，就是這個環境嘛，怎麼是double contact呢？可是你要知道，南唐中主歌舞的場合，那只是他現在所在的一個小環境。而整個南唐的國家的大環境是什麼？是朝不保夕。就像我們上次講的那首詞，南唐的宮女染出一匹碧藍色的絲綢說是「天水碧」。於是人家就說這是預言，預示

王感化善謳歌，聲韻悠揚，清振林木，繫樂部，為歌板色。元宗嗣位，宴樂擊鞠不輟。嘗乘醉命感化奏水調詞。感化唯歌「南朝天子愛風流」一句，如是者數四，元宗輒悟，覆杯歎曰：「使孫、陳二主得此一句，不當有銜璧之辱也。」感化由是有寵。元宗嘗作《浣溪沙》二闋，手寫賜感化。後主即位，感化以其詞札上之，後主感動，賞賜感化甚優。

——宋．馬令《南唐書．詼諧傳．王感化》

著北方的趙宋快要打過來了。所以說，當時南唐的大環境朝不保夕，危亡在即，而小環境呢，是他們還在歌舞宴樂。這就是一種雙重的語言環境，是double contact。這人的意識其實也是很微妙的，我們有conscious（意識），有subconscious（潛意識），有unconscious（無意識），還有所謂collective unconscious（集體的無意識）。所以，人常常會有一些預言什麼的，那其實是你自己的意識裡面你所沒有察覺到的部分，是你的subconscious、unconscious裡面有的。南唐君臣每天是在歌舞宴樂，可是北方的趙宋慢慢地強大，國家危亡就在旦夕之間，他們內心中有一個subconscious、unconscious的東西藏在裡面，而在他們給歌女寫歌詞的時候，於無意之中就流露了出來。

「眾芳蕪穢」、「美人遲暮」這兩句，其實屈原所寫的也正是楚國當時的環境。在戰國時代，屈原所在的楚國處在齊、秦兩大強國之間。當時有「合縱」和「連橫」之說，「合縱」就是東方六國聯合起來，抵抗西方的秦國；「連橫」就是東方六國共同侍奉秦國。屈原是主張合縱的，可是張儀到楚國去散佈一些謊言，楚懷王不聽屈原的忠告而貶逐了屈原，又聽信張儀的謊言而去了秦國，結果被秦國扣留，後來就死在了秦國。這是當時屈原所在的那個時代的背景。屈原是楚國的宗室，可是他沒有辦法挽救楚國的危亡。「美人遲暮」是屈原自己的悲哀，「眾芳蕪穢」，是整個楚國的悲哀。現在南唐的局勢也是如此，南唐已經無力振起了，它的危亡就在旦夕之間。這種心中的隱憂，南唐中主可能於無意間流露出來了，而王國維就在他的「菡萏香銷翠葉殘，西風愁起綠波間」兩句詞之中敏感地看到了這一點。所以王國維才敢大膽地說：「我說的才是對的，你們讀這首詞的人都沒有看出來這一點，因此你們都不是『解人』。」

可是，王國維不管什麼時候都有這種自信嗎？王國維是否總是認為他自己能夠準確把握作者的原意？沒有，王國維不是在任何時候都有這種自信的。我們下面要看的關於詞之特質的第四則詞話，就是一個證明：

> 古今之成大事業、大學問者，必經過三種之境界：「昨夜西風凋碧樹，獨上高樓，望盡天涯路。」此第一境也；「衣帶漸寬終不悔，爲伊消得人憔悴。」此第二境也；「眾裡尋他千百度，回頭驀見（當作「驀然回首」——葉按），那人正（當作「卻」——葉按）在，燈火闌珊處。」此第三境也。此等語皆非大詞人不能道。然遽以此意解釋諸詞，恐爲晏、歐諸公所不許也。

時間到了，我們下次再講這三種境界。

（劉靚整理）

第四講

什麼是王國維所說的「成大事業、大學問」呢？在座的兩個小朋友曾跟我說，她們要念博士，要到大學去教書，這個聽起來也是很美好的志向，但這不是王國維所說的「成大事業大學問」。王國維的「成大事業、大學問」，並不是指的人世之間普通人所追求的那種個人的、小我的學問和事業的成功。我常常跟人家說，我這個人從來沒有遠大的志向，我小的時候從來沒有想過要讀博士或者要到大學去教書，我是從患難之中一步步地走過來，最後走到今天的。大學畢業後學校分配我去教私立中學，我就去教了私立中學。大家要想知道我的經歷，最近有大陸的一個學者寫了一本書，題目是《華裔漢學家葉嘉瑩與中西詩學》，裡面就有對我那些經歷的介紹，你們看了就會知道我是怎麼樣艱難地走過來的。

那王國維所說的「大學問、大事業」指的是什麼呢？我要引用一段王國維的話，看看他是怎麼樣說的。王國維年輕的時候，曾經到上海的東文學社，跟一個日本教授學習了西方的康德跟叔本華的哲學，所以他深受叔本華哲學的影響。叔本華認為人生就是「意志」，這個「意志」不是說你的什麼理想，而是「will」，是一種欲望、意欲。所以他說，最高的人生是要超越於你自身的情欲和願望的意志之上的，那麼，怎麼樣超越呢？王國維在他的《叔本華與尼采》一文中說了一段話，他說：

一切俗子因其知力爲意志所束縛，故但適於一身之目的。由此目的出，於是有俗濫之畫，冷淡之詩，阿世媚俗之哲學。何則？彼等自己之價值，但存於其一身一家之福祉，而不存於眞理故也。惟知力之最高者，其眞正之價值不存於實際而存於理論，不存於主觀而存於客觀，端端焉力索宇宙之眞理而再現之。……彼犧牲其一生之福祉，以殉其客觀上之目的，雖欲少改焉而不能。

就是說一切世俗上的人，你的思想你的智力，被你的「will」，被你內心的一種欲望的意志所束縛。所以一般人所追求的就是個人一己的目的。我要念博士，我要在大學教書，這是你個人一己的自私的目的。由這個目的出發，所以世界上就有了俗濫的藝術，因為這些人追求的不是藝術的最高境界，而是看市場上哪種藝術最賣錢就做哪種藝術，有什麼節日或有什麼慶祝了，就寫一首詩來歌頌讚揚，還有阿世媚俗的一些學問，都是為了討到社會上人們的喜愛而做的。其實現在我們的媒體所宣傳的，也都是吸引人的欲望，而不是提升人的理想。都是教給你怎麼樣去追求私人的利益，怎麼樣去追求金錢利祿，引導整個社會走向一種俗濫的風氣。為什麼會這樣？因為媒體以為它要播放這樣的東西大家就有興趣。你告訴大家怎樣成名，怎樣發財，怎樣追求享樂，大家就喜歡看這樣的東西。這些人的價值，都是存於自己一身一家的幸福，都是滿足自己個人的欲望，所以他們所追求的都不是真理。只有具有最高智慧的人，他真正的價值不存於實際，不在於現實的得失利害。西方有一個人本主義哲學家Abraham Maslow（馬斯洛），他說人其實要追求的是自我的完成。人的追求有幾個階段，最初當然是追求衣食的溫飽，然後要有家庭的溫暖，要有朋友的友情，要追求名譽，要追求一個社會上的歸屬。但是，最高的一個價值體現就是完成你自己，他叫做self-actualization，就是你自己實現了你自己。當你真正找到了這個self-actualization的自我實現的目的，你就會覺得那些低下的追求都是不重要的。不是別人告訴你不重要，而是你到了那個境界以後，自然就覺得那些事情不重要了。陶淵明可以做官，陶淵明也可以有很多的薪水，可是他寧可忍受貧窮飢餓，回家來了。因為他覺得這樣是完成了他自己。如果你追求那些現實的利益，反而出賣了你自己，那你就迷路了。所以，每個人價值的取向不一樣。王國維說，有最高智慧的人真正的價值，不存於現實的物質的得失，而是存於真理的，不存於主觀，而是存於客觀的。他們所努力的就是追求宇宙的一個真理、人生的一個意義和價值，為此寧可犧牲自己一生的現實的幸福。所以我們應該知道，王國維所說的「成大事業、大學問」，並不是我們當前所說的那些個世俗的、庸俗的學問和事業。

追求成大事業、大學問要經過三種境界。第一種境界是晏殊的兩句詞「昨夜西風凋碧樹，獨上高樓，望盡天涯路」。他說的是什麼呢？善於讀詩的人，不是只看外表上的文字，不是只看外表上所寫的景物和感情，真正會讀詩的人要從詩裡面讀

檻菊愁煙蘭泣露。羅幕輕寒，燕子雙飛去。明月不諳離恨苦。斜光到曉穿朱戶。
昨夜西風凋碧樹。獨上高樓，望盡天涯路。欲寄彩箋兼尺素。山長水闊知何處。
——晏殊《蝶戀花》
編按：詞牌一作《鵲踏枝》

出一種境界、一種意境，讀出詩歌裡真正給你呈現出的一個境界。「昨夜西風凋碧樹。獨上高樓，望盡天涯路」是晏殊的詞《蝶戀花》裡的句子。可是晏殊的這首詞是為了成大事業、大學問而寫的嗎？不是的，他寫的也是閨中的思婦。中國的小詞寫的常常是女性的感情，而女性在傳統社會中被注定是思婦的命運。因為男子畢竟要在外面做事，經常要出去，女子在家裡永遠是思婦。所以他說「明月不諳離恨苦，斜光到曉穿朱戶」。這女子一夜相思一夜懷念，一夜沒有能夠成眠，等到第二天早晨了，她登上高樓。登上高樓是為了望遠，望遠是為了期待她所盼望的那個人從遠方出現。昨天晚上秋風颳得很大，樹上的黃葉都被吹落了，本來窗前一樹很茂密的樹葉，她看不到那麼遠，可是「昨夜西風凋碧樹」，她現在上到高樓，就一直望盡了天涯路。這本來是寫一個思婦登樓望遠懷人，但是王國維是善於讀詞的人，所以就從裡面讀出一種境界來。這裡邊有什麼境界？我們每天耳之所聞，目之所見，目迷乎五光十色，耳亂乎五音六律，我們的耳目都被那些繁雜的、奢華的、炫惑的、迷惘的聲光色彩所引誘了，所以你追求世俗之所尚，所以你就與世俗同流合污了。真正有智慧的人要「昨夜西風凋碧樹」，你要把遮蔽在你眼前的社會上這一切吸引的誘惑都超越過去，你要有這種超越的精神，你才能看到高遠的理想，你才不是為個人的、世俗的、一己的得失而生活。所以王國維說「昨夜西風凋碧樹，獨上高樓，望盡天涯路」，是成大事業、大學問的第一個境界。

可是一般的俗人連學問事業都不容易完成，何況王國維所說的大事業、大學問！你如果要追求大事業、大學問，就要像陶淵明那樣忍受飢寒交迫的痛苦，你要有堅毅的能夠忍耐的一種毅力。所以他說第二種境界就是「衣帶漸寬終不悔，為伊消得人憔悴」。衣服帶子越來越鬆了，這是說人消瘦了。消瘦，是因為我追求得很艱苦。我相思懷念，我執著地追求著，我就是為她付上我的一切為代價也始終不會後悔。「衣帶漸寬終不悔，為伊消得人憔悴」是柳永的《鳳棲梧》裡的兩句，柳永說的是一個現實的女子，說我為她相思懷念而憔悴。可是王國維讀詩讀詞，總是超越了詩詞表面所寫的現實，讀出來一種哲理的境界，所以這裡「為伊」的「伊」，還是指的那個成大事業、大學問的理想。我為實現我的這個理想而「衣帶漸寬終不悔，為伊消得人憔悴」。為了完成理想，你首先要擺脫世界上一切蒙蔽，不要只看那世俗短淺的利益，不要為了一點點的得失跟人家斤斤計較。這是你第一步的超越。可是這還不夠，你還要有第二步——執著地追求的毅力。並不是所有追求的人一定就能得到，如果你終於沒有追到，沒有完成，你就白白地追求了。你心裡面一定要有寧可為它犧牲的這個準備。不過，最理想的當然還是完成你的追求了，所以他最後寫的是完成的境界：「眾裡尋他千百度，驀然回首，那人卻在燈火闌珊處。」這是辛棄疾詞《青玉案》裡邊的句子。他說我追求了一輩子，忽然有一天我恍然大悟，我得到了。得到的這個東西不一定是外在的名利祿位，而是真正在內心

佇倚危樓風細細。望極春愁，黯黯生天際。草色煙光殘照裡。無言誰會凭闌意。
擬把疏狂圖一醉。對酒當歌，強樂還無味。衣帶漸寬終不悔。為伊消得人憔悴。

——柳永《鳳棲梧》

編按：詞牌一作《蝶戀花》

東風夜放花千樹，更吹落、星如雨。寶馬雕車香滿路。鳳簫聲動，玉壺光轉，一夜魚龍舞。
蛾兒雪柳黃金縷，笑語盈盈暗香去。眾裡尋他千百度。驀然回首，那人卻在，燈火闌珊處。

——辛棄疾《青玉案．元夕》

之中達到了一種自足的、自我實現的境界。

現在我們都看到了，王國維所說的完全不是宋代那幾位詞人的原來的意思，那麼他這樣解釋可以嗎？所以王國維在這則詞話後面就說了：「此等語皆非大詞人不能道，然遽以此意解釋諸詞，恐為晏、歐諸公所不許也。」這句話說了兩個意思。第一就是能夠在詞裡面寫出來這樣的詞句，給讀者這樣高遠的啟發和聯想，如果不是偉大的詞人是寫不出來的。我以前講過，同樣寫江南美女，「二八花鈿，胸前如雪臉如蓮」（歐陽炯《南鄉子》）所寫的就是一個現實的女子，而且是引起男子情欲的一個女子。可是歐陽修所寫的是「照影摘花花似面，芳心只共絲爭亂」、「隱隱歌聲歸棹遠，離愁引著江南岸」（歐陽修《蝶戀花》），為什麼照影摘花就引起這麼多相思呢？我說她「照影摘花花似面」是對於自我之美好的發現，因為一個人對於你的自我的意義和價值不要自暴自棄，你要珍重和愛惜你的生命的意義和價值，你要把你的意義和價值放到一個理想的境界去完成它。我這樣講詞，其實也跟王國維一樣。因為歐陽修說的就只是一個採蓮的女子，而我卻從這首詞看出了一種境界，看出了一個人對於自我的認識，對於自我的完成和交付的一種願望。可是你要注意，有的小詞裡面讀得出這樣的東西，有的小詞裡面就讀不出這樣的東西。歐陽炯的小詞就不能使人讀出高一層的境界，薛昭蘊的小詞也不能使人讀出高一層的境界，只有歐陽修的詞，使人讀出了高一層的境界。所以，王國維說「此等語皆非大詞人不能道」，就是這樣一種意思。三首小詞同樣寫美女，同樣寫相思，同樣寫愛情，只有歐陽修的語言能夠使讀者產生超越於現實意義的高遠的聯想。能夠使作品產生這種作用的，是偉大的詩人，因為他們的詩歌裡面本來就包含有這樣的豐富的內容。而一般詩人的作品，是不容易包含有這些作用的。

那麼，作為讀者的你，可不可以把你的這種聯想就說成是作者的原意呢？那是不可以的。所以王國維接下來就說了：「然遽以此意解釋諸詞，恐為晏、歐諸公所不許也。」你要是用這種意思來解釋說晏殊的詞就是成大事業、大學問的第一種境界，柳永的詞就是第二種境界，那他們作者們本來的意思並不是這樣，所以不會同意你這樣解釋。也就是說，那並不是作者的原意。但王國維這樣的解釋方法，也是有一個由來的。從中國的傳統來說，那叫做「斷章取義」。你不管它全詩寫的是什麼，不要管全詩寫的是相思是愛情還是美女，你只斷章取用它的兩句。你不管它全首說的是什麼，你就斷章只取這兩句的意思，表示你有一種高遠的眼光，一種高遠的追求。這就叫「斷章取義」。斷章取義在中國是由來已久的，《左傳》裡面用詩歌去辦外交，都是斷章取義。朱自清《詩言志辨》中說賦詩有時也能產生重大的作用，例如魯文公十三年，鄭國背叛晉國投降了楚國，但後來又想要再回來依附晉國。那麼恰好魯文公由晉國要回到魯國去，鄭伯在半路上與魯文公相見了，請求魯文公替他向晉國說情，兩方的應答都是用賦詩來表達的。鄭國的大夫子家賦的是

冬，公如晉朝且尋盟，衛侯會公于沓，請平于晉，公還，鄭伯會公于棐，亦請平于晉，公皆成之，鄭伯與公宴于棐，子家賦鴻鴈，季文子曰，寡君未免於此，文子賦四月，子家賦載馳之四章，文子賦采薇之四章，鄭伯拜，公答拜。

——《春秋左氏傳．文公十三年》

鴻雁于飛，肅肅其羽。之子于征，劬勞于野。爰及矜人，哀此鰥寡。
鴻雁于飛，集于中澤。之子于垣，百堵皆作。雖則劬勞，其究安宅。
鴻雁于飛，哀鳴嗷嗷。維此哲人，謂我劬勞。維彼愚人，謂我宣驕。

——《詩經．小雅．鴻雁之什．鴻雁》

編按：毛詩小序云：「鴻雁，美宣王也。萬民離散，不安其居，而能勞來還定安集之，至於矜寡，無不得其所焉。」

四月維夏，六月徂暑。先祖匪人？胡寧忍予？
秋日淒淒，百卉具腓。亂離瘼矣，爰其適歸？
冬日烈烈，飄風發發，民莫

《小雅・鴻雁》。這首詩原來的意思是什麼呢？《毛詩序》說《鴻雁》這篇詩本來的意思是讚美周宣王，是周朝那時有一些災荒，周宣王是一個好的君主，所以他就來賑濟災民。「鴻雁于飛，肅肅其羽。之子於征，劬勞於野。爰及矜人，哀此鰥寡」，說那些賑濟的人、那些國家的救援就像天上的鴻雁一樣，它的翅膀啪啪響著就飛來了，天子派遣了使者這麼勞苦地來到我們鄉野的地方，是因為憐憫我們人民，同情這些鰥寡不幸的人。顯然，這首詩是說賑濟災民的，與鄭國要求魯國的幫助本來不相干。但是在這裡，鄭國的大夫子家不管這首詩原來說的是什麼，他說「爰及矜人，哀此鰥寡」，就是說希望你可憐我們吧，幫助我們吧，我們需要魯國的同情。然後魯國的使者就賦了《小雅・四月》，說是要回去祭祖了，所以沒有時間來幫忙。於是鄭國的子家又賦了《載馳》的第四章，意思是小國有急難，想求大國救助。結果魯國過意不去，就賦了《小雅・采薇》的第四章，表示答應為鄭國奔走。像《鴻雁》、《四月》、《載馳》、《采薇》這些篇章本來各有各的意思，但是那些辦外交的人卻可以完全不管原詩是什麼意思，只引其中的兩句來說明自己的意思，這就叫「斷章取義」。這個其實和當時的詩歌教育是有關係的。《周禮》記載了古代周朝的教育，說國子入小學了，就有一個太師教這些國子來讀詩，教的是「興、道、諷、誦、言、語」，教學生們讀詩不要死板地看外表的意思，而要有一種興發感動。你要背誦，然後用這些詩句去應對問答。因此，斷章取義的辦法在春

不穀，我獨何害？

山有嘉卉，侯栗侯梅。廢為殘賊，莫知其尤。

相彼泉水，載清載濁。我日構禍，曷云能穀？

滔滔江漢，南國之紀。盡瘁以仕，寧莫我有。

匪鷻匪鳶，翰飛戾天。匪鱣匪鮪，潛逃于淵。

山有蕨薇，隰有杞桋。君子作歌，維以告哀。

——《詩經・小雅・谷風之什・四月》

載馳載驅，歸唁衛侯。驅馬悠悠，言至于漕。大夫跋涉，我心則憂。

既不我嘉，不能旋反，視爾不臧，我思不遠。

既不我嘉，不能旋濟。視爾不臧，我思不閟。

陟彼阿丘，言采其蝱。女子善懷，亦各有行。許人尤之，眾穉且狂。

我行其野，芃芃其麥，控于大邦，誰因誰極。大夫君子，無我有尤。百爾所思，不如我所之。

——《詩經・國風・鄘風・載馳》

秋戰國時代很流行。

其實，不但外交用斷章取義的辦法，孔子教學生也採取這種辦法。孔子所讚美的學生，常常是從詩中產生出於詩外的豐富聯想的學生。有一次子貢問孔子：「貧窮不諂媚，富貴不驕傲，老師您看這樣做人怎麼樣？」孔子說：「可以了吧，但卻不如更好一點的，那就是貧窮不但不諂媚，而且能夠安於貧窮還很快樂，富貴不但不驕傲，而且還很謙卑好禮，那樣就更好了。」這就把子貢所說的做人的境界提高了一個層次。然後子貢就聯想到：「詩經上說『如切如磋，如琢如磨』，就說的是這種情形吧？」就是說，雕琢象牙和美玉一定要切磋琢磨，要把它切磨得更光潤，這就如同我自己想得比較粗淺而老師給我提升了一個境界是一樣的。這是子貢對孔子教導的領悟。雖然他說的意思跟《詩經》的原詩都沒有關係了，但孔子讚美他說：「賜也，始可與言詩已矣！」說你能夠有這麼豐富的聯想，這樣的學生我就可以和你談談詩了。這就是所謂「告諸往而知來者」，我告訴你一段過去的事，你可以聯想到未來的事；我告訴你一個已經存在的東西，你可以從這個已經存在的東西，引申聯想到更豐富的言外的意思。這才是會讀詩的人。

對於這種讀詩的方法，其實在西方有一個義大利的學者墨爾加利（Franco Meregalli）也說過，他說這叫做「creative betrayal」，就是「創造性的背離」，他說讀詩的時候，你可以背離作者的原意，有你自己的更豐富的聯想。德國的美學家沃

采薇采薇，薇亦作止。曰歸曰歸，歲亦莫止。靡室靡家，玁狁之故。不遑啟居，玁狁之故。
采薇采薇，薇亦柔止。曰歸曰歸，心亦憂止。憂心烈烈，載飢載渴。我戍未定，靡使歸聘。
采薇采薇，薇亦剛止。曰歸曰歸，歲亦陽止。王事靡盬，不遑啟處。憂心孔疚，我行不來。
彼爾維何？維常之華。彼路斯何？君子之車，戎車既駕，四牡業業。豈敢定居？一月三捷。
駕彼四牡，四牡騤騤。君子所依，小人所腓。四牡翼翼，象弭魚服。豈不日戒，玁狁孔棘。
昔我往矣，楊柳依依。今我來思，雨雪霏霏。行道遲遲，載渴載飢。我心傷悲，莫知我哀。
——《詩經．小雅．鹿鳴之什．采薇》

大司樂：掌成均之法，以治建國之學政，而合國之子弟焉。凡有道者、有德者，使教焉；死則以為樂祖，祭於瞽宗。以樂德教國子：中和、祇庸、孝友。以樂語教國子：興道、諷誦、言語。以樂舞教國子舞《雲門》、《大卷》、《大咸》、《大韶》、《大夏》、《大濩》、《大武》。以六律、六同、五聲、八音、六舞大合樂，以致鬼神示，以和邦國，以諧萬民，以安賓客，以說遠人，以作動物。
——《周禮．春官宗伯》

夫崗・伊塞爾（Wolfgang Iser）也說，讀書就是要從你讀的書本裡面有你自己的一種創造性的聯想。你可以違背他的原意，有更豐富的聯想。而中國古代從孔子，從《左傳》裡面使臣的問答，就培養出來了我們中國人帶著豐富的聯想讀詩的傳統。這是王國維解釋詩歌的一個辦法。

我們之前還講了王國維解釋詩的另一個辦法，那就是關於詞之特質的第三則詞話，王國維評論南唐中主的詞說：「『菡萏香銷翠葉殘，西風愁起綠波間』，大有眾芳蕪穢，美人遲暮之感。」「眾芳蕪穢，美人遲暮」是什麼？那是《離騷》啊。在《離騷》的時代，是楚國處在秦國和齊國兩個大國之間，正在危難的時候，屈原自傷說：「日月忽其不淹兮，春與秋其代序；惟草木之零落兮，恐美人之遲暮。」天上的日月在輪轉，人很快就會衰老。「美人」在中國的傳統裡，不只是一個容貌美麗的女子，也是一個有才智的美好的賢人。一個人既有美好的理想，又有可以完成理想的才能，這樣的人倘若竟然沒有能完成他的理想，那是最可惜的。這也就是「美人遲暮」之所以特別可悲的緣故。屈原希望楚國復興，可是他沒有完成。於是他說：雖然我沒有完成，但如果我們楚國有別人完成了，使楚國得到挽救，我一樣的高興。但是他悲哀的是，竟然沒有一個人能夠完成：「雖萎絕其亦何傷兮，哀眾芳之蕪穢。」所有的花都乾死了，不但屈原沒有完成，當時楚國就沒有一個清醒的人能夠從危難中把楚國挽救回來！同樣的，南唐現在也沒有一個清醒的人能夠使南

子貢曰：「貧而無諂，富而無驕，何如？」子曰：「可也。未若貧而樂，富而好禮者也。」子貢曰：「《詩》云：『如切如磋，如琢如磨。』其斯之謂與？」子曰：「賜也，始可與言詩已矣！告諸往而知來者。」

——《論語・學而》

唐避免滅亡的命運，這也是南唐的悲哀。南唐中主他內心是有這種恐懼的，所以當他寫小詞的時候，就於無心之中表現出來了。可是一般的讀者只看到這首小詞表面的意思是思婦之詞，只稱讚「細雨夢回雞塞遠，小樓吹徹玉笙寒」兩句寫得好。因此王國維說這些人不懂這首詞，說只有我王國維看到了「眾芳蕪穢，美人遲暮」，只有我懂了，你們這些人都不是「解人」。

王國維在講「成大事業、大學問的三種境界」時，還曾說過他這樣講「恐為晏歐諸公所不許」，那麼難道他現在說的就肯定是作者南唐中主李璟的意思嗎？我們誰也不知道啊！可是，王國維他現在居然就武斷地說「故知解人正不易得」——別人都不是「解人」，只有他自己才是「解人」。在這兩段詞話中，王國維的態度為什麼迥然不同？你要知道，這二者同樣都是脫離詞的本意，講出另外一個意思來，為什麼王國維的口吻和態度有這麼大的不同？這二者的差別在哪裡？王國維沒有說。中國古代的詩話詞話就是這樣的，它不給你解釋，讓你自己去領悟。所以，我現在就想給他稍作解釋。剛才我們所說的，像王國維講成大事業、大學問的三種境界，像《左傳》上的外交辭令，隨便拿一句詩就來說，不需要與原詩有任何的關係，這是斷章取義。這種斷章取義我剛才也說了，西方美學家說這是「creative betrayal」——帶著創造性的背離，你是違背了他的原意，但你自己創造了一個新的境界。西方接受美學認為，作者的創造是一件事情，他創造出來了，這個「text」

（文本）就存在在那裡。但你讀者接受的時候，你怎麼樣來接受？你接受的時候可以違背他原來的意思，可以有一個「creative betrayal」，創造性的背離。在座的兩位小朋友曾問我：這本書可以讀嗎，那本書可以讀嗎？我說只要是人把書讀來而不是人被書讀走，那麼什麼書都可以讀。你有思想有見解有眼光，不管你看思婦之詞或什麼詞，你就能看出來它有沒有成大事業、大學問的境界，這就叫會讀書。如果你不會讀書，就會被書牽著鼻子走，它說奸盜淫邪，你就跟著它奸盜淫邪。所以有的人看了那種不正當的書，就做了不正當的事情，模仿了不正當的行為。這只能怨你自己沒有一個定力，沒有一個見解。佛教說的：「物轉心則凡，心轉物則聖。」「心轉物」就是你把看到的外物都用你的心、你自身的靈敏之性來把它轉變了，你就是「聖」，你就成為聖者；「物轉心」，是說你的心沒有一個真正的定力，沒有一個見解，你就隨著別人說什麼就是什麼，他說奸盜淫邪你就跟著奸盜淫邪，那就是凡夫俗子的境界了。所以，有這麼一種「creative betrayal」，你讀什麼書都可以讀出自己的見解，如果它是好書那當然是好，即使是壞書你都可以超越它，讀出你自己的高深的見解來，這才是真正會讀書的人。

而王國維在講「菡萏香銷翠葉殘」的時候呢，他大膽地說別人都不是解人，只有他才是解人，他憑什麼這樣說？王國維自己沒有解釋，但是我給他找出兩點理由來。當然我的時代與王國維的時代不同，而且我在國外生活了好幾十年，我在國外看了很多書，除了看中國的書，也看了很多外國的書。在一九六九年去加拿大之前，我無論是在大陸還是在臺灣教書，都是用中文講課。我是中文系畢業的，我不是念外文系的。我到溫哥華是沒有辦法，因為當時我上有八十歲的老父親，下有一個念大學、一個念中學的女兒，我先生沒有工作，我沒有辦法，臨時落腳到這裡。學校說你要在這裡教就不能只教兩個研究生啊，你要用英語教大班。但是我從來沒用英文教過書，每天要查生字到兩點，第二天去給人講課，學生交來的論文都是英文的，我查著英文去講課，查著英文看卷子，查著英文看報告，每天要工作到兩點，如果我不這麼幹，我一家人就要喝西北風。但是這樣做也有好處。你想，我不是被這樣逼，我會好好讀英文嗎？所以我就下了很大工夫讀英文，而且我這人還很愛學習，我還想多知道一點，於是有英文系的課我就去旁聽，聽他們講這個講那個講得很有意思，我就到圖書館借或者到書店買了那些書來看，結果就看出很多的道理來。我們那些傳統文論中，張惠言說不明白的，王國維也說不明白的，我忽然間就發現——原來還可以這麼說。

西方的文學批評有很多的演化，在上一個世紀流行「New Criticism」——新批評。像艾略特（T. S. Eliot）這些人，他們講的「New Criticism」是說，作者是不重要的，詩的真正好壞不在於作者是什麼人，而在於「text」，這個文本本身的語言符號有什麼樣的作用。所以後來又有了「Semiotics」——符號學，研究那些語言文字的本身。新批評注重的是一個「microstructure」，是一個顯微結構。不是說名詞、動詞這樣粗淺的結構，而是說每一個語言，每一個文字，它的聲音、它的質地都是起著作用的。那麼現在我就發現，王國維說「菡萏香銷翠葉殘」有「美人遲暮」的感慨真的是有道理。為什麼呢？「菡萏香銷翠葉殘」，本來的意思很簡單，就說是荷花凋零了，荷葉殘破了。可是，我如果直接就說「荷花凋零荷葉殘」可以嗎？這樣說意思就很淺白，很直接。人家中主李璟不是這樣說的，人家說是「菡萏香銷翠葉殘」。詩歌引起人們豐富的聯想是在於它的符號，那個語言文字的本身。古人有一個故事，說王安石當年寫了一句詩「春風又到江南岸」，他寫完了看一看覺得說得太簡單了，不好。就改成「春風又過江南岸」，有了點動作，但還是不好。最後改成「春風又綠江南岸」，這樣，春風不但來了，不但過了，而且把樹啊草啊都染綠了。這「綠」字實在起了很大的作用，這就是顯微結構——「microstructure」。那我們現在再看南唐中主的「菡萏香銷翠葉殘」。「菡萏」是《爾雅》中的辭語，是荷花的別名。如果你說「荷花」，就很平俗很淺白；而如果你說「菡萏」，它能給你一種遙遠的、高貴的、距離的美感。「香銷」，那荷花的香氣慢慢地減少了，而且你看「香銷」兩個字都是「ㄒ」的聲母，這「ㄒ」的聲音有很細緻的一種慢慢的、纖細的、消逝的感覺。「翠葉」，「翠」是綠色的，但這個「翠」字包含了綠的顏色不說，而且翡翠、珠翠、翠玉也是這個「翠」，它們都是最珍貴、最美好的東西。所以這樣組合起來，你就發現「菡萏」的那種高貴，「香」的那種芬芳，而且「香銷」兩個字那種慢慢細細地消逝的感覺，還有「翠葉」的那種珍貴。它一切的形容詞和名詞都是珍貴的、美好的、芬芳的，而中間卻用了兩個動詞，一個是「銷」，一個是「殘」。把很多珍貴美好的感覺集中起來，中間用兩個動詞「銷」和「殘」，所以就「眾芳蕪穢」啊！這就是顯微結構的作用，是它文字的本身果然有這樣的作用。

我以前說過，小詞寫美女和愛情有兩種作用，一個是「雙重性別」的作用，一個是「雙重語境」的作用。當一個男性作者用女人的口吻寫女人的思念，說我孤獨啊我寂寞啊沒有人愛我啊，意思是什麼？其實他是在說，我很有才華啊，我很有理想啊，怎麼沒有人用我啊？這就是「double gender」，這樣的小詞就給了你多一層的聯想。那麼南唐中主、後主這些人呢？他們在自己的南唐這個小的國家裡面，可以安逸，可以享樂喝酒、可以聽歌看舞，這是小環境。而大環境呢？是後周慢慢地強大起來以後，就壓迫南唐，使得南唐有一種危亡不能自安的感覺。這種感覺藏在他們的subconscious（潛意識）裡邊，即使在聽歌看舞的時候，這種隱藏的感覺也是在那裡的。雖然他的conscious（意識）並沒有很明白地寫這個東西，但是他在subconscious裡有一種預感。而且我之前也說了，南唐宮廷有一個樂師叫王感化，他一遍一遍地唱「南朝天子愛風流，南朝天子愛風流，南朝天子愛風流」，中主聽到以後恍然大悟：他說的是我啊，說我只知宴安享樂，不管國家的危亡！所以說，南唐的君臣們在subconscious中都有那種危亡的感覺。這不是我空口說，而是歷史上都有記載的。因此王國維在講這首詞的時候，他就有了依據，一個依據是我剛才說的「microstructure」——顯微結構，是那些文字；另一個依據是它的「double contact」——雙重的語境。所以說，王國維之所以把南唐中主的這首詞講出另外的意思，他是有他的豐富根據的。可是在他講「成大事業、大學問的三種境界」的時候呢？他沒有這些根據，那只是他自己的聯想，也就是我在前面說過的creative betrayal（創造性的背離）。所以他才說「恐為晏歐諸公所不許也」那樣的話。

王國維的詞話裡邊有這麼多微妙的道理，他真的是超越了時代的。在第一講的時候我說過，王國維去世之後，陳寅恪給他寫了一個碑文，中間有幾句話是：「先生之著述，或有時而不彰；先生之學說，或有時而可商；惟此獨立之精神，自由之思想，歷千載萬祀，與天壤而同久，共三光而永光。」王國維先生他對於詩歌、對於文學的那種銳敏的感覺不但是超越了眾人，而且是超越了時代的，在王國維那個時候，西方的「microstructure」和「creative betrayal」這些說法都還沒有呢！甚至到我這個時候，是因為我幸而生活在北美，有機會隨便亂讀隨便亂翻，才發現這些理論可以通用。而王國維那個時候沒有，可是他具有超越的感覺、超越的思想、超越的見解，所以實際上已經用了這些新的方法來詮釋古人的詞作了。

下面我們再看王國維關於詞之特質的第五則詞話：

「我瞻四方，蹙蹙靡所騁」，詩人之憂生也。「昨夜西風凋碧樹，獨上高樓，望盡天涯路」似之。「終日馳車走，不見所問津」，詩人之憂世也。「百草千花寒食路。香車繫在誰家樹」似之。

剛才王國維不是說「昨夜西風凋碧樹，獨上高樓，望盡天涯路」是成大事業、大學問的第一種境界嗎，可他現在又說什麼？他說《詩・小雅・節南山》的「我瞻四方，蹙蹙靡所騁」，是詩人之憂生，而「昨夜西風凋碧樹，獨上高樓，望盡天涯路」也是這個意思。你看，他把成大事業、大學問的第一種境界又變成詩人的憂生了，他今天讀這首詞想到這個了，明天同樣讀這首詞又想到那個了，這說明了什麼？這正好說明了中國的小詞可以讓讀者產生自由的聯想。當然，自由的聯想之中又有一個基本的限制，就是不可胡亂地聯想。不管是孔子跟學生講詩的聯想，還是王國維講詞的聯想，你要注意到一點，那就是他們都不是毫無限制地隨便聯想的。比如有一個西方學者說蠟燭就是男子的性的象徵，香爐就是女子的性的象徵，這個我們中國人不可以拿來套用，因為這完全不一樣的，完全是兩碼事。西方的說法完全沒有中國文化的根據，用到中國詩歌上就成了一種妄說臆說，中國古代的詩人詞

節彼南山，維石巖巖。赫赫師尹，民具爾瞻。憂心如惔，不敢戲談。國既卒斬，何用不監！

節彼南山，有實其猗。赫赫師尹，不平謂何！天方薦瘥，喪亂弘多。民言無嘉，憯莫懲嗟。

尹氏大師，維周之氐。秉國之均，四方是維；天子是毗，俾民不迷。不弔昊天，不宜空我師。

弗躬弗親，庶民弗信。弗問弗仕，勿罔君子。式夷式已，無小人殆。瑣瑣姻亞，則無膴仕。

昊天不傭，降此鞠訩。昊天不惠，降此大戾。君子如屆，俾民心闋；君子如夷，惡怒是違。

不弔昊天，亂靡有定。式月斯生，俾民不寧。憂心如酲，誰秉國成？不自為政，卒勞百姓。

駕彼四牡，四牡項領。我瞻四方，蹙蹙靡所騁。方茂爾惡，相爾矛矣。既夷既懌，如相醻矣。

昊天不平，我王不寧。不懲其心，覆怨其正。

家父作誦，以究王訩。式訛爾心，以畜萬邦。

——《詩經・小雅・節南山》

人從來沒有這種意思的。可是孔子和子貢的談話，從「貧而無諂，富而無驕」到「貧而樂，富而好禮」，把人生修養提高了一個層次，子貢用這個來講詩，說就如同是美玉和象牙，你切磋琢磨，使它提高了一個層次，這是從詩歌聯想到人生的修養，這個是可以的。《論語》裡還有一個例證，是子夏問孔子的：「『巧笑倩兮，美目盼兮，素以為絢兮』何謂也？」說一個女孩子，笑起來兩邊的酒窩很美麗，眼睛美目流盼過來，也很美麗。但是下一句「素以為絢兮」是什麼意思？「素」是潔白，「絢」是彩色，潔白的怎麼是彩色的呢？孔子回答說：「繪事後素。」繪畫的事情，要先有一個潔白的質地。於是子夏馬上就領悟說：「禮後乎？」因為禮節只是一種外表的形式，而你本質的感情，你的尊敬、你的孝悌，那都是發自內心的。所以子夏就明白了，老師是說本質的潔白是重要的，禮讓仁愛的本心是重要的，而外表裝點的什麼鞠躬啊、握手啊、敲鐘打鼓啊、演奏音樂啊，那都是外表，都不是第一位的。孔子聽了很高興說：「起予者商也！始可與言詩已矣。」他說：「給我啟發的就是卜商（子夏）啊，這樣的學生我可以和他談詩了。」孔子和他的學生都不是隨便地聯想，他們從詩歌裡面得到的啟發都是人生的修養，都是用詩歌來提高你的人生修養的。

王國維的聯想和這個傳統完全符合，他從詩歌裡面讀出來的，也都是與人生有關係的。那麼王國維剛剛說「昨夜西風凋碧樹，獨上高樓，望盡天涯路」這兩句是

子夏問曰：「『巧笑倩兮，美目盼兮，素以為絢兮。』何謂也？」子曰：「繪事後素。」曰：「禮後乎？」子曰：「起予者商也！始可與言詩已矣。」

——《論語．八佾》

成大事業、大學問的第一種境界，可是他現在又說什麼呢？他又說這兩句就跟《詩經》上所說的「我瞻四方，蹙蹙靡所騁」是一樣的。「我瞻四方，蹙蹙靡所騁」，這是《詩經・小雅・節南山》中的句子。這句的前邊是「駕彼四牡，四牡項領」，這四句是說駕著一個有四匹壯馬的車，可是要到哪去呢？我看看四方，四方沒有我馳騁的地方啊。也就是說，我有這麼好的才能，國家卻沒有給我提供可以施展才能的機會。所以王國維說這是「詩人之憂生也」。而「昨夜西風凋碧樹，獨上高樓，望盡天涯路」也是說，我登高遠望，但是看不到我可以走的路啊！它們之間確實是有這種意思上的相類似。

「終日馳車走，不見所問津」，是陶淵明《飲酒》詩第二十首裡邊的句子。陶潛的這一組《飲酒》詩是借著飲酒做一個詩的題目，而在組詩的最後一首第二十首中，就真正說出來他為什麼寫這個題目了。我把陶淵明的這首詩也讀一遍吧，他說：

> 羲農去我久，舉世少復眞。汲汲魯中叟，彌縫使其淳。鳳鳥雖不至，禮樂暫得新。洙泗輟微響，漂流逮狂秦。詩書復何罪？一朝成灰塵。區區諸老翁，爲事誠殷勤。如何絕世下，六籍無一親。終日馳車走，不見所問津。若復不快飲，空負頭上巾。但恨多謬誤，君當恕醉人。

伏羲神農，那些古代聖君賢王的時代離開我們很久了，現在整個世上的風俗都是這樣的澆薄、紊亂，缺乏真純了。只有山東的那個老頭子，今天到這裡講一講，明天到那裡講一講，匆匆忙忙地他為了什麼？他是想把已經敗壞的這個社會恢復起來，把破洞給它補上，讓它再回到古代的真純。古人說如果鳳凰鳥出現了，天下就太平了。在孔子的時代，雖然鳳凰鳥沒有出現，但因為孔子的緣故，至少當時禮樂可以得到暫時的提倡了。「洙泗」，是孔子在山東講學的地方。但自從孔子死後，這世上連那一點點輕微的聖潔學問的聲音也消失了。從此天下就如同水之就下，如同一片狂流那樣一直向下流去，就來到了瘋狂的秦朝時代。詩書有什麼罪過？秦始皇他焚書坑儒，把書都燒了，把讀書人都挖個坑活埋了。那麼後來漢朝想要復興，卻沒有了經書，於是就有些個老人家，把他們從前背下來、記在腦子裡的經書，趕快寫下來、傳下來，這就是漢朝的今文經書。所以說漢朝有一段還不錯啊，漢朝的皇帝派人向經學家伏生學習經書，要把經書傳遞下去。可是陶淵明是什麼時代？陶淵明是生在東晉的亂世啊，西晉發生了八王之亂，晉室皇族親兄弟之間彼此屠殺，結果中國的北方就淪陷了，落到了五胡十六國的手中。而面對東晉在南方的偏安，陶淵明說現在是「如何絕世下，六籍無一親」？在這種危險的、國家快要滅亡的時代，大家都在追求利祿，你殺我奪，六經就沒有一個人讀了。接下來就是王國維所引的這兩句了：「終日馳車走，不見所問津。」他說我就整天地趕著車到處走，但哪裡有一個我所尋找的渡口呢？走哪一條路這個國家才能得到挽救呢？我找不到啊！所以最後他說：「若復不快飲，空負頭上巾。」所以我為什麼寫了《飲酒》詩？因為我對於這個時代實在是失望了，我找不到一個救贖的出口了。為什麼說「空負頭上巾」？這也是史書上記載的，你知道酒剛釀出來有很多渣滓，陶淵明急著要喝，不等人家過濾，自己把頭巾摘下來，把酒倒進去就過濾了。所以他說我要不痛痛快快飲酒，就對不起我的頭巾，因為他是用頭巾濾的酒啊。他說「但恨多謬誤」，很對不起啊，我說的話可能都不對——因為他說了很多話諷刺那個時代——「君當恕醉人」，我說話說錯了，因為我已經喝醉了。所以，這一組詩的題目叫「飲酒」，但其實他所說的都是這個時代的悲哀。所以我也曾寫過兩句詩談陶淵明的《飲酒》詩：

陶潛詩借酒爲名，絕世無親慨六經。卻聽梵音思禮樂，人天悲願入蒼冥。

而「百草千花寒食路，香車繫在誰家樹」呢？那是馮延巳的一首《蝶戀花》中的句子。和晏殊一樣，馮延巳也在寫思婦，可是馮延巳這個人，在他的內心深處也是有對於他那個時代的很深切的憂愁悲慨的，這種憂愁悲慨流露在他寫思婦的小詞

幾日行雲何處去，忘了歸來，不道春將暮！百草千花寒食路，香車繫在誰家樹？淚眼倚樓頻獨語：雙燕飛來，陌上相逢否？撩亂春愁如柳絮，悠悠夢裡無尋處。

——馮延巳《蝶戀花》

編按：詞牌一作《鵲踏枝》

當中，就被王國維看到了，於是才有了這樣的聯想。關於馮延巳，我們接下來就會講到他。

好，關於詞之特質的五則詞話我們看完了，下面我們看講義的第三節，看王國維具體評說一些古人的詞。主要是溫、韋、馮、李四家，這是在詞的早期晚唐五代時候的四個最有名的詞人，溫是溫庭筠，韋是韋莊，馮就是馮延巳，李是南唐後主李煜。我們看第一則詞話：

> 張皋文謂飛卿之詞「深美閎約」，余謂此四字唯馮正中足以當之。劉融齋謂飛卿「精艷絕人」，差近之耳。

在王國維以前，有別人對這四個人也有評語，比如張皋文。張皋文是清代很有名的一個詞學家，皋文是他的別號，惠言是他的名，王國維不叫他張惠言，而叫他「皋文」，這是古人的習慣，對別人你要表示尊敬，所以不能叫他的名字，而要叫他的字或是別號。「飛卿」是溫庭筠的別號。張惠言曾讚美溫庭筠的詞「深美閎約」，就是說他的詞裡面有很深刻的意思，而且外表的語言非常的美，「閎」是內容範圍很廣，「約」是他說得很含蓄。所以深、美、閎、約這四個字的讚美，對溫庭筠來說實在是很高的評價。可是王國維不同意，王國維說「余謂此四字唯馮正中足以當

唐之詞人，溫庭筠最高，其言深美閎約。
——張惠言《詞選·序》

之」，他說我以為只有馮正中才能配得上「深美閎約」這四個字。馮正中就是馮延巳，這個「巳」字，有的書上誤寫為「己」或「已」。為什麼我們知道他是「延巳」，不是「延己」或「延已」呢？怎麼判斷呢？因為馮延巳還有一個號叫「正中」。我們中國的文化在很早的時代，就有十個天干和十二個地支。十個天干是「甲、乙、丙、丁、戊、己、庚、辛、壬、癸」，十二個地支是「子、丑、寅、卯、辰、巳、午、未、申、酉、戌、亥」。我們用天干、地支配合一切，比如一天的二十四個小時，比如一年的十二個月。而且天干還可以兩兩地配合在一起，比如「甲乙」是木，方位是東方，顏色是青；「丙丁」是火，方位是南方，顏色是紅；「戊己」是土，方位是中央，顏色是黃；「庚辛」是金，方位是西方，顏色是白；「壬癸」是水，方位是北方，顏色是黑。中國不但用陰陽五行來分十二個月、十二個時辰，而且中醫把你的五臟都分成金木水火土，他們居然用金木水火土找到相生相剋，說你現在這個病是心的病，但是心的病可以從肺入手，肺可以生水，水可以養心。中醫還可以從你手上的寸關尺偵查到你的五臟六腑。中國的文化真是非常奇妙，我到現在就一直沒有找到一個人給我一個回答，就是這「天干地支」到底是什麼人創造出來的？我覺得這天干地支簡直比八卦還要奇妙。

現在我們回到馮延巳，剛才我不是說十二地支「子、丑、寅、卯、辰、巳、午、未、申、酉、戌、亥」配合我們二十四小時的十二個時辰嗎？其中的「午」就是正午的時辰。而這個「延巳」，你把「巳」往下延不就是「午」嗎？「午」就是中午，中午就是「正中」。更何況馮延巳還有個號叫「延嗣」，這更證明了他是「延巳」，而不是「延己」或是「延已」。那麼張惠言認為溫庭筠是「深美閎約」，王國維說溫庭筠不夠資格，只有馮正中才有資格稱「深美閎約」。他還說：

> 溫飛卿詞精艷絕人，然類不出乎綺怨。
>
> ——劉熙載《藝概·卷四詞曲概》

「劉融齋謂飛卿精艷絕人，差近之耳。」劉融齋是另一個詞學批評家，劉融齋批評溫飛卿說他「精艷絕人」，就是寫得非常精緻、非常美麗，在這方面超過所有的人了。王國維說這個評價「差近之耳」，就是差不多了。總之他的意思就是說，溫庭筠只是外表的語言很精緻很美麗，內容沒有什麼深刻的東西，而馮延巳是有深刻豐富的內容的。現在我們大家先記住這一點，等一下我們要看具體的詞，看溫庭筠的詞有沒有深刻的內容，再看馮延巳的詞有沒有深刻的內容。下面一則王國維又說了：

> 端己詞情深語秀，雖規模不及後主、正中，要在飛卿之上。觀昔人顏、謝優劣論可知矣。

端己就是跟溫庭筠齊名的韋莊。端己是韋莊的字，端己所以就莊重嘛。韋莊的詞感情很深，語言很美，雖然他的氣度、範圍、內容比不上李後主和馮正中的詞，但是他一定比溫飛卿要好一點。就像從前人們曾經爭論到底是謝靈運的詩好還是顏延之的詩好，結論是大家都認為謝靈運的詩更有內容，而顏延之的詩沒有那麼多的內容。這就是說，比較兩個詩人哪個更好一點，要看詩的內容，不能只看語言形式。

再看下邊一則：

「畫屏金鷓鴣」，飛卿語也，其詞品似之。「弦上黃鶯語」，端己語也，其詞品亦似之。正中詞品，若欲於其詞句中求之，則「和淚試嚴妝」殆近之歟？

溫飛卿寫過一首牌調叫《更漏子》的詞，中間有一句「畫屏金鷓鴣」，這首詞是這樣的：

柳絲長，春雨細。花外漏聲迢遞。驚塞雁，起城烏。畫屏金鷓鴣。　香霧薄，透簾幕。惆悵謝家池閣。紅燭背，繡簾垂。夢長君不知。

春天的晚上，柳條飄蕩，細雨霏霏，花叢之外遠遠地傳過來滴漏的聲音。古人沒有鐘錶，用「漏」來計時。就是把水放在銅壺裡面，從一個小孔中往下滴，下面有個容器接著這個水，容器上面刻有度數，一刻二刻三刻，記時辰的。那麼現在這個花外的銅壺滴漏的聲音就「驚塞雁，起城烏，畫屏金鷓鴣」。所以人家說溫庭筠的詞往往不通：他說滴漏的聲音，把塞上的鴻雁驚醒了，把城樓上的烏鴉驚起了，這還可以，但他忽然間跳出來一句「畫屏金鷓鴣」。這不是莫名其妙嗎？其實他這首詞還是寫思婦的，你要知道古人這些歌詞都是給女子唱的，給女子唱的歌詞都寫女子的感情，而我也說過女子的感情常常是思婦的感情。這個女子是在房間裡邊，臥房之中有一面美麗的屏風，屏風上雕刻裝飾的有金色的鷓鴣鳥，所以是「驚塞雁，起城烏，畫屏金鷓鴣」。這裡溫庭筠是寫得很妙的，鷓鴣是金鷓鴣，它不是真鳥，不會驚起的，可是他說當我聽到花外銅壺滴漏的聲音，我想到在這種春天的雨夜，很多人都不能夠安歇，不管是塞上的鴻雁，不管是城上的棲烏，都會驚醒，而我是在閨中的思婦，我面對著畫屏的鷓鴣，我就覺得這個鷓鴣也在春雨聲中被驚起了。這是一種聯想。這女孩子是思婦，所以下面他說「香霧薄，透簾幕，惆悵謝家池閣」。女孩子房間裡面點了一個香爐，於是就有薄薄的一片香煙的煙霧，慢慢地飄到了垂簾的外邊。這都極言其孤獨寂寞。「謝家」是古代一個女子住的地方，她一個人孤單地住在這個外面有池、上面有樓閣的地方，她是孤獨的、寂寞的，是相思懷念的，因為她所愛的人不在身邊，所以接下來是「紅燭背，繡簾垂，夢長君不知」。「紅燭背」的這個「背」，你可以說是我背對蠟燭轉過去了，蠟燭在我背後，但還有一種說法，是說晚上的時候，我在這個紅燭上擱了一個罩子，我要休息了，就用一個罩子把蠟燭的燭光遮住。那麼燭光暗下來了，美麗床幃的簾子也放下來了，我就要去睡覺了，我在睡夢中就會夢見我所愛的那個人。但是「夢長君不知」，我夜夜夢見飛到你那裡去，可是你怎麼知道我在思念你呢？寫得很精美，真是「精艷絕人」。這是溫庭筠的詞。但是王國維認為他不夠「深美閎約」，所以用溫自己的詞句「畫屏金鷓鴣」來形容他的詞，說溫詞的品格就像畫屏上的金鷓鴣，很美麗，很精緻，但沒有豐富飽滿的生命。

那麼他又說了：「『弦上黃鶯語』，端己語也，其詞品亦似之。」說好像一個人彈琵琶，那美麗的琵琶的聲音像黃鶯鳥的叫聲一樣流利。「弦上黃鶯語」也是韋莊的詞，他說韋詞的品格就像弦上的黃鶯語一樣。「弦上黃鶯語」跟「畫屏金鷓鴣」有什麼不同？「畫屏金鷓鴣」只是外表的精美，沒有生命；「弦上黃鶯語」有活潑的生命在裡面。韋莊的詞怎麼就有活潑的生命呢？那我們就來看一看韋莊的詞。我們看韋莊的五首《菩薩蠻》：

其一

紅樓別夜堪惆悵，香燈半捲流蘇帳。殘月出門時，美人和淚辭。　琵琶金翠羽，弦上黃鶯語。勸我早歸家，綠窗人似花。

其二

人人盡說江南好，遊人只合江南老。春水碧於天，畫船聽雨眠。　壚邊人似月，皓腕凝霜雪。未老莫還鄉，還鄉須斷腸。

其三

如今卻憶江南樂，當時年少春衫薄。騎馬倚斜橋，滿樓紅袖招。　翠屏金屈曲，醉入花叢宿。此度見花枝，白頭誓不歸。

其四

勸君今夜須沉醉，尊前莫話明朝事。珍重主人心，酒深情亦深。　須愁春漏短，莫訴金杯滿。遇酒且呵呵，人生能幾何。

其五

洛陽城裡春光好，洛陽才子他鄉老。柳暗魏王堤，此時心轉迷。　桃花春水淥，水上鴛鴦浴。凝恨對斜暉，憶君君不知。

溫庭筠的《菩薩蠻》一共寫了十幾首，但我們可以只看他一首；韋莊的《菩薩鑾》寫了五首，你卻一定要一口氣讀下來才能夠真正懂得韋莊。因為溫詞沒有一個整體的生命，你可以把它們拆開來，一首就是一首；而韋詞有整體的生命，他整個的五首是一個故事也是一段人生，所以我們要看全了。他說「紅樓別夜堪惆悵」，那是在一個美麗的紅樓之中，在一個離別的夜晚。「紅樓別夜」為什麼惆悵？因為兩個人要分開了嘛。「香燈半捲流蘇帳」，什麼是香燈？古代點燈都用油，你在油裡面加一點香料，這個燈一點起來就有香氣，於是就叫「香燈」。這是一個很美麗的背景，是紅樓，點著香燈。什麼是流蘇呢？就像我這個圍巾的穗子，這就是流蘇。他那個帳子上就也有流蘇的裝飾。流蘇的帳子如果是垂下來，那就表示兩個人睡覺了。可是現在呢？這流蘇帳是「半捲」，是打開的。在紅樓的美好夜晚，點著香燈，為什麼兩個人沒有安睡？因為男子要走了，兩個人要離別了，這是一個別離的夜晚。「殘月出門時，美人和淚辭」。當月已西斜，天快要破曉的時候，那個美麗的女子就流著淚跟他告別。告別以前，女子就拿著琵琶彈奏了一曲，琵琶上有金翠的裝飾，彈琵琶的那個撥上面插著有孔雀的羽毛，所以是「琵琶金翠羽」。那琵琶弦上彈出的聲音像黃鶯鳥叫聲一樣的流利，而那個曲調，好像女子的言語在訴說，說的什麼？說的是「勸我早歸家，綠窗人似花」：我知道你當然不能不走了，不管你是做官也好，做買賣也好，但我希望你早一點回來，你要知道家裡有一個人等待你，在綠窗之下，這個人像花一樣的美麗，但也像花一樣容易凋零、容易憔悴，你難道就忍心不趕快回來嗎？然後後面張惠言在他編的《詞選》上就評論這一首詞，說「此詞蓋留蜀後寄意之作」。什麼叫「留蜀後寄意之作」？你要知道，《花間集》它產生的背景在晚唐五代，那是一個亂世。像韋莊是晚唐僖宗時代的人，唐僖宗的時代發生過黃巢之亂。大家都知道，黃巢的起義軍曾攻入長安城。當時韋莊正到長安去考試，在戰亂之中他逃出了長安。韋莊在逃難中寫過一首詩叫《秦婦吟》。「秦」就是陝西，指的是長安附近。他寫戰亂之中的一個婦女，在打仗的時候逃亡，沿途所看到的戰亂的情景。詩裡面寫道：「內庫燒為錦繡灰，天街踏盡公卿骨。」皇帝的內庫有多少綾羅綢緞錦繡，一把火都燒了；在朝的有多少文武大臣，戰亂之中都死了。「天街」是首都的街上，被馬匹踐踏的都是這些死去的公卿的屍骨！那就是當時戰爭的景象。詩裡面說：「適聞有客金陵至，見說江南風景異。」金陵是南京，聽說有一個人從南方來到，南方客人說什麼呢？他說現在江南還是很美麗的，江南暫時還沒有戰亂。於是韋莊就離開北方，逃到江南去了。逃到江南好幾年以後，北方的戰亂平定了，他又回到北方來。韋莊考進士考了好些年都考不上，直到五六十歲才考上，考上以後就做了官。做官了以後呢，就被朝廷派出去出使。當時唐朝有很多軍閥，各地方的軍政長官都獨霸一方，這些個軍政長官就叫「節度使」。你要知道安祿山就是節度使，安祿山做過三鎮的節度使，掌握著軍政大權，結果就造成了安史之亂。那麼當時派韋莊到哪去呢？派他到西蜀的一個

……四面從茲多厄束，一斗黃金一升粟。尚讓廚中食木皮，黃巢機上刲人肉。東南斷絕無糧道，溝壑漸平人漸少。六軍門外倚僵尸，七架營中填餓殍。長安寂寂今何有？廢市荒街麥苗秀。採樵砍盡杏園花，修寨誅殘御溝柳。華軒繡轂皆銷散，甲第朱門無一半。含元殿上狐兔行，花萼樓前荊棘滿。昔時繁盛皆埋沒，舉目淒涼無故物。內庫燒為錦繡灰，天街踏盡公卿骨。……適聞有客金陵至，見說江南風景異。自從大寇犯中原，戎馬不曾生四鄙。誅鋤竊盜若神功，惠愛生靈如赤子。城壕固護斅金湯，賦稅如雲送軍壘。奈何四海盡滔滔，湛然一境平如砥。避難徒為闕下人，懷安卻羨江南鬼。願君舉棹東復東，詠此長歌獻相公。

——韋莊《秦婦吟》節錄

節度使那裡去，這個節度使的名字叫王建。韋莊出使以後又回到唐朝，可是王建看韋莊是個人才，後來就又請他到西蜀去給他當「掌書記」，也就是做他的秘書。那後來呢？唐朝就被朱溫給篡奪了，唐朝就滅亡了，就開始了梁、唐、晉、漢、周的五代。那個時候韋莊還在王建那裡給王建做掌書記。由於唐王朝已經滅亡了，各地掌握軍政大權的人都紛紛自立，所以西蜀就自己建了個國家，那就是歷史上的「前蜀」。前蜀建國以後，王建自己就做了建國的第一個君主，韋莊就做了宰相。王建很欣賞韋莊，他建國的時候，所有前蜀國家的一切典章、制度，都是請韋莊制定的。韋莊從此就留在了西蜀，因為他的國家唐王朝滅亡了，他永遠也回不去了。所以，張惠言說韋莊的這五首詞《菩薩蠻》，就是他晚年留在四川以後的「寄意之作」——是為表現懷念故國故鄉的意思而寫的。張惠言還說：「一章言奉使之志，本欲速歸。」「一章」就是其中第一首，韋莊當年是奉唐朝政府的命令出使到四川的，沒有想到唐朝就滅亡了，他留在四川就回不去了。他說家裡有人等待我，她曾經「勸我早歸家，綠窗人似花」。

那麼第二首呢？韋莊寫當年他到了江南——其實他這五首詞都是在回憶他自己的生平——張惠言認為此章是「蜀人勸留之辭」，我以為張惠言錯了。因為韋莊晚年才在西蜀，我認為第二首回憶的是他在江南的事情。張惠言還說：「即下章云『滿樓紅袖招』也。江南即指蜀，中原沸亂，故曰『還鄉須斷腸』。」這不對。韋莊第一次是到江南沒有到蜀，是他中年的時候來到江南，所以「人人盡說江南好，遊人只合江南老」。「合」就是應該，你這個遊子到了江南，你就應該終老在江南，你就不要老想著你那北方的故鄉了。江南有什麼好？我給你算一算：江南的「春水碧於天，畫船聽雨眠」，江南的風景好啊，你看那春天的春水跟天一樣藍，上下波光，一碧萬頃；江南的生活好啊，你可以瀟灑自在地坐一條小船，聽著窗外船篷上細細的雨聲，可以在船裡面睡覺。而你北方的老家怎麼樣？那裡已經「天街踏盡公卿骨」了！江南的風景也好，江南的生活也好，而且江南還有美麗的女子啊，你不要老想著綠窗下那個等待你的女子了。「壚邊人似月」，這個「壚」是指酒家，酒家有一個土築的高臺，那高臺是放酒的地方，所以這裡指的是賣酒的女子。「月」，是說她使你的眼前一亮，美人的容光照人嘛。一般女子穿的是長袖的衣服，看不見她的手腕，但這個女子是工作的女子，她給你斟酒，手腕就露出來了，她那潔白的肌膚是「皓腕凝霜雪」，所以你就「未老莫還鄉」。人們常說狐死首丘，人終老就要回故鄉。但是現在你還沒老呢，而且你的故鄉已經是「天街踏盡公卿骨」，已經是「內庫燒為錦繡灰」了，所以你不要回去。這是韋莊的第二首《菩薩蠻》。

下面看第三首。剛才第二首是寫他還沒有老的時候，第一次逃難到江南。而現在呢？「如今卻憶江南樂，當時年少春衫薄。」這首才是真的到了四川，現在他已經連江南都回不去了。這是他人到老年的時候，回憶說當時我在江南，總是想念故鄉，可是現在我離開江南了，我如今才想到當年在江南雖然是逃難，但還是快樂的。我當時畢竟還年輕，我可以看花，可以飲酒，壚邊有「人似月」，我可以「畫船聽雨眠」。所以他說「當時年少春衫薄」。「春衫薄」就是指在江南時年少賞花遊春的從容的樣子，《論語》上不是也說「暮春者，春服既成」嗎？春天天氣暖了，把沉重的棉袍一一脫下來，換上顏色鮮艷的春衫，這就是「春衫薄」啊。「騎馬倚斜橋，滿樓紅袖招」。江南是水鄉，到處有水，到處有橋，橋有的是平架的橋，有的是彎橋，彎橋就是斜橋。白居易有一首詩，「妾弄青梅倚短牆，君騎白馬傍垂楊。牆頭馬上遙相顧，一見知君即斷腸」，寫騎馬的男孩子跟牆內的女孩子隔牆相望一見傾心的故事。我們之前講陳曾壽詞中有一句「目成朝暮一雷峰」，那個「目成」就是一見傾心。韋莊他現在寫的就是在江南時的這樣一種艷遇。年少的他騎馬倚在斜橋上，岸上樓頭是「滿樓紅袖招」，美女們都在向他招手。

我們再看韋莊的第三首《菩薩蠻》，張惠言對這一首也有一個批語說：「上云『未老莫還鄉』，猶冀老而還鄉也。其後朱溫篡唐，中原愈亂，遂決勸進之志。故曰『如今卻憶江南樂』，又曰『白頭誓不歸』，則此詞之作，其在相蜀時乎？」這首詞的下半闋，前兩句和後兩句說的是兩個階段，一個是當年，一個是現在，前面的是當年在江南，那時候不是「騎馬倚斜橋，滿樓紅袖招」嗎，所以就「翠屏金屈

井底引銀瓶，銀瓶欲上絲繩絕。石上磨玉簪，玉簪欲成中央折。瓶沉簪折知奈何，似妾今朝與君別。憶昔在家為女時，人言舉動有殊姿。嬋娟兩鬢秋蟬翼，宛轉雙蛾遠山色。笑隨戲伴後園中，此時與君未相識。妾弄青梅憑短牆，君騎白馬傍垂楊。牆頭馬上遙相顧，一見知君即斷腸。知君斷腸共君語，君指南山松柏樹。感君松柏化為心，闇合雙鬟逐君去。到君家舍五六年，君家大人頻有言。聘則為妻奔是妾，不堪主祀奉蘋蘩。終知君家不可住，其奈出門無去處。豈無父母在高堂，亦有親情滿故鄉。潛來更不通消息，今日悲羞歸不得。為君一日恩，誤妾百年身。寄言癡小人家女，慎勿將身輕許人。

——白居易《井底引銀瓶—止淫奔也》

曲，醉入花叢宿」。紅樓之上那些個女子住的地方，有翡翠的屏風。什麼叫「金屈曲」呢？我們中國常常把銅美稱作金，「屈曲」就是門扇上的屈戌，那個環紐。他喝酒喝得醺醉了，就進屋睡在花叢之中，這個花叢不是大自然的花叢，而是美女的花叢。這是說以前在江南是如此。那麼現在呢？他說：「此度見花枝，白頭誓不歸。」你要知道以前是人家勸他留在江南：「人人盡說江南好，遊人只合江南老。」到了第二首，是他已經不在江南了，但是他自己說「如今卻憶江南樂」。而到了第三首呢，他說當年我醉入花叢人家要留我，但是我卻只想回到故鄉去，而現在我改變想法了，我現在是「此度見花枝，白頭誓不歸」了。所以你看這個「此度」，其實在中間有一個時間上的跳躍：當年說「未老莫還鄉」，可見我老了還是想回去的；可是我現在在這裡，要是再有人留我，再有「醉入花叢宿」的機會，那麼我就是老了，滿頭白髮了，也絕對不想回去了，我是「白頭誓不歸」！為什麼？因為他已經無家可歸，這時候朱溫已經篡唐了，他回不去了。但是當他說「白頭誓不歸」的時候，他真的不思念故鄉嗎？不是的，他是故意說這樣決絕的話：既然已經回不去了，那我就說我再也不想回去了。

第四首就有一個主人出來了：「勸君今夜須沉醉，尊前莫話明朝事。」主人就說你不要老懷念故鄉，在這裡我們都歡迎你，我們都挽留你，在酒杯之前要及時行樂，今朝有酒今朝醉吧！你不要說我有一個理想，五年之後如何，十年之後如何，現在連明天怎麼樣你都不能預料，何況今後？目前這個主人對你很好，很殷勤，他給你斟得酒杯滿滿的，他的感情也是如此深重，是「珍重主人心，酒深情亦深」啊！這個「主人」就是王建。王建對韋莊不薄，請他做了開國的宰相。所以，「須愁春漏短，莫訴金杯滿」，你現在應該及時行樂，你現在應該憂慮的只是如何好好把握今天這個美好的夜晚，你不要推辭說杯中酒斟得太滿，你應該多喝酒啊。「遇酒且呵呵」，他這個「呵呵」是笑聲。我年輕的時候讀韋莊的詞，很不喜歡「呵呵」這兩個字，一點都不美麗嘛，什麼叫「且呵呵」啊，覺得他寫得很空洞。可是後來我才知道韋莊真是寫得好，因為他本來就不是發自內心的歡笑，他就只是表面的笑聲。空洞的笑聲，正好表現他那種空洞的悲哀的感情。那真是「遇酒且呵呵，人生能幾何」！

後面就到第五首了，春天又來了，韋莊他還是懷念故鄉，懷念長安，懷念洛陽。所以他說「洛陽城裡春光好，洛陽才子他鄉老」。當年他在《秦婦吟》的開頭寫道：「中和癸卯春三月，洛陽城外花如雪。」中和是唐僖宗的年號，黃巢之亂的那一年就是癸卯年。在中和癸卯那一年春天的三月，洛陽城裡繁花似錦，樹上的花開得像滿樹的白雪一樣。可見洛陽城是他當年遊玩過的地方。洛陽當時叫東都，長安叫西都，這是唐朝最繁華的兩個都市，韋莊曾來往於洛陽和長安之間，所以在長安淪陷以後他寫了《秦婦吟》，開頭就提到洛陽城。韋莊的《秦婦吟》寫得非常

中和癸卯春三月，洛陽城外花如雪。東西南北路人絕，綠楊悄悄香塵滅。路旁忽見如花人，獨向綠楊陰下歇。鳳側鸞欹鬢腳斜，紅攢黛斂眉心折。借問女郎何處來？含顰欲語聲先咽。回頭斂袂謝行人，喪亂漂淪何堪說。三年陷賊留秦地，依稀記得秦中事。君能為妾解金鞍，妾亦與君停玉趾。

——《秦婦吟》節錄

好，傳誦眾口，大家都會背他這首詩，不但會背他這首詩，還把他的《秦婦吟》寫在錦帳上，叫做「秦婦吟帳子」。《秦婦吟》流行一時，所以韋莊也就跟著出名了。「洛陽才子」，就是當年的韋莊。他說，我還記得洛陽城裡那美麗的春光，可是我再也回不去那裡，我只能老死在他鄉了。「柳暗魏王堤」，他說我還記得洛陽城裡的美麗的景色，城外有一道長堤叫做魏王堤。魏王堤上的楊柳長得很茂密。現在又到了春天了，想到魏王堤上美麗的柳樹，我真是滿心的迷惘，是「此時心轉迷」。下片他說：「桃花春水淥，水上鴛鴦浴。凝恨對斜暉，憶君君不知。」四川又何嘗不美呢？四川的錦江也是桃花春水，一樣的美麗，而且那水邊有一對一對的水鳥鴛鴦在遊戲。人家都是雙雙對對，都是有伴侶的，可是他韋莊再也回不去了，綠窗之下「勸我早歸家」的那個女子，他永遠也見不到了。他說，我心裡面凝聚著滿心的離愁別恨和破國亡家的悲哀，面對著落日的斜暉，難道我忘記了我的故鄉？難道我忘記了那綠窗下等待我的女子？我沒有忘記。可是我又怎樣向你證明我沒有忘記你呢？我們兩地隔絕，你永遠也不知道我是怎樣想念你的了——「凝恨對斜暉，憶君君不知」。韋莊的詞與溫飛卿截然不同，溫飛卿的詞，都是美麗的名物，從不表現直接的感情；可是你看韋莊的詞，雖然都寫得很直接很真切，但是都包含著他自己的很深的感情。

（王慧敏整理）

第五講

王國維在《人間詞話》裡邊，評說了晚唐五代溫庭筠、韋莊、馮延巳、李後主四家的詞。我們上次已經看過王國維評說溫庭筠和韋莊兩家的詞話，今天應該看王國維評說馮延巳的詞了。但是在講馮詞之前，我們要先把王國維評說溫庭筠和韋莊兩家詞的說法給它一個總結的歸納。我已說過，王國維在評說溫庭筠的時候，跟清代的一個詞學批評家張惠言有很不相同的看法。張惠言認為溫庭筠的詞內容是非常豐富的，可是王國維認為溫庭筠的詞只是外表美麗，內容並不夠豐富。我們現在既然是對王國維的《人間詞話》進行反思，那我們就要有一個反省：張惠言和王國維有不同意見的原因在哪裡？為什麼張惠言這樣讚美的一個作者，王國維卻說他不夠好？我認為，那是因為張惠言和王國維兩個人評說詞的方式、衡量詞的標準是不一樣的，所以他們所看到的詞裡邊的好處也不一樣。溫庭筠為什麼被張惠言讚美，我給他歸納出幾點緣故。就拿我們上回看的溫庭筠的那一首《更漏子》來說：

> 柳絲長，春雨細，花外漏聲迢遞。驚塞雁，起城烏，畫屏金鷓鴣。　香霧薄，透簾幕，惆悵謝家池閣。紅燭背，繡簾垂，夢長君不知。

他是寫閨中一個美麗的女子。我說過，《花間集》的小詞常常都是寫閨中思婦，這是中國早期之詞的一個很popular的主題，都是寫相思怨別的女子的。可是我們上次說了，在中國傳統的文化之中有所謂「三綱」：君為臣綱，父為子綱，夫為妻綱。君臣的關係也相當於夫妻的關係，因此閨中思婦得不到丈夫的愛情，就可以比喻一個臣子得不到君主的賞識和任用。其實溫庭筠最有名的一首詞是他的《菩薩蠻》：

照花前後鏡，花面交相映。新貼繡羅襦，雙雙金鷓鴣。

小山重疊金明滅，鬢雲欲度香腮雪。懶起畫蛾眉，弄妝梳洗遲。照花前後鏡，花面交相映。新貼繡羅襦，雙雙金鷓鴣。

張惠言讚美溫庭筠的這首詞，他說：

「照花」四句，《離騷》「初服」之意。

我們上次已經看過王國維讚美南唐中主的詞，說「菡萏香銷」兩句，大有「眾芳蕪穢，美人遲暮」之感。張惠言把溫庭筠的《菩薩蠻》比作《離騷》，王國維把南唐中主李璟的《攤破浣溪沙》也比作《離騷》。他們都從那些寫閨中思婦的小詞中看到了君臣之間的一種忠愛的託喻。中國古代的批評家，不管是張惠言也好，王國維也好，他們說我以為它有這樣的意思，卻不給出一個理由，張惠言沒有說緣故，王國維也沒有說緣故。那麼我在上次課中就幫助王國維給了大家一個解釋，我說王國維為什麼說「菡萏香銷翠葉殘，西風愁起綠波間」有「眾芳蕪穢，美人遲暮」的這種感慨？有兩個原因：一個是從寫詞的背景上來說，南唐的小詞，它是雙重的語境（the double contact）。南唐的小朝廷是歌舞宴樂偏安一隅的，是可以寫美女與思婦的；可是從整個南唐的大環境說起來，北方的後周已經逐漸強大，南唐的危亡已在旦夕之間，在這種時候，不管是南唐的君主，還是南唐的臣子，內心之中都有一種憂危念亂的恐懼，所以他們的潛意識就在寫詞的時候於無意之中流露出來。可是你憑什麼說他在無意之中流露了這種感覺？你不能隨便這樣說啊！這就涉及我上次所講的第二個理由，這「菡萏香銷翠葉殘」，可不可以說成「荷花凋零荷葉殘」？菡萏就是荷花，這兩種說法難道還有什麼不同嗎？確實不同的。後者很現實，說什麼就是什麼，不會引起讀者聯想。而「菡萏」這個稱呼是《爾雅》上的話，它顯得那麼尊貴，與現實的荷花拉開了一個審美的距離。荷葉他說是「翠葉」，「翠」字是那麼珍貴，那麼美好，使你想到翡翠和珠翠。「香」，也是那麼芬芳美好的東西。可是在所有這些珍貴的、美好的名詞之間，連接它們的只有兩個動詞，一個是「銷」，一個是「殘」。那麼這些詞語集中起來就給讀者一種感覺，那就是所有最美好最芬芳的東西都被銷毀，都殘破了。所以那真是「眾芳蕪穢」啊！當然了，我們現在是對王國維《人間詞話》發表一百年以後的一個反思。王國維在一百年以前這樣講的時候，並沒有給我們做任何解釋，可是我們生在一百年之後，我們受到西方那些十分細密的文學理論的啟發，所以我試圖替王國維做進一步的解釋。當然這只是我個人的意見。我想他的這種感覺，也就是從「菡萏香銷翠葉殘」聯想到「眾芳蕪穢」的這種作用，在西方文學理論之中也有一些文字可以參考。有一個詞叫作microstructure——顯微結構，就是說你要把這一句話裡邊所有文字的最細緻的地方都要感受得到。這也就是我剛才所說的「菡萏」跟「荷花」有什麼不同、「香銷」跟「凋零」有什麼不同、「翠葉殘」跟「荷葉殘」有什麼不同。這是語言在最仔細精微的地方所能夠表現出來一種作用。所以王國維才會如此肯定地說，南唐中主的詞有「眾芳蕪穢、美人遲暮」的感覺。

好，那現在張惠言說了，溫庭筠的詞，「照花」四句有《離騷》「初服」的意思。他和王國維兩個人都是拿《離騷》來做比喻，王國維的根據是雙重語境還有顯微結構，張惠言的根據是什麼？他為什麼說「懶起畫蛾眉，弄妝梳洗遲。照花前後鏡，花面交相映」這四句有《離騷》「初服」的意思呢？這幾句其實都是寫閨中的女子，這個人一定不是個勞動婦女，她既不上班，也不教書，也不上學，所以懶到很晚才起床，起床之後她有的是時間，於是就「畫蛾眉」，細細地化妝。什麼叫「弄妝」？「弄」有玩弄、欣賞的意思。「雲破月來花弄影」嘛，好像花在欣賞它自己的影子，這就是「弄」。這個女孩子對著鏡子塗一塗看一看，再塗一塗再看一看，自己先欣賞一番，所以就「弄妝梳洗遲」。耽誤了很久的時間，化妝還沒有化好呢。大家看這算什麼？這裡邊會有《離騷》「初服」的意思嗎？那《離騷》的「初服」又是什麼意思呢？《離騷》說：「進不入以離尤兮，退將復修吾初服。」屈原是楚國的大臣，跟楚國的君主是同姓，他愛他的祖國，但是他對楚王進諫楚王不聽，所以他說「進不入」，我想向前進諫，但是朝廷不接受我，不但不接受，我還「離尤」。這個「離」字不是離開的意思，而是同「罹」字。「罹」，是遭遇的意思。你知道《離騷》的英文是什麼？是「encountering sorrow」。encountering 就是遭遇，sorrow 是憂愁。「尤」，是怨尤、埋怨。屈原對楚國非常忠愛，可是他對楚王的勸告不但不被接受，還被朝廷很多人所嫉妒、埋怨和排擠，所以他說我「進不入以離尤」。既然進不了那我就退下來吧，他說退下來我也不會自暴自棄，我要「退將復修吾初服」。現在社會上有一些人，既然沒有得到好的機會，不能夠得到地位，不能夠得到錢財，所以就去做壞事，那就是自暴自棄、破罐子破摔。但屈原不是，他說我退下來怎麼樣？我要「復修吾初服」，我重新修飾整理我最初的那一件衣服。什麼是最初的衣服？就是沒有受過汙染的衣服，是保持著自己當初的美好理想的衣服。屈原常常是用衣服的美好來象喻品德之美好的。比如他說：「製芰荷以為衣兮，集芙蓉以為裳。不吾知其亦已兮，苟余情其信芳。」古人管上衣叫作「衣」，下面的衣服叫作「裳」；「芰」是菱角之類的水中植物。屈原說我要把翠綠色的這個芰荷的葉子做成我的上衣，要把那美麗的荷花做成我的下裳。你不要以

悔相道之不察兮，延佇乎吾將反；回朕車以後路兮，及行迷之未遠；步余馬於蘭皋兮，馳椒丘且焉止息；進不入以離尤兮，退將複修吾初服；製芰荷以為衣兮，集芙蓉以為裳；不吾知其亦已兮，苟余情其信芳；高余冠之岌岌兮，長余佩之陸離；芳與澤其雜糅兮，唯昭質其猶未虧；忽反顧以游目兮，將往觀乎四荒；佩繽紛其繁飾兮，芳菲菲其彌章；民生各有所樂兮，余獨好修以為常；雖體解吾猶未變兮，豈余心之可懲。

——《離騷》節錄

為屈原真的滿身都穿著荷花荷葉，他只是一個比喻。他說你們朝廷裡這些人不瞭解我的忠愛也就算了，我自己要保持我自己的清潔美好——「不吾知其亦已兮，苟余情其信芳」。我上次說了，當時的楚國處在齊國跟秦國兩大強國之間，屈原是主張聯合齊國抵抗秦國的，而楚懷王卻聽信了張儀的連橫之議而到秦國去了，而且被秦國扣押了，死在了秦國。屈原只能眼看他的國家危亡，眼看他的君主被秦國扣押，他沒有辦法。所以他說，你們不理解我，不任用我，我無可奈何。「苟」是假如，「信」是誠然、果然。他說只要我的意思果然是芬芳美好的，你們儘管沒有一個人瞭解我，我也要保持我自己的美好。這是屈原的精神。而且屈原他是常常以美女自比的，比如他說「眾女嫉余之蛾眉兮，謠諑謂余以善淫」，這不就是把自己說成一個美女嗎？好，現在就有很奇妙的事情發生了。這溫庭筠他也說是「懶起畫蛾眉」啊。從外表看，溫庭筠這首詞就只是寫美女，但在張惠言這種浸透了中國古典文化修養的人看起來，他處處看到的是它隱藏的意思而不是表面的意思。屈原說「眾女嫉余之蛾眉」，其實是說那些大臣嫉妒他的才德之美。那麼「蛾眉」如果是代表了才德的美好，那「畫眉」呢？「畫眉」就是追求才德的美好啊！只是屈原一個人有這種想法嗎？只是張惠言才會有這種想法嗎？不是的，這是中國的一個傳統。從屈原開始，蛾眉代表美女，畫眉代表追求才德的美好，這已經成為中國詩歌的一個傳統被流傳下來了。那麼怎見得？還有誰這樣說過？我現在就要拿出一個證據來。唐朝有一個很有名的詩人李商隱，他寫了一首《無題》：

> 八歲偷照鏡，長眉已能畫。十歲去踏青，芙蓉作裙衩。十二學彈箏，銀甲不曾卸。十四藏六親，懸知猶未嫁。十五泣春風，背面鞦韆下。

他說這個八歲的小女孩，本來她的父母還不許她化妝呢，可是她就知道要化妝，而且真的能夠畫出來很長很美的眉毛。女孩子八歲能夠畫眉毛，而且不是隨便亂塗，不像杜甫的小女兒那樣「狼藉畫眉闊」（《北征》）。這說明什麼？畫眉代表追求才德的美好，這個孩子從年紀那麼小就開始追求才德的美好了。「十歲去踏青，芙蓉作裙衩」，這還是屈原說的，「製芰荷以為衣兮，集芙蓉以為裳」。你看，他的句子都是從屈原那兒來的。不但是衣服美好，不但是外表美好，這女孩子還要追求自己能力的美好，所以「十二學彈箏，銀甲不曾卸」。彈箏用指甲彈，指甲很容易斷掉，所以要戴一個銀色的指甲套。「不曾卸」，就是整天勤勉地學習彈箏，從不把指甲套摘下來。我們上次看過歐陽修的一首詞，「照影摘花花似面，芳心只共絲爭亂」。那個女子在水裡邊摘花，看到水中有自己的倒影，內心就起了一種波動：你有這麼美麗的品質和才能，你怎樣實現你的價值？魏文帝曹丕說的，有的人才學足以著書，自己又有著書的理想，可是為什麼沒有著出書來呢？你為什麼沒有完成

> 平生所嬌兒，顏色白勝雪。
> 見耶背面啼，垢膩腳不襪。
> 床前兩小女，補綻才過膝。
> 海圖坼波濤，舊繡移曲折。
> 天吳及紫鳳，顛倒在裋褐。
> 老夫情懷惡，嘔泄臥數日。
> 那無囊中帛，救汝寒凜慄。
> 粉黛亦解苞，衾裯稍羅列。
> 瘦妻面復光，癡女頭自櫛。
> 學母無不為，曉妝隨手抹。
> 移時施朱鉛，狼藉畫眉闊。
>
> ——杜甫《北征》節錄

你自己啊？這才是最值得悲哀的，是美人遲暮之悲哀。因為你浪費了你的一生。「十二學彈箏，銀甲不曾卸」，你真的曾經用過功嗎？你沒有用功就希望成功，那豈不是妄想嗎？

那天我曾給在座的兩位小朋友講《論語》，談孔子的「五十而知天命」。什麼是天命？我說那是天理之自然、事理之必然、義理之當然。春天萬物生發，秋天草木黃落，這是天理之自然。種瓜得瓜，種豆得豆，事情有什麼因緣一定就有什麼結果，如果你種豆老想要得瓜，那就是妄想，這是事理之必然。按照道德和禮法，你就應該這樣做，比如過去給小孩子講「弟子入則孝，出則悌」，這就是做人的一個義理，這是義理之當然。那什麼是知命呢？你知道天理之自然是如此，你知道義理之當然是如此，你還知道事理之必然是如此，這就是知天命了啊。可是，在中國古代的封建社會，你雖然是美好了，你雖然是勤奮了，但你也不一定成功。像李商隱，像屈原，他們都是忠愛的，都是關心國家關心人民的，可是屈原不被朝廷所任用，李商隱也不被朝廷所任用。所以李商隱他接下來說：「十四藏六親，懸知猶未嫁。」中國古代，女人不能拋頭露面，女孩子到了十四歲，不用說不能見外人，連你家親戚的男子都不能隨便見面了。這表哥表妹隨便見面，所以《紅樓夢》就出了很多問題嘛！嫁人是女孩子必然要走的道路，過去的女孩子沒有獨立的人格，沒有獨立的能力，沒有獨立的價值，她一生的幸或者不幸，都是倚靠在她所嫁的那個人

子曰：「吾十有五而志於學，三十而立，四十而不惑，五十而知天命，六十而耳順，七十而從心所欲，不踰矩。」

——《論語·為政》

子曰：「弟子入則孝，出則悌，謹而信，汎愛眾而親仁。行有餘力，則以學文。」

——《論語·學而》

身上。所以《孟子》說「良人者，所仰望以終身者也」。而男人呢？男人一定要求得任用。男子修身齊家，他的理想是什麼？是治國平天下。所以這男女的關係和君臣的關係其實有一個可以相對比和相對稱的地方。而李商隱《無題》所寫的這個女孩子是「十五泣春風，背面鞦韆下」。十五歲是女子到了該結婚的年齡了，但她還沒有一個可以交託的對象，這就是歐陽修那首詞為什麼說「照影摘花花似面，芳心只共絲爭亂」了。就是說，你也追求美好了，你也勤奮地修養了，可是你的美好卻得不到一個交託實現的機會。

我現在要說什麼？我是說溫庭筠的那首詞，表面上寫一個女子「懶起畫蛾眉」，但你可以聯想到《離騷》的「眾女嫉余之蛾眉」，也可以聯想到李商隱的「長眉已能畫」。那麼畫眉就畫眉好了，為什麼又懶起畫眉呢？這懶起畫眉在中國也有傳統，我再舉個例子。唐朝有個詩人叫杜荀鶴，寫過一首詩叫《春宮怨》，其中有兩句：「早被嬋娟誤，欲妝臨鏡慵。」「嬋娟」，是女子美好的樣子，美好為什麼會誤人呢？你要知道，後宮佳麗三千人，那皇帝能夠把三千個女子都照顧到？不可能啊！當三千寵愛在一身的時候，那兩千九百九十九的女子就都是怨婦了。一個女子被選入宮，可是入宮以後皇帝沒有跟她見過一次面，皇帝從來不到她這裡來。所以她「欲妝」，在要化妝的時候；「臨鏡」，面對著鏡子；就「慵」，就懶得化妝了。後宮化妝只為給皇帝一個人看，給別人看怎麼樣？那可就不得了了，那

早被嬋娟誤，欲妝臨鏡慵。
承恩不在貌，教妾若為容？
風暖鳥聲碎，日高花影重。
年年越溪女，相憶採芙蓉。
——杜荀鶴《春宮怨》

樣問題就大了。可是皇帝一個人哪裡看得過來？皇帝不看，那我化妝給誰看？我怎能不「慵」？古代那些士人一輩子讀書，就是為了拚命去參加科考，考秀才、考舉人，好不容易考中一個進士，國家給我一個什麼官做呢？給李商隱的官是弘農縣尉，一個小縣的屬官。縣大老爺審案的時候，縣尉負責點名把一個一個犯人帶上來，縣官大老爺審完了，縣尉就負責把一個一個犯人帶下去。縣官貪贓枉法，把沒罪的判成有罪，有罪的判成沒罪，他在下面能夠講一句話嗎？一句話都不能講。所以他寫了一首詩說：

黃昏封印點刑徒，愧負荊山入座隅。卻羨卞和雙刖足，一生無復沒階趨。

——《任弘農尉獻州刺史乞假還京》

他說我現在就羨慕當年戰國時候楚國的卞和，兩條腿都被砍斷了，那樣就不會再在台階下供你們這些貪贓枉法的官吏來驅使了。這是李商隱內心之中的悲哀和痛苦。所以他的《無題》中這個女孩子「八歲偷照鏡，長眉已能畫」，從小就希望得到一個機會，可是結果呢？結果也落到像杜荀鶴說的「早被嬋娟誤，欲妝臨鏡慵」這樣的下場。所以中國的傳統文化就很奇妙了，畫眉有個傳統，懶畫眉也有個傳統。因此，張惠言就會從溫庭筠的小詞裡邊看到《離騷》，看到杜荀鶴，看到李商隱，看出很多的道理來，所以他才說溫庭筠的「照花」四句有《離騷》「初服」的意思。

那麼這個「蛾眉」、「畫眉」、「懶畫眉」又叫做什麼呢？剛才我說，王國維從「菡萏香銷翠葉殘」看到「眾芳蕪穢，美人遲暮」的悲慨，那是microstructure——顯微結構的作用。張惠言看出「蛾眉」、「畫眉」、「懶畫眉」的這些個道理來，這就不是microstructure的作用了，而是西方語言學家所說的code——語碼的作用。什麼是語碼？我們說British Columbia（不列顛哥倫比亞）的telephone code是六〇四，你一說六〇四，就是我們整個Vancouver的這個code。而我們中國的傳統文化裡邊也有一些code，你一敲響這個code，那一片的聯想就都出來了。這個蛾眉、畫蛾眉、懶起畫蛾眉，就都是我們中國傳統文化裡面一個個的code，它引起了張惠言對《離騷》「初服」的聯想。所以說，張惠言有張惠言的道理，王國維也有王國維的道理，只不過他們兩個人誰也沒有給出一個理由說明而已。現在我們看下面一段詞話，王國維就批評張惠言了：

> 固哉，皋文之爲詞也。飛卿《菩薩蠻》、永叔《蝶戀花》、子瞻《卜算子》，皆興到之作，有何命意？皆被皋文深文羅織。

他說「固哉，皋文之為詞也」，這張惠言真是死板頑固，溫庭筠的這首《菩薩蠻》

就只是寫美女，哪裡有什麼《離騷》的意思？這都是張惠言深文羅織弄了一個比興寄託的大網，不管人家有沒有那個意思，就都給收羅到他的網裡來了。

好，現在我們已經把溫庭筠、韋莊還有南唐中主都說了，韋莊的詞之所以讓我有這麼豐富的聯想，同樣是由於double contact的關係。他表面上是寫跟一個美女離別之後再也不能相見了，但實際上他的感情並不只是和美女的離別而已，那也是韋莊遭遇到唐朝滅亡晚年不得不留在前蜀的他的整個的歷史。是由於大環境有這樣的歷史背景，我們才可以做這樣的聯想。所以讀小詞常常能夠讀出很多豐富的意思來，歷代很多詞學家都有此感受，但是大家都沒有把這個原因解釋清楚。因此，王國維批評張惠言不該「深文羅織」，可是他自己在談南唐中主的「菡萏香銷翠葉殘」時也會聯想到屈原的「眾芳蕪穢，美人遲暮」，還說別人都不懂，只有他自己才是「解人」。

我們已經把溫、韋、李璟都講了，還差一個馮延巳沒講。今天就要看馮延巳的詞了。我們先看王國維對馮延巳的評論：

> 予於詞，五代喜李後主、馮正中，而不喜《花間》。宋喜同叔、永叔、子瞻、少游，而不喜美成。南宋只愛稼軒一人，而最惡夢窗、玉田。

王國維是很了不起的一個天才，而且一生孜孜矻矻，以追求真理為是。可是一個人自然有一個人的局限，那也就是上次我給大家引用過的陳寅恪先生在王國維墓碑上寫的一句話，他說先生的學問也許有的時候有錯誤，先生的學問也許有的時候不被人理解，但是他追求真理的精神，是與日月同光的。王國維有時代的局限，所以王國維的《人間詞話》也有它不完全正確的地方。可是王國維忠實於他自己，不抄襲，不偽造，不欺騙，不說自己不懂和不知道的話，他所說的，都是他自己真正的感覺和思考所得。我曾經在我的文集的序言裡邊說過，我說我的老師曾經說過：「余雖不敏，然余誠矣。」我不是一個聰明的人，但是我講的時候，我是認真的，我講的都是我自己的感覺和感受。王國維也是如此的。他也許有他的錯誤，他也許有他的限制，有時代的限制，知識的限制，但是他忠實於自己，也忠實於讀者。那麼現在王國維不喜歡夢窗跟玉田——夢窗是吳文英，玉田是張炎——他為什麼不喜歡他們？這要等一下慢慢才能講得清楚。我要把整個詞的演變發展的過程梳理一遍，你們才能夠懂得王國維在《人間詞話》中所說的那些個意思，才能夠知道他的好處在哪裡，他的時代的局限在哪裡。現在我們看講義裡關於溫、韋、馮、李詞的第六則詞話：

> 馮正中詞雖不失五代風格，而堂廡特大，開北宋一代風氣。與中後二主詞皆在《花間》範圍之外，宜《花間集》中不登其隻字也。

什麼叫五代風格？在座旁聽的有一個小朋友，她不但背了很多詩詞，自己也寫詩詞。她有一天跟我說，我的講演有個不好的影響給她。她說，我以前隨便就寫詞，現在一聽你的講座，原來詞裡邊有這麼深的意思啊，而且這詞裡邊還都是寫美女跟愛情的，我以後不敢寫詞了。我對她說，不是簡單如此的，只是《花間集》裡的詞常寫美女跟愛情。《花間集》的詞為什麼寫美女跟愛情？這凡事都有一個由來，你知其然還要知其所以然。因為《花間集》的這個詞集，當它編輯的時候，其目的就是給那些個詩人文士在飲酒聚會的時候娛樂唱歌用的，由於是寫給歌女唱，所以寫的內容都是美女和愛情。但是大家也要知道，詞並沒有停止在《花間集》的歌詞階段。所以牛牛、毛毛這些小朋友也還是可以寫詞的，詞不是都要寫美女跟愛情，還有很多東西可以寫。實際上，詞這個體裁並沒有停止於《花間》的美女愛情，而是經過了幾次的轉變，只不過這些變不是很突然地變，而是慢慢地演變的。而現在我們就可以看到，馮延巳就已經開始變了，什麼地方變了呢？這就是王國維說的，「馮正中詞雖不失五代風格，而堂廡特大」。五代風格寫的是什麼？是傷春怨別。《花間集》雖然作者都是男子，可它是給歌女唱的歌詞，所以是用女性的口吻，寫女性的感情。而我也說過，中國舊傳統的女性命中注定就是思婦。思婦怎麼樣？就只有傷春怨別。這是中國古代幾千年的文化的傳統，是由所謂 gender culture（性別文化）所造成的。現在王國維說了，說馮正中的詞雖然也寫傷春怨別，可是有了一點變化了，說他「堂廡特大」。「堂」是建築物中間的廳堂，「廡」，是兩邊的廂房。說這個房子有很大的規模，有一個非常寬廣的佈局。所以馮延巳的詞就不只是《花間集》的傷春怨別了，而他的這一轉變就開了北宋一代的風氣。那麼他是從哪裡開拓的？我們就要舉一些馮詞的例證來說明，王國維隨意所舉的那幾首，其實還不能夠真正代表馮正中，馮正中有真正非常好的詞，現在我們先看他的一首《鵲踏枝》，我先讀一遍：

誰道閒情拋擲久。每到春來，惆悵還依舊。日日花前常病酒。不辭鏡裡朱顏瘦。　河畔青蕪堤上柳。爲問新愁，何事年年有。獨立小橋風滿袖。平林新月人歸後。

這樣的詞跟溫庭筠有什麼不同？跟韋莊有什麼不同？孔子說的，「學而不思則罔，思而不學則殆」（《論語．為政》），如果你整天地看，卻從來沒有想過，你就不能真正懂得它的意思。所以很多人問我說你的詩詞是跟誰學的？當然我有我家庭的教育，有我老師的教育，可是像剛才我所講的那一大通，包括英文的比較，我家裡的長輩和我當年在北京的老師並沒有教我這個，是我自己的思考結果。你想一想：王

翁（延巳）俯仰身世，所懷萬端，繆悠其辭，若顯若晦，揆之六義，比興為多。若《三台令》、《歸國謠》、《蝶戀花》（即《鵲踏枝》）諸作，其旨隱，其詞微，類勞人、思婦、羈臣、屏子鬱伊愴怳之所為。翁何致而然耶？周師南侵，國勢岌岌；中主既昧本圖，汶不自強，……翁負其才略，不能有所匡轉，危苦煩亂之中，鬱不自達者，一於詞發之。

——馮煦《陽春集．序》

國維是看出詞與詩的不同了，但王國維沒有說它為什麼不同，那麼張惠言為什麼要那樣說，王國維為什麼要這樣說？王國維為什麼不贊成張惠言的說法？這些都是需要你自己動腦筋去想一想的。那現在我們就來看一看，馮延巳跟溫庭筠跟韋莊有什麼不同？你會發現一點，溫庭筠只寫名物，寫美感，寫形象，而不作情感的直接表達：「驚塞雁，起城烏，畫屏金鷓鴣」，「小山重疊金明滅，鬢雲欲度香腮雪」，都是名物，都是形象，都是美感，都沒有直接地寫感情。這是溫庭筠的特點。韋莊的特色是什麼？韋莊的特色是直接寫感情：「人人盡說江南好，遊人只合江南老」，「未老莫還鄉，還鄉須斷腸」，「此度見花枝，白頭誓不歸」，「洛陽城裡春光好，洛陽才子他鄉老」，「凝恨對殘暉，憶君君不知」，都是直抒感情。而且韋莊直抒感情的時候，寫得很勁直，很真切，話說得很有力量，所以他給人一種直接的感動。那麼王國維喜歡什麼樣的詞呢？王國維說「故能寫真景物、真感情者，謂之有境界」，他喜歡那種帶著直接感動人的力量的詞，而溫庭筠的詞裡邊是缺乏這種力量的，所以王國維不喜歡他。那麼韋莊的詞是帶著直接的感動了，但是韋莊的詞也有局限，他說「紅樓別夜堪惆悵，香燈半捲流蘇帳。殘月出門時，美人和淚辭」，他說「人人盡說江南好，遊人只合江南老」，他說「春水碧於天，畫船聽雨眠」、「壚邊人似月，皓腕凝霜雪」，寫得都很直接，有很具體的人物和很具體的情事。而現在馮延巳和溫、韋他們就都有不同了，馮延巳的詞給人直接的感動，這跟溫庭筠不一樣；可是馮延巳雖然給人直接的感動，卻又讓你不能確指他的人物和情事，這又和韋莊不一樣。韋莊說因為我跟「紅樓別夜」的那個女孩子離別了，所以我很難過；因為我洛陽才子在他鄉老了，所以我很難過。你看了他的詞，可以知道他為什麼人物、為什麼情事而產生了這樣的感情。可是馮延巳所寫的詞，你不能確指他到底是為了什麼人物、為了什麼情事。他沒有告訴你，他只是把一種感情的本質傳達給你。而正是因為這個，馮延巳的詞就不像韋莊的詞那樣受到具體人物情事的拘束和限制。那麼馮延巳他是怎麼樣的不被拘束和限制呢？我們就要看剛才讀過的那首《鵲踏枝》了。

在講這首詞之前，我再稍稍跑一點野馬。我剛才說，你們看在座旁聽的這兩個小朋友這麼小，中文詩和英文詩人家都學得很好嘛。小孩子本來不是不能學詩，可為什麼大多數小孩子不懂古詩？因為沒有老師教他們啊！我曾經夢想普及兒童學詩。我當年給ＵＢＣ（不列顛哥倫比亞大學）的小朋友講過詩，我也給天津南開幼兒園的小朋友講過詩。我曾建議從幼稚園的大班就開一門「古詩唱遊」的課程，這門科目絕不要考試，你就用唱歌遊戲說故事的方式教他們念古詩。我教ＵＢＣ的小孩子時，就是自己花時間畫了好多張圖畫，一個一個的故事給他們講。很多人說你不要教小孩子學古詩啊，古詩裡邊古典太多了，小孩子不懂。古典多，其實一點兒都沒有關係。什麼是古典？古典就是古代的故事啊，哪個小孩子不愛聽故事？怎麼就不能教？所以我真的是在ＵＢＣ、在南開都給小朋友教過詩。但是這個普及工作真的很困難，沒有人推廣，沒有人學習，從老師那兒他們就都不想學，所以我就無可奈何了，我現在八十多歲了，我從六十多歲就開始進行這個嘗試，但直到現在也沒有什麼顯著成績，我覺得很遺憾。

馮延巳的詞怎麼樣好？先要你做老師的能夠懂得，能夠給學生講授出來，學生自然就喜歡了。老師都講不出來它的好處，只要求學生背下來考試用，學生怎麼能對它有興趣呢？我也跟國內的有關部門說了，國內的有關部門也說你的想法不錯啊，於是教育部編出一套書來，發給小孩子都去念。可是如果老師不能帶領小孩子入門，只是說現在又要增加一門課的考試，那就頭疼了。所以不能夠這樣的。而且我以為，如果從小你就不能夠用正當的方法引導出孩子們的興趣，而總是逼他們，使他們一看見詩詞就頭疼，那連他們長大後可以培養出來的興趣，在小的時候就摧殘了。他們可能從此以後只要看見中國詩詞就會頭疼。剛才施老師說，我們是不是可以把給小朋友講課的這些碟子推出來呢？可是現在連這些都還沒有推廣出來嘛。我只是自己在做。如果把它推廣出來，那老師們會不會教呢？以前也有澳門的一個很熱心的朋友捐了款，說你辦個班吧，讓各地方的老師來學習。這個班也辦過了，花了很多錢，請了很多人，這些老師也學得很有興趣，可是回去又怎麼樣了？這一晃十年過去了，仍然沒有效果，所以我雖然仍舊很有熱心，不辭勞苦地耕作，但是我真的不知道有沒有結果。我夢想有一天，我們中國的小朋友都能夠像在座旁聽的這兩個小朋友一樣，把英文詩和中國的舊詩都學得這麼好，那我們中華的詩詞就後繼有人了。

現在我們還是返回來看馮延巳的詞跟溫、韋的有什麼不同。「誰道閒情拋擲久，每到春來，惆悵還依舊」，你看，從一開始表現的方法就不同了。韋莊那是「紅樓別夜堪惆悵」，是我跟一個美麗的女子離別了，所以我難過。而馮延巳呢？他說我是「閒情」啊。什麼叫做「閒情」？曹魏的時候，魏文帝有一首詩說，「高山有崖，林木有枝。憂來無方，人莫之知」。他說高山當然就有山頭，樹林當然就有樹枝，這都是自然而然的。那麼我就有我的憂愁，這也是自然的。憂愁從哪裡來？是因為昨天考試考壞了，還是因為跟所愛的人離別了？什麼都不是，是「憂來無方」，你不知道它從哪裡來，無端就興起來一種哀怨，無端就湧起來一種情緒。而這裡馮延巳用了一個詞說它叫「閒情」：你只要一閒下來，這種情緒就出來了。然後他說這閒情我不要它了，我要把它拋開，而且我不只是努力了一次，我是一直就想要把我的閒情拋擲。而且，我也以為我早就做到了，所以他說是「閒情拋擲久」。好，馮延巳之所以妙，就在於他在這幾個字的前面只加了兩個字「誰道」，一下子就把那一切閒情又都勾回來了——誰說我已經把閒情拋擲久了啊？馮延巳他不是沒有感情，不是像溫庭筠那樣客觀，但也不像韋莊把感情拘限在什麼人和什麼

上山採薇，薄暮苦饑。
谿谷多風，霜露沾衣。
野雉群雊，猿猴相追。
還望故鄉，鬱何壘壘！
高山有崖，林木有枝。
憂來無方，人莫之知。
人生如寄，多憂何為？
今我不樂，歲月如馳。
湯湯川流，中有行舟。
隨波轉薄，有似客遊。
策我良馬，被我輕裘。
載馳載驅，聊以忘憂。

——曹丕《善哉行》

事情上。不但你不知道他是為什麼，他自己都不知道他是為什麼。這「誰道閒情拋擲久」是很妙的說法，可是他又是怎麼知道他的閒情並沒有被拋棄掉的呢？他說因為「每到春來，惆悵還依舊」，只要春天來的時候，他看到春草綠，看到春花開，聽到春鳥叫，他那種惆悵的感情就又興起來了。閒情是什麼感情？說不出來。惆悵又是什麼感情？惆悵是好像有所失落，又好像有所追求，總是好像覺得還缺少一點什麼東西。他說每當春天來的時候，我那種惆悵的感情，就依舊又回來了。所以，「誰道」轉了一個圈兒轉回來；「惆悵還依舊」又轉了一個圈兒，又轉回來了。那轉回來以後怎麼樣？我已經沒有辦法擺脫它了，所以我只能夠「日日花前常病酒，不辭鏡裡朱顏瘦」。很多人借酒澆愁，說喝酒喝醉了就把一切的煩惱都忘記了。所以一看到花開，我就喝酒。我一直喝到沉醉，喝到身體很難過，喝到都「病酒」了，而且是「常病酒」。但是我每天還是在花前喝酒。杜甫有詩說：「一片花飛減卻春，風飄萬點正愁人，且看欲盡花經眼，莫厭傷多酒入脣。」（《曲江二首》之一）這說得真是好！昨天牛牛寫詩說她們家有棵櫻花樹，櫻花開得很茂盛，但就在那棵樹的花還開得很茂盛的時候，一陣風來就有花片落下來，她看了很難過。你看，古今同感，牛牛與杜甫有同感。還在那「一片花飛減卻春」的時候，春天就開始不完美了，已經有一片破碎了，那麼何況現在已經是「風飄萬點正愁人」。等到花開了兩天之後，一陣風來，你看那樹上的花就像下雨一樣，萬點花飛。我曾經寫

一片花飛減卻春，風飄萬點正愁人。且看欲盡花經眼，莫厭傷多酒入脣。江上小堂巢翡翠，苑邊高塚臥麒麟。細推物理須行樂，何用浮名絆此身。

——杜甫《曲江二首》其一

朝回日日典春衣，每日江頭盡醉歸。酒債尋常行處有，人生七十古來稀。穿花蛺蝶深深見，點水蜻蜓款款飛。傳語風光共流轉，暫時相賞莫相違。

——杜甫《曲江二首》其二

過一篇文章專門講花，我說宇宙之間的這些生物，這種生死衰亡的感覺，沒有比花更明顯的了。就像孔尚任的《桃花扇》說的：「眼看他起朱樓，眼看他宴賓客，眼看他樓塌了。」你是親眼看著它含苞，親眼看著它開放，親眼看著它飄零，親眼看著它枯萎啊！所以杜甫就說了，「且看欲盡花經眼，莫厭傷多酒入脣」。「且」，是姑且、暫且。今天雖然已經是風飄萬點了，但是樹上還有一些殘留的花在那裡，姑且還能看一看，再過兩天，就連這些花也都沒有了。所以你看，詩寫得好還是寫得不好，就在於你能不能用那個最恰當的字把你的感情傳達出來。「且」字就寫得非常好，他說你就姑且看一看，花已經快要落完了，你親眼看著它從開放到零落，現在還僅剩這麼幾朵花在這裡，你為什麼不珍重這幾朵花，好好看一看呢？你為什麼不面對這幾朵花，再喝上一杯酒呢？「厭」就是厭倦、推辭。你明天再想對花喝酒，花已經沒有了，所以不要推辭，不要說我已經喝得太多了，你還是再喝一杯酒吧。你看古人寫這種傷春的詩，寫得真是非常好。那麼現在你就明白馮延巳為什麼說「日日花前常病酒」了。每天喝酒已經喝到身體都不舒服了，為什麼還要喝？因為我今天如果不喝，明天我再想要對花喝酒，花可能已經沒有了。所以我「日日花前常病酒，不辭鏡裡朱顏瘦」。我自己也照著鏡子，知道我現在憔悴了，知道我是因為病酒而憔悴消瘦的。鏡子代表什麼？鏡子代表一種反省、一種自覺。照影摘花你看到花似面，才會「芳心只共絲爭亂」。很多人抽煙，你勸他不要抽了他不會

【離亭宴帶歇指煞】俺曾見金陵玉殿鶯啼曉，秦淮水榭花開早，誰知道容易冰消。眼看他起朱樓，眼看他宴賓客，眼看他樓塌了。這青苔碧瓦堆，俺曾睡風流覺，將五十年興亡看飽。那烏衣巷不姓王，莫愁湖鬼夜哭，鳳凰臺棲梟鳥。殘山夢最真，舊境丟難掉，不信這輿圖換稿。謅一套哀江南，放悲聲唱到老。

——孔尚任《桃花扇·續四十齣餘韻—戊子九月》

聽，他覺得抽煙是一種享受。等到有一天醫生一檢查，說他的肺有了問題了，不可以抽煙了，當他知道自己有了毛病，他就會不抽了。人都是有這種反省能力的。那麼「鏡裡朱顏瘦」就是一種反省，就是說，我知道我這樣做已經造成我的面容憔悴了。可是馮延巳說他怎麼辦？他說我「不辭」，我「不辭鏡裡朱顏瘦」！就是說，他明知有這樣的結果卻還要喝酒。為什麼要喝酒？因為明天這個花就再也沒有了。這兩句有什麼好？喝酒喝得有了病就不該再喝了，這就和抽煙有了毛病就不應該再抽是一樣的，這裡邊難道還有什麼應該鼓勵的嗎？可是有人就從這裡邊看出道理來了。香港有一位很有名的學者饒宗頤先生，他說「日日花前常病酒，不辭鏡裡朱顏瘦」這兩句「具見開濟老臣懷抱」（《人間詞話平議》）。他說，他從馮延巳的這兩句詞裡邊，看到了一個開濟老臣的懷抱。

所以讀書倘若讀不出味道來，那是因為你沒有好好去讀，你是「學而不思則罔」。我上次也曾經講過，西方的文學批評經過了幾個階段，十九世紀後期的時候，T. S.艾略特這些人，他們就提倡New Criticism（新批評）。New Criticism主張把作者完全抹殺，說作品的好壞與作者無關，不能因為他人好詩就好。當然了，只看作者，說作者好詩就好，這是一種錯誤；但只看作品不看作者同樣也是一種錯誤。所以現在我們就應該著手瞭解馮延巳這個作者。你要知道詞所善寫的是那種不得已之情，你內心越是有不得已的時候，你在詩裡邊說不明道不清，那你就寫詞。

孟子謂萬章曰：「一鄉之善士，斯友一鄉之善士；一國之善士，斯友一國之善士；天下之善士，斯友天下之善士。以友天下之善士為未足，又尚論古之人。頌其詩，讀其書，不知其人，可乎？是以論其世也。是尚友也。」

——《孟子·萬章下》

馮延巳有什麼不得已之情？孟子說的，「頌其詩，讀其書，不知其人可乎？是以論其世也」。如果我說世界上有一個人，他生下來這一輩子就注定是悲劇的命運，你相信有這樣的人嗎？誰生下來就注定該是悲劇的命運？而馮延巳就是這樣的一個人。他真是不得已，真是難以解脫。因為他生在五代那個分裂的時代，這是第一大不幸。馮延巳的父親叫馮令頵，他的老家是在江南。江南是誰統治的？五代十國時江南是在南唐的統治之下。而馮延巳的父親馮令頵是在尚書省裡邊做官的，差不多相當於是宰相的地位。那是什麼時候？是南唐剛剛開國，是在李後主的祖父南唐烈祖李昪的時候，那時候馮令頵就是一個重要的大臣。因為有這樣的關係，所以馮延巳從小就跟南唐中主李璟有了很密切的友誼。李璟封作吳王，馮延巳給他掌書記，李璟後來做了南唐的國主，馮延巳就做了他的宰相。而南唐這個國家是怎樣一個國家？它是一個必亡的國家。馮延巳從小就生在這樣一個家庭，從小就跟一個必亡的國家、必亡的君主結合了這麼密切的關係。後周強大起來要來侵略，你是戰還是守？南唐的勢力不能跟人家相比，當面臨這個進不可以攻、退不可以守的局面的時候你怎麼辦？滿朝文武就發生黨派之爭，有主戰的一派，有主和的一派。馮延巳是做宰相的，在眾人的爭論和責備之下，馮延巳內心的苦惱有人可以訴說嗎？他不能說啊。難道他說我們國家的局面已經是無可挽回了？他一個做宰相的能說這樣的話嗎？但是不管主戰的還是主和的，所有的矛頭都對著你來了，你怎麼辦呢？所以他承受了很大的壓力，而且他毫無辦法。我說過好的詞常常是有一種不得已之情，馮延巳就真是有不得已之情，他就只能「日日花前常病酒，不辭鏡裡朱顏瘦」了。

但饒宗頤為什麼從這兩句話裡看出來他有開濟老臣的懷抱呢？什麼叫開濟老臣的懷抱？杜甫的詩說的：「三顧頻煩天下計，兩朝開濟老臣心。」（《蜀相》）開濟老臣本來指的是諸葛亮，諸葛亮輔佐先主劉備開國，又輔佐後主守成，濟危救難，所以是開濟。饒宗頤先生認為從馮延巳的詞裡，我們完全可以看到父子兩輩做臣子的老臣，在國家處於危亡關頭的憂心懷抱。他從哪裡看出來的？就是從「日日花前常病酒，不辭鏡裡朱顏瘦」這兩句裡看出來的。這個人說，我知道我們這個國家之必亡，我也知道我已經為這個而憂慮到朱顏消瘦，可是我不能逃避不能退縮，我也不想推辭。

「河畔青蕪堤上柳，為問新愁，何事年年有」，不是說每到春來惆悵就還依舊嗎？那麼是什麼讓你的惆悵回來的？他說是那河邊的青草，千里萬里直到天涯；是那堤上的柳樹，從枯乾的枝條中抽出綠色的柳葉。春天來了，隨著春天草木的生發，我的愁也就隨著回來了。他沒有說他為什麼而愁，因為這新愁本來就是他自己以為早已拋擲掉的那個「閒情」，也就是惆悵還依舊的那個「閒情」。他說我滿懷著這樣的閒情、這樣的惆悵，我就「獨立小橋風滿袖」。這說得真是妙：我有人可以傾訴嗎？我有一個伴侶嗎？我一個人站在小橋上——房間四面有牆壁保護，而橋

丞相祠堂何處尋，錦官城外柏森森。映階碧草自春色，隔葉黃鸝空好音。三顧頻煩天下計，兩朝開濟老臣心。出師未捷身先死，長使英雄淚滿襟。

——杜甫《蜀相》

是四無遮蔽的，正因為它沒有遮蔽，所以所有的寒風都灌入了我的衣袖之中。那麼你為什麼不回去？橋不是給人長久站立的地方，橋是給人通過的，你過了橋就應該回家嘛，為什麼站在小橋上不回家而任憑寒風吹滿你的衣袖？而且他說，我還不是在小橋上只站了片刻的時間，我在這不應該站立的小橋之上站了很久很久，一直站到看見遠遠的平林之上月亮都升起來，所有路上的行人都回家了，我是「獨立小橋風滿袖，平林新月人歸後」。

這就是馮正中。他說的不是一個具體的情事，不是為了紅樓的美人，你只能說，他有很多不得已的和難以說出來的痛苦，但是他都沒有說，就像我在第一講的時候給你們講的陳曾壽那首《浣溪沙》一樣。好的詞，都能夠寫出來一種不得已的感情。陳曾壽所寫的是不得已的感情，馮延巳所寫的也是不得已的感情。王國維說馮延巳的詞「堂廡特大」，就是說他已經不再是狹窄的酒筵歌席間的美女和愛情了。他雖然表面上也是傷春，可是裡邊卻涵蓋了很多比傷春更深的東西。

（熊燁整理）

第六講

我們現在接著來看五代的詞。我們已經看了王國維講馮正中的詞，今天應該看王國維講李後主的詞了。在我們的講義上，第九條說：

> 詞至李後主而眼界始大，感慨遂深。遂變伶工之詞而爲士大夫之詞。周介存置諸溫、韋之下，可謂顛倒黑白矣。「自是人生長恨水長東」，「流水落花春去也，天上人間」，《金荃》、《浣花》能有此氣象耶？

好，我們現在就看這一條。這已經涉及小詞的演進了。詞本來是歌筵酒席之間給歌女唱的歌詞，都是寫美女跟愛情的。所以像溫庭筠的「懶起畫蛾眉」之類，像韋莊的「美人和淚辭」之類，都是寫美女，寫相思，寫愛情。詞到馮延巳有了一個很大的開拓，因為他已經不再限制和拘束在現實的美女跟愛情之中了。馮正中所寫的是內心之中的一種情緒。「誰道閒情拋擲久。每到春來，惆悵還依舊」，他寫的是閒情，是新愁，是惆悵。他沒有拘束在美女跟愛情的狹隘範圍中。所以境界比較開闊。

詞在早年都是歌筵酒席間寫美女跟愛情的歌詞，可是王國維說啦，「詞至李後主而眼界始大，感慨遂深，遂變伶工之詞而為士大夫之詞」。這是王國維在評論晚唐五代的詞人之中非常有見解的一句話。什麼叫「遂變伶工之詞而為士大夫之

毛嬙、西施，天下美婦人也。嚴妝佳，淡妝亦佳，粗服亂頭，不掩國色。飛卿，嚴妝也。端己，淡妝也。後主則粗服亂頭矣。

——周濟（介存）《介存齋論詞雜著》

林花謝了春紅，太匆匆，無奈朝來寒雨晚來風。胭脂淚，相留醉，幾時重？自是人生長恨水長東！

——李煜《相見歡》

簾外雨潺潺，春意闌珊。羅衾不耐五更寒。夢裡不知身是客，一晌貪歡。獨自莫憑欄，無限江山，別時容易見時難。流水落花春去也，天上人間。

——李煜《浪淘沙》

詞」？伶工是演奏音樂的樂師，不管是溫庭筠，不管是韋莊，不管是馮延巳，他們所寫的詞都是給音樂配的歌詞，是給樂師跟樂伎去歌唱的歌詞，所以是「伶工之詞」，可是詞沒有停滯在「歌詞之詞」這一階段。後來的人像辛稼軒寫的詞，像蘇東坡寫的詞，都只是給歌兒歌女去唱嗎？已不見得了。所以後來的詞就發展到不再是歌詞之詞了。我在過去寫的討論詞的文字裡邊，我說那是從「歌詞之詞」變成「詩化之詞」。詞就變成一種新體的詩，用寫詩的心情來填寫歌詞了。我把它叫做詩化之詞。而詩是什麼呢？我以前也講過了，「詩者，志之所之也」，是表達自己真正內心的情意。而歌詞之詞是給歌女唱的歌詞，不一定表達自己的內心的情意。所以我以前講過一個故事，說黃山谷常常寫這些歌詞之詞，後來有一個朋友說，你不要再寫那些東西了，黃山谷為自己辯解說那是「空中語耳」，他說我寫浪漫的愛情小詞，並不代表我跟任何女子有任何浪漫的愛情，那就只是寫一首歌詞而已嘛，並不代表我自己的情志。那麼是什麼原因使李後主「變伶工之詞而為士大夫之詞」的呢？是他自己國破家亡的慘痛經歷。本來李後主也寫歌辭之詞，比如他曾經寫過這樣的歌詞，「晚妝初了明肌雪，春殿宮娥魚貫列」，這是給歌女唱的歌詞。李後主喜歡聽歌看舞，風流浪漫，他說當傍晚黃昏的時候，這些女子「晚妝初了」——白天化妝跟晚上化妝不一樣，晚妝是濃妝，要特別地艷麗——剛剛化好了妝，她們雪白的肌膚光彩照人。李後主是南唐的國主，所以那些女子也不是普通的歌女了，

晚妝初了明肌雪，春殿嬪娥魚貫列。鳳簫吹斷水雲間，重按霓裳歌遍徹。
臨風誰更飄香屑，醉拍闌干情味切。歸時休放燭光紅，待踏馬蹄清夜月。
——李煜《玉樓春》

而是後宮的宮娥。春天的晚上，在他南唐這個王國的宮殿之中，這些美麗的宮娥，像水裡的魚，一個接著一個。你看他說得很美，說她們像魚的游泳那樣柔順地就順序出來了。是聽歌看舞嘛，所以就有吹簫，是「鳳簫吹斷水雲間，重按霓裳歌遍徹」。李後主這個人他真正的特色就是感情的投注。歡樂的時候，他把所有的感情都投注在歡樂之中，盡情地享樂；亡國的時候，他把所有的感情都投注在悲哀之中，痛哭流涕地悲哀。這是一種藝術家的性格啊！鳳簫是排簫，很多的竹管，像鳳凰的尾巴一樣張開。鳳簫要吹到極點的盡頭，在天上流雲與地上流水的閒緩的流動漂移之間有這簫聲的迴盪。這還不算，他還要「重按霓裳歌遍徹」。傳說唐明皇夢見自己到了月宮，看到歌舞，醒來作了《霓裳羽衣曲》，讓楊貴妃表演。白居易的《長恨歌》裡邊也提到過的。據說經過了晚唐的變亂，《霓裳羽衣曲》的曲譜失傳了。南唐李後主的第一個皇后大周后也是懂得音樂的人，所以李後主跟大周后就重新整理了《霓裳羽衣曲》的曲子。這個曲子據唐朝的記載是大曲。我們現在講一首詞比如《蝶戀花》或者《浣溪沙》，它們都是很短的調子，可是所謂大曲不是一支曲子而是一串曲子，有頭有尾，中間有轉折、有變化。「重按霓裳」的「按」是演奏。不管是吹笛，還是吹簫，還是彈箏，你的手要動作的，所以「按」就是演奏。他們就演奏《霓裳羽衣曲》的大曲的音樂。演奏了一次還不夠，是「重按」，一次又一次地演奏。那什麼叫「遍」呢？大曲不是很多曲子排在一起的嗎？裡邊有的曲子就叫「遍」，像《梁州遍》之類的，那是曲子的名字。「徹」，是大曲入破以後的最末一遍，大曲在入破以後曲調特別高亢急促。但是「遍」和「徹」這兩個字，本身又有周遍的、從頭到尾的意思，它有雙重的作用。所以你看，李後主他真是全身心地投入到歌舞享樂之中，他不但「重按霓裳」，他還要「歌遍徹」。

這就是李後主早年所寫的歌詞之詞。後來呢，南唐滅亡了，李後主破國亡家。破國亡家以後，李後主的詞風就有變化了。那就是《人間詞話》所寫的，「詞至李後主而眼界始大，感慨遂深，遂變伶工之詞而為士大夫之詞」。而且王國維還舉了例證：「『自是人生長恨水長東』，『流水落花春去也，天上人間』，《金荃》、《浣花》能有此氣象耶？」《金荃》是溫庭筠詞集的名字，《浣花》是韋莊詞集的名字。他說，溫庭筠、韋莊的詞能有這樣的氣象嗎？為什麼這樣說呢？我們看溫庭筠的詞：

> 小山重疊金明滅。鬢雲欲度香腮雪。懶起畫蛾眉。弄妝梳洗遲。　照花前後鏡。花面交相映。新帖繡羅襦。雙雙金鷓鴣。
>
> ——《菩薩蠻》

這是閨房的一個女子化妝，雖然寫得很精美，但是沒有很深遠的意思。張惠言看出來深遠的意思，我說那是因為詞裡邊的「蛾眉」、「畫蛾眉」、「懶起畫蛾眉」，我們都能夠在中國古典詩歌的傳統之中找到同樣的或相近似的vocabulary，所以這些個字在中國的傳統裡邊就變成了文化的語碼——cultural code。但溫庭筠寫這首詞的時候有這樣的意思嗎？這是一個比較複雜的問題。前幾天，我們班上旁聽的小朋友牛牛就問了我這個問題，說那溫庭筠的詞也不見得有《離騷》的意思，難道只是因為他用了「蛾眉」這種語碼就是好詞了？我說，不能夠斷然地這樣說啊，溫飛卿很可能是有那種意思的，但是因為我們的時間真是太短了，我沒有辦法跟大家說那麼仔細。

表面上看，溫庭筠這個人就是一個生活不檢點、非常浪漫的人。每天只喜歡聽歌看舞，哪裡有什麼屈原《離騷》的意思？所以王國維就不贊成，說張惠言講詞，非要講出什麼《離騷》的意思，真是頑固。其實溫庭筠還真是可能有這種意思，你要整體地看他這個人。溫庭筠科舉考試不如意，做的官國子監助教也很卑微，永遠沒有升遷的希望。可是溫庭筠生在晚唐的時代，他親身經歷了晚唐社會政治上種種的災難。在文宗太和九年（西元八三五年），發生了甘露之變，皇帝要消滅宦官，這個計策敗露了，滿朝文武從宰相以下的幾十人都被殺死了。還有，本來立的一個太子應該繼承皇帝之位的，在權力鬥爭之中，忽然間就死了。這個太子他是正常的死亡嗎？在溫庭筠的詩裡邊，對這些政治上的事件都是有反應的。當宰相王涯全家被殺以後，溫庭筠經過王涯舊日的住所，就寫了哀悼王涯的詩；太子忽然間暴卒，

其一

花竹有薄埃，嘉游集上才。
白蘋安石渚，紅葉子雲台。
朱戶雀羅設，黃門馭騎來。
不知淮水濁，丹藕為誰開。

其二

偶到烏衣巷，含情更惘然。
西州曲堤柳，東府舊池蓮。
星坼悲元老，雲歸送墨仙。
誰知濟川楫，今作野人船。

——溫庭筠《題豐安里王相林亭二首》

其一

疊鼓辭宮殿，悲笳降杳冥。
影離雲外日，光滅火前星。
鄴客瞻秦苑，商公下漢庭。
依依陵樹色，空繞古原青。

其二

東府虛容衛，西園寄夢思。
鳳懸吹曲夜，雞斷問安時。
塵陌都人恨，霜郊賵馬悲。
唯餘埋璧地，煙草近丹墀。

——溫庭筠《唐莊恪太子輓歌詞二首》

溫庭筠就寫了哀悼太子的詩。當他在國子監裡邊當助教的時候，他的學生有人寫詩寫得好，反映了時代的政治，他就把這些作品都展示出來給大家看。這些行為，也許就是溫庭筠仕宦不得志的真正緣由。而他在不得志之餘，就只能去聽歌看舞了。所以你要是全面地去看，溫庭筠還真的可能是個有政治悲慨的人。北宋的柳永，大家也說這個人放蕩不羈。他聽歌看舞，天天給什麼蟲娘啊、酥娘啊這些歌伎們寫歌詞。可是柳永也曾經在沿海管理過一個曬鹽的鹽場，他寫過《煮海歌》。煮海，就是曬鹽，鹽民要把海水曬乾了，經過熬煮，才能夠有鹽出來。而鹽一直是官賣的，要經過幾層剝削。鹽民曬出來鹽，當地的收購，一層剝削，收購了送到官府，又一層剝削。從古到今，鹽民永遠都是最貧苦的一群人。我在台灣住過，台灣也有鹽民，有一個鹽民的女孩子曾經來幫我做家裡的事情，台灣盛產香蕉，她竟然連香蕉都沒有吃過的。所以說你不要認為這些個喜歡聽歌看舞的人就一定都不關心國家大事了，柳永其實是很關心人民疾苦的一個人。溫庭筠也是。總而言之，對溫庭筠這個人我們應該要從多方面來看，不能很倉促地就下一個斷語。韋莊也是如此，他雖然有一個亡國的背景，但他的詞其實也是寫美女愛情的。所以也有人認為，「美人和淚辭」既然是寫思念美人，就不會是寫思念故國。但這都是很拘執很死板的看法，思念美人就不能夠跟思念故國合一嗎？還不用說美人能不能代表故國，就算他所懷念那個美人住在長安或洛陽，現在長安和洛陽都淪陷了，美人跟故國一起淪陷

> 煮海之民何所營，婦無蠶織夫無耕。衣食之源太寥落，牢盆煮就汝輸徵。年年春夏潮盈浦，潮退刮泥成島嶼。風乾日曝鹹味加，始灌潮波熘成鹵。鹵濃鹼淡未得閒，採樵深入無窮山。豹踪虎跡不敢避，朝陽山去夕陽還。船載肩擎未遑歇，投入巨灶炎炎熱。晨燒暮爍堆積高，才得波濤變成雪。自從瀦鹵至飛霜，無非假貸充餱糧。秤入官中得微直，一緡往往十緡償。周而復始無休息，官租未了私租逼。驅妻逐子課工程，雖作人形俱菜色。鬻海之民何苦門，安得母富子不貧。本朝一物不失所，願廣皇仁到海濱。甲兵淨洗徵輪輟，君有餘財罷鹽鐵。太平相業爾惟鹽，化作夏商周時節。
>
> ——柳永《煮海歌》

了。難道他不能夠合起來寫他的思念嗎？因此我們不應該斷章取義地只看外表。他們是可能真有悲慨的，而他們的這種悲慨，有的時候就被一些個有心的讀者看出來了。

至於李後主，他的詞就不是double gender（雙重性別）或double contact（雙重語境）的作用了，是他自己就親自遭遇了破國亡家的不幸，所以他才寫了這樣的詞。在我們講義後邊附錄的作品裡，選了兩首李後主的詞，先看第一首，詞牌是《虞美人》：

春花秋月何時了。往事知多少。小樓昨夜又東風。故國不堪回首月明中。
雕欄玉砌應猶在。只是朱顏改。問君能有幾多愁。恰似一江春水向東流。

我們一定要把平仄讀出來，才能把帶著音樂特質的詩詞的美感讀出來。前些時候大陸聽眾有人問我，說你跟誰學的這樣讀詩詞，你的老師就這樣讀麼？我說，我的老師從來不這樣讀的。這不是學的，這只是我的感覺，我的感覺配合著詩裡邊的感情，配合著平仄，我以為它就應該這樣讀。這首詞最後一句版本不同，有的是「問君能有幾多愁」，有的是「問君都有幾多愁」。破國亡家的人，大家都悲哀，你怎麼樣傳達你的悲哀？所以詩詞的好壞，不在於你寫的是什麼，而在於你怎麼樣去寫。你看李後主怎麼寫的？難道他經過了很多的思考，才這樣寫的？不是啊，天才的詩人之所以為天才，就是他有一種本能，一種感受的本能。「春花秋月何時了，往事知多少」，真是一張大網，把古今所有人類的無常的感覺都籠罩於其中了。人世間有春來夏往，有秋收冬藏，而人生也就在這寒來暑往之間不知不覺地過去了。從一九七九年開始，我每年從溫哥華飛到中國，又從中國飛回溫哥華，轉眼之間，現在已經是二〇〇九年，我在南開教書已經有三十年之久了。一年一年，真的是就這樣過去了。我每年回到溫哥華，都是滿街的櫻花盛開，年年看到櫻花開，年年看到櫻花落，轉眼之間，我到溫哥華多少年？我是一九六九年來的，現在已經是四十年了。我回大陸教書也有三十年之久了。每年的端午節我是在這裡過的。前幾天過端午節，我跟我家裡住的兩個留學生說我只能跟你們過端午節，中秋節我就不在這兒了，我每年中秋節都在天津跟我南開的學生一起過。這就是「春花秋月何時了」啊！那「往事知多少」呢？每年花開，每年月圓，一九六九年我們是全家來的加拿大，我跟我父親跟我先生，帶著我兩個女兒。而現在，我的大女兒、大女婿不在了，我的父親不在了，我的先生也不在了。在幾十年「春花秋月」的來與往之中，我家裡大半的人都不在了。我現在雖然單身，但是很忙，我一個人，裡裡外外、大大小小的事情都要自己去做的。明年，如果我再回來，還會有春花開；明年我再回到南開，也還會再有秋月圓。但就在年年的花開、年年的月圓之中，三十年、四十年都過去了，我現在已經八十多歲了，我還能再有幾個春花開、幾個秋月圓哪？所以我才急於要把我的東西整理出來。我現在這麼不辭辛苦地講，就是希望留下一些東西給後代喜歡學中國詩詞的人，讓他們知道怎麼樣入門。「春花秋月何時了」——自其不變者而觀之，年年花開，年年月圓，這是永恆的，不變的；可是「往事知多少」——自其變者而觀之，連天地都是無常的啊。我的大女兒去世，我寫過一首詩說「門前又見櫻花發，可信吾兒竟不歸」，我看見我門前的櫻花又開了。我怎麼能相信我的女兒不會再從那個門回來了？所以你看，天地是無常的，而李後主短短的兩句詞，就把我們天下古今人類的所有無常的悲哀都寫進去了。《金荃》、《浣花》——溫庭筠詞、韋莊詞——有這樣的氣象嗎？而且李後主他有呼應，他不是說「春花」嗎？「小樓昨夜又東風」就是春天啊。昨天晚上春風又吹回來了，我看到那樹上都有含苞，都又發芽了。可是我的國呢？我的家呢？這已經是南唐亡國以後，李後主被囚禁在北宋的時候作的，所以是「故國不堪回首月明中」。他從前寫的那個「晚妝初了明肌雪。春殿宮娥魚貫列」的南唐舊地已經景象全非。「東風」兩個字呼應著「春花」，「月明」兩個字呼應著「秋月」；「小樓昨夜又東風」，是再一次重複永恆；「故國不堪回首月明中」是再一次重複無常。一個永恆、一個無常，再重複一個永恆、一個無常，這種對比。就慨嘆了整個人世的所有的悲哀。

接下來他說，「雕欄玉砌應猶在」——我剛才沒有全講他的「晚妝初了明肌雪」的那一首《玉樓春》，那首詞在後面還說，「臨風誰更飄香屑，醉拍闌干情味切」。在那首詞裡他的每一句也都是有著呼應的。「晚妝初了明肌雪，春殿嬪娥魚貫列」是他視覺的享受，而「臨風誰更飄香屑，醉拍闌干情味切」是他嗅覺的享受。據《五代史》和《南唐書》記載，李後主很會享樂，宮中有專門管香的宮女。他有很多種香，有的是點燃在香爐裡面的香，有的是可以到處去灑的香粉。所以他說，在風前是誰正灑著這香粉呢？你看，他的眼、耳、鼻、口，他全身的各種官能都在享樂之中。而且他享樂到極點，就在欄杆上打拍子，「醉拍闌干情味切」，一種完全沉醉在其中的樣子。可是，那些事情現在都已經過去了，他現在已經身為北宋的階下囚了。所以他說：「雕欄玉砌應猶在」，我當年醉拍的那個欄杆應該還在吧？——其實不用說李後主被帶到北方的時候他的欄杆還在，直到我七十年代後期或八十年代初期到南唐故址去遊覽的時候，那些欄杆也還在呢。有一個地方他們說那就是當年南唐中主的讀書臺，在臺上我就看到了那些個「雕欄玉砌」的欄杆和臺階。那麼「雕欄玉砌應猶在」，說的是什麼？說的是永恆之物和不變之物。但是「只是朱顏改」，只是我李煜再也不是從前的我，我的朱顏已經變成白髮了。這就是無常啊。李後主還有一首小詩裡邊有兩句說：「風情漸老見春羞，到處芳魂感舊遊。」他說我內心的那些個情感隨著我的年歲也老了，所以看到春天我就覺得羞

風情漸老見春羞，到處消魂感舊遊。多謝長條似相識，強垂煙穗拂人頭。

——李煜《賜宮人慶奴》

愧，所謂「羞將白髮對春花」嘛！「到處芳魂」，我到處看到花開，到處看到月圓，它們都使我回憶起我舊日的那種遊賞的快樂。所以說，「雕欄玉砌應猶在，只是朱顏改」是又一次的永恆跟無常的對比。在這整首詞中，他一共有三次永恆跟無常的對比：「春花秋月何時了」和「往事知多少」是第一次；「小樓昨夜又東風」和「故國不堪回首月明中」是第二次；「雕欄玉砌應猶在」和「只是朱顏改」是第三次。而在這種永恆跟無常的對比之後，在這今昔的、哀樂的、幸與不幸的、少年與老年的對比之後，「問君能有幾多愁，恰似一江春水向東流」就綜合了那麼大的力量，一瀉而出，真是像一江春水向東流去，永不回頭了。

下面再看他的第二首小詞《相見歡》：

林花謝了春紅，太匆匆。無奈朝來寒雨晚來風。　胭脂淚，相留醉，幾時重。自是人生長恨水長東。

我們說寫詩寫詞，不在乎你所寫的句子是古典的，還是通俗的。「林花謝了春紅」，是非常白話的句子，但真是寫得好。那「謝了」兩個字，這麼通俗，但這裡邊有多少惋惜的意思。「謝了」，不是杜甫說的「一片花飛減卻春」，而是完全都凋謝了，滿林的花都謝了。滿林什麼樣的花？是春天的花、最美好的季節的花。什麼顏色的花？是最鮮艷的紅色的花。「林花謝了春紅」，那最好的季節、最美的顏色、滿林的盛妝，居然一片不留地都謝了。「太匆匆」，也是非常白話的，但這三個字說得真是感慨萬千：怎麼這麼快就什麼都不存在了！其實你不用說每一年春天的來去是「太匆匆」，連人的一生你轉回頭一看，那也真是「太匆匆」。人，生而就要有衰老病死。哪一個人不衰老？哪一個人不死亡？這是無常的、必然的。花開了，哪個花不謝呢？花之凋謝也是一種必然。好，既然每一朵花都要凋謝，那麼如果你這一棵樹上的花，哪怕只開一個禮拜的七天，只要這七天給你的都是風和日麗的美好天氣，那你也算是幸福無比了。但其實不是啊。人生除了無常這種悲哀之外，人生還充滿著苦難，充滿了挫折，是「無奈朝來寒雨晚來風」啊。它不是都是晴和美好的天氣，早晨會有寒雨，晚上會有寒風。你說，早晨有寒雨就沒有寒風了？晚上有寒風就沒有寒雨了？不是的。中國的詩詞凡是在對舉的時候，朝暮的對舉，就是朝朝暮暮；風雨的對舉，就是雨雨風風。哪個人真是這樣幸福，敢保證你一生都過的是幸福美好的日子？沒有一個人可以這樣保證的，只不過有的人挫折多一點，有的人挫折少一點而已。這首詞寫到這裡，還完全說的是大自然景象的無常。後面他就把它人事化了：「胭脂淚，相留醉，幾時重。」每一朵紅花上的雨點，都像美女的胭脂臉上的淚痕，每一朵帶著雨點的花，每一個帶著胭脂的淚臉，它們都留我，說你再為我喝一杯酒吧。這就是我們上次念的杜甫的詩：「一片花飛滅卻春，風飄萬點正愁人。且看欲盡花經眼，莫厭傷多酒入唇。」誰知道我明年能不能再看到這個花？所以在今天還有一點花給你看的時候，你姑且就看一看吧。今天有花你可以對它喝一杯酒，你就再喝一杯吧。因為你明年——還不是說明年，你明天再想對花喝一杯酒，可能那個花就不存在了。當然你說明年花會再開，可是明年花再開就不是今年的那個花朵了，就如同王國維的《玉樓春》詞說的，「君看今日樹頭花，不是去年枝上朵」。你永遠也看不見去年枝上的那朵花了。所以這「幾時重」，其實是永遠不會再重了。你看他寫了這麼多無常的哀感和人生的苦難。人生就是生活在短暫和無常之中，而且你要經受朝朝暮暮的雨雨風風。人生有無盡的悲恨，就像流水之永遠向東流。東逝水絕不會再向西流，你不能夠把流水再拉回來向西。所以你看，李後主所寫的，不僅不再是歌詞之詞的狹隘的美女跟愛情，也超越了馮延巳那種內心的惆悵和憂患，而是把我們古今所有人類都打在這一片大網之中的無常的悲慨。這不就是「眼界始大，感慨遂深」了嗎？所以我覺得王國維確實是把李後主的好處寫出來了。而且王國維說他「遂變伶工之詞為士大夫之詞」——是從李後主開始，小詞才慢慢地脫離了歌詞之詞的這個階段，而走向抒情言志。也就是詩人開始用詞這種體裁來寫自己的悲哀，寫自己的感情，把為歌女代言的歌詞，變成了自我抒情的詩歌。這是李後主的一個最大的開拓。

有純情的詩人，也有理性的詩人——我說的這個「詩人」是廣義的，也包括詞人。由於我們的時間有限，不能夠把每一類的詩人都講。像李後主是屬於純情的，另外也有的詩人是理性的，他們是在節制和約束之中表現一種美的。李後主是放縱自己的感情成為美，因為他很真誠，他完全都投注在裡邊，很多藝術家是屬於他這一類的。理性的詩人在節制和約束之中表現一種美。因為你要知道，節制和約束不只是一種禮法，節制和約束也是一種藝術。藝術不是只有任縱才是好的。李後主是屬於任縱的詩人，但還有很多詩人是有節制的、有修養的、有反省的。那同樣也能夠成就一種美。我們現在時間還不夠，以後如果有機會的話，我會介紹那些理性的詩人。其實北宋初年的晏殊就是一個理性的詩人，但是可惜我們真的時間是不夠了，如果都講的話，我們再加幾個小時也不夠。

下面一則詞話王國維說：

> 客觀之詩人，不可不多閱世。閱世愈深，則材料愈豐富，愈變化，《水滸傳》、《紅樓夢》之作者是也。主觀之詩人，不必多閱世。閱世愈淺，則性情愈眞，李後主是也。

寫小說你要寫人間社會的形形色色的人啊，所以你如果沒有豐富的現實的人生經驗，你就不能寫出很好的小說。但是詩人不一樣，無論客觀主觀，只要感情是真誠的，你就可以寫出很好的詩。只是客觀的詩人就要像小說家那樣客觀地觀察這個世界，閱世越深材料越豐富；主觀的詩人卻不必多閱世，像李後主的好處就是他有一顆沒被沾染的赤子之心。這都是王國維說得相當正確的地方。

我們再看後面第十二則詞話：

> 尼采謂，「一切文學，余愛以血書者」。後主之詞，眞所謂以血書者也。宋道君皇帝《燕山亭》詞亦略似之。然道君不過自道身世之戚，後主則儼有釋迦、基督擔荷人類罪惡之意，其大小固不同矣。

我上次講馮正中，舉了香港的饒宗頤先生的一段話。饒宗頤先生讚美馮正中，說他的「日日花前常病酒，不辭鏡裡朱顏瘦」是「開濟老臣」懷抱。開濟老臣指的是諸葛亮，把諸葛亮叫作開濟老臣，出於杜甫的詩「兩朝開濟老臣心」。（蜀漢）先主劉備開國是諸葛亮輔佐他，後主（劉禪）遇到危亡要挽救，也是諸葛亮輔佐，這是兩朝開濟。就好像馮正中，他的父親輔佐南唐烈祖開國，而馮延巳又擔負著挽回南唐危亡的責任，也可以說是兩朝開濟了。每一個人都有他的長處與他的短處，每一個人都有他正確的地方，也有他不正確的地方。在開始講王國維的時候，我就引了陳寅恪寫的王國維紀念碑的碑文，說「先生之著述，或有時而不彰」，「先生之學說，或有時而可商」，但先生追求真理的這種精神是「與天地而同久，共三光而永光」。同樣，我對饒宗頤先生非常尊敬，饒宗頤先生說馮正中是開濟老臣懷抱，說「日日花前常病酒」這兩句表現了這一份感情，我認為饒宗頤先生說得非常正確。這些話都見於饒宗頤先生的一本書《人間詞話平議》，就是評論《人間詞話》這本書的。可是饒宗頤先生又說了一段話我不大同意，這段話中就提到了王國維引尼采的這一則詞話「一切文學，余愛以血書者」。饒先生說，「詞中多用淚字，不用血字」。他認為王國維說的「以血書」好像真是上面都寫的是血字，其實王國維不是這樣的意思，王國維所說的以血書，就是說用最真摯的感情寫出來的，而不是說上面寫的都是流血的事情，也不是說用血去寫。所以王國維說「後主之詞真所謂以血書者也」，不是說後主的詞是用血來寫的，也不是說後主詞裡的字面總是寫血，而是說他的感情是真摯的，而且是一網把我們所有人的人生都打進去了。

王國維還提到了宋道君皇帝的《燕山亭》。宋朝的道君皇帝是宋徽宗趙佶，就是歷史上北宋亡國時候的那個皇帝。宋徽宗的身世很像李後主，也是作為一個皇帝卻很有藝術天才，也喜歡聽歌看舞，也亡了國，也被俘虜了。李後主被俘虜後，寫了「春花秋月何時了」，寫了「自是人生長恨水長東」。宋徽宗被俘虜後也寫了一首詞，就是下面這首《燕山亭》，是他被帶到北方去的時候經過燕山所寫的：

裁剪冰綃，輕疊數重，淡著胭脂勻注。新樣靚妝，艷溢香融，羞殺蕊珠宮女。易得凋零，更多少、無情風雨。愁苦。閒院落淒涼，幾番春暮。　憑寄離恨重重，這雙燕，何曾會人言語。天遙地遠，萬水千山，知他故宮何處。怎不思量，除夢裡、有時曾去。無據。和夢也、有時不做。

你看他還有閒情逸致呢，他說這個花開得很美麗，像是那個薄薄的、透明的、像冰一樣的綃那種絲織品。把它剪裁了以後再把它重疊起來，就做成一朵花。這個綃是白色的啊，上面再染上紅色，就「胭脂勻注」。花很美麗，好像是剛剛化好妝的美麗的女子，它的美色流露出來，它的香氣也流露出來，就「羞煞蕊珠宮女」，花比宮女更美麗。可是這花呢，很容易就凋零了，更何況還有多少無情的風雨。所以我看到落花就很愁苦，它們被關在這個小院子裡邊，已經經過了「幾番春暮」，被關了好多年了。你看他所寫的很瑣碎，都是描摹；而李後主開口就是感情，這是完全不同的。道君皇帝後面還說了，「憑寄離恨重重，這雙燕，何曾會人言語」。我要把我懷念故國的這種感情寄到我的老家去，我希望這一對燕子把我的思鄉離恨能夠寄回去，可是燕子哪裡懂得我說的話呢？那時候北宋已經滅亡了，高宗已經南渡，所以那真是「天遙地遠，萬水千山，知他故宮何處」？故宮現在怎麼樣了，我怎能不思念呢，但是除非夢裡我才能回到故國去，而這夢境是沒有憑據的呀，更何況我

「和夢也、有時不做」，我現在連夢都做不成了！宋徽宗他也是亡國的，他也是被俘虜的，可你看他說得這麼囉哩囉唆的，都是閒言閒語。而李後主一開口就把人打動了，所以這是絕對不同的。而且王國維還說，「道君不過自道身世之感」。就算他寫得好，寫的只是他自己的事情，而李後主則儼然像釋迦佛，像基督耶穌，有擔荷人類罪惡之意。很多人從表面看，說李後主本身就是罪人，還怎麼能夠擔當人類的罪惡？這都是沒有明白王國維的意思。王國維的意思是：釋迦跟基督所擔荷的是所有人類的罪惡；李後主所擔荷的是所有人類的無常的悲苦。其實擔荷不擔荷也是另一個問題，他開口「春花秋月何時了，往事知多少」，就把我們所有的人間悲苦都寫進去了。他是寫他個人的不幸，卻把天下所有的人所可能遇到的不幸都寫進去了，這是李後主之所以了不起的地方。

好，接下來就是講義的第四部分，《人間詞話》論代字及隔與不隔的四則了。

什麼叫代字，什麼叫隔與不隔呢？要瞭解這個，我們就必須先瞭解詞的發展演進的整個過程，然後再舉詞的例證來看。我剛才說，最早溫庭筠、韋莊的詞是歌詞之詞，到李後主，他把這個詞的體裁變成了抒情寫志的新體詩了。所以王國維說他是「士大夫之詞」。他說的不再是美女愛情的「空中語」，而是真的寫他自己的感情了。可是李後主之改變是他自己要改變的嗎？我們說，李後主是一個沒有反省、沒有理性的人。他就只是感情的投注。李後主把伶工之詞變成士大夫之詞，是無心之改變，或者說是無心之拓展。而且這歌詞雖然有李後主出來了，用抒情言志來寫詞了，但是歌詞還是歌詞，它還只是配合著音樂來歌唱的歌詞，沒有人把它當作一個新的詩歌體裁來言志抒情。而你要知道，我們說小詞小詞，小詞的篇幅本來是短小的，是小令，可是後來就有了長調。長調其實也不是後來才有的，敦煌俗曲裡邊就有了長調的詞了。那麼為什麼花間和晚唐五代不寫長調，只寫小令呢？因為那些作者是詩人文士，有些個詩人文士不熟悉樂律，所以他們不敢填寫長調，只能填小令。小令的聲音跟詩比較接近，而長調的音樂就太複雜了。好，現在北宋就出來一個作者，是特別熟悉樂律的。他是誰？柳永。柳永特別熟悉音樂，柳永也寫男女愛情的歌詞。柳永寫了一首詞叫《定風波》，也是寫美女跟愛情的，但是這首詞的篇幅就比小令長得多了。他說：

> 自春來、慘綠愁紅，芳心是事可可。日上花梢，鶯穿柳帶，猶壓香衾臥。暖酥消，膩雲嚲。終日厭厭倦梳裹。無那。恨薄情一去，音書無箇。　早知恁麼。悔當初、不把雕鞍鎖。向雞窗、只與蠻箋象管，拘束教吟課。鎮相隨，莫拋躲。針線閒拈伴伊坐。和我。免使年少，光陰虛過。

他說，自從春天以來，我看到綠樹的葉子也覺得很悲慘，我看見紅色的花朵也覺得很憂愁。為什麼呢？因為我自己不快樂，我的春天的這種相思愛情的心，看什麼事情都「可可」，用英文就是soso，打不起精神來。所以春天是來了，但是我沒有什麼快樂，我所愛的人不在這兒。太陽老高了，已經照在花梢上了，黃鶯鳥在絲帶一樣的柳條之中飛來飛去，但這個女子還不起床。「壓」，躺在上面，在她那個芬芳的被褥上睡在那裡不起床。「暖酥消」，她昨天晚上化妝塗的油都已經消失了。「膩雲」，是塗過頭油的像烏雲一樣的頭髮，「嚲」，是都散開了。「終日厭厭倦梳裹」，「厭厭」是無精打采的，我懶得梳頭，懶得打扮。為什麼呢？「無那」，無可奈何。「恨薄情一去」，那個沒有良心的薄情男子，他一走不用說不回來，連個信都沒有了，是「音書無箇」。所以她說「早知恁麼」，我要是早知道這個男子這麼沒有良心，「悔當初、不把雕鞍鎖」，我就後悔當初沒把他的馬鞍鎖住不讓他走啊。把他鎖住幹什麼呢？「向雞窗」，就讓他在窗子前面用功讀書。窗前就窗前好了，什麼是雞窗？有人以為是早晨雞鳴天亮了所以叫雞窗，其實不然。中國古代有個神話傳說，說是有一個書生非常用功，每天在窗前背書，他們家養了隻雞，這隻雞每天在窗台上就隔著窗看著他念書，聽得天長日久了，這雞也會念書了，他在裡面念，雞在外面念，所以叫雞窗。雞窗就是書窗。這女子說，我要是早知道這個男子走了就沒消息，我就在他讀書的書窗那裡「只與蠻箋象管」，我就給他漂亮的紙，給他貴重的筆，「拘束教吟課」。我就把他管在那裡，每天只能在書窗下讀書

晉兗州刺史沛國宋處宗，嘗買得一長鳴雞，愛養甚至，恆籠著窗間，雞遂作人語，與處宗談論，極有言智，終日不輟，處宗因此言巧大進。

——《藝文類聚．卷九十一．鳥部中》引南朝．宋．劉義慶《幽明錄》

寫字。我把男子拘在那裡讀書寫字，那麼我呢？她說我就「鎮相隨，莫拋躲」，我就跟他在一起，不讓他離開我。那我不會念書，我做什麼呢？是「針線閒拈伴伊坐」，我就做個樣子，拿一塊布拿個針線，但是「閒拈」，我不是真的在做什麼東西，我只是無聊地拿一根針拿一根線在這裡伴著他，讓他跟我整天在一起。「免使年少，光陰虛過」，就不要讓我們寶貴的少年光陰白白地過去了。這是相思懷念的一首詞。這首詞沒有什麼深意，因為他寫得非常明白，就沒有餘味。這個長調的詞，你用大白話說出來了，一覽無餘，就沒有什麼意思了。而且你要知道，他上半首所寫的跟溫庭筠那首《菩薩蠻》上半首所寫的其實是很相似的感覺。溫庭筠說「小山重疊金明滅。鬢雲欲度香腮雪。懶起畫蛾眉。弄妝梳洗遲」。柳永說「暖酥消，膩雲嚲。終日厭厭倦梳裹」。什麼是「終日厭厭倦梳裹」？就是「懶起畫蛾眉」嘛！可是你看人家溫庭筠「懶起畫蛾眉」這五個字可以讓人想像出很豐富的文化語碼，而柳永這一首詞就沒有這麼豐富的意思了。所以你現在就發現一個問題，這小令可以變成長調，可是小令一變長調以後就怎麼樣呢？就失去了餘味，讓人一覽無餘，於是就不像小令那樣能夠給讀者留下比較豐富的想像的餘地了。

那麼現在我就要提到蘇東坡了。你想蘇東坡這樣一個胸襟豪放的、有才華的作者，和柳永比一比，那柳永真是無聊。蘇東坡早年的時候，人家根本就不寫詞。他遠從四川的眉山到首都汴京去趕考，那時候汴京的大街小巷到處都唱柳永的詞，可是東坡不寫詞。東坡寫什麼呢？他寫《上皇帝書》，他寫的都是政治的理想，都是關於治國平天下的事情。可是，等到有一天皇帝不用他了，王安石變法時他跟王安石論政不合，就被從首都趕出來，到杭州做了個很卑微的小官——杭州通判。做了杭州通判以後閒著無事啊，就可以寫一寫詞了。所以蘇東坡是離開首都到杭州來以後，政治上不得意，才開始寫的詞。而首都新派的變法的那些人呢，說這個蘇東坡我們要把他趕出去，沒想到趕他到那麼好的一個地方，一天到晚遊山玩水，不能讓他在那兒待著，再把他趕走。所以就從杭州把他又趕到密州去了。密州是很荒涼的地方，可是蘇東坡這個人胸襟有浩然之氣，是很放曠、很達觀的一個人。他說杭州當然好，密州也不錯啊。於是這夥人說，把他再趕走。就又把他趕到湖州去了。古代你接受皇帝的委命，讓你到哪裡去，都要寫一個謝表。蘇東坡寫謝表他寫什麼呢？他說「知其愚不識時，難以追陪新進」，「察其老不生事，或可牧養小民」。說我這個人太傻了，不識時務啊，這些新黨變法的人，我跟他們走不到一塊兒；但是我這人已經歲數大了，不會惹是生非了，所以或者可以管些小老百姓吧。這是謝表。新黨在朝廷裡邊一看，這是蘇東坡在發牢騷嘛。這不是說跟我們不和，在批評我們嗎？於是他們就說蘇東坡不但這篇謝表是在譏評時政，蘇東坡向來寫詩寫詞也都是譏評時政的。有何證據呢？他們就說蘇東坡寫了一首詠檜的詩，檜是一種松樹一類的常青植物，蘇東坡詠檜的時候就說：「根到九泉無曲處，此心唯有蟄龍

……凡人必有一得，而臣獨無寸長。荷先帝之誤恩，擢置三館；蒙陛下之過聽，付以兩州。非不欲痛自激昂，少酬恩造。而才分所局，有過無功；法令具存，雖勤何補。罪固多矣，臣猶知之。夫何越次之名邦，更許借資而顯受。顧惟無狀，豈不知恩。此蓋伏遇皇帝陛下，天覆群生，海涵萬族。用人不求其備，嘉善而矜不能。知其愚不適時，難以追陪新進；察其老不生事，或能牧養小民。而臣頃在錢塘，樂其風土。魚鳥之性，既能自得於江湖；吳越之人，亦安臣之教令。敢不奉法勤職，息訟平刑。上以廣朝廷之仁，下以慰父老之望……。

——蘇軾《湖州謝上表》節錄

知。」一植物學上說，如果一種樹在地上邊的樹幹都是直的，那麼它底下的根也是直的；如果上面的樹幹都是橫著長的，它的根也是橫著長的。蘇東坡說檜這種樹，它的根一直到最深的地下都是直的，都沒有彎曲。可是你在地下，誰知道你是直的還是彎的？所以「此心」，這個正直的心啊，只有地下的蟄龍才知道。這就不得了啦：古代皇帝是真龍在天，你說地下還有一條龍那還得了，這有反叛朝廷的意思啊！這文字獄是歷朝都有的，他們搜集了蘇東坡很多的詩，就給他定了罪，把他捉拿了，關到御史台的監獄。這些新黨的人想要將他置之死地，就跟皇帝說，蘇東坡毀謗朝廷，有叛亂之心——這當然是死罪。幸虧當時的神宗皇帝還是很明白的，皇帝說，他詠的是一棵樹嘛，與我有什麼關係？而且諸葛亮不是也自稱臥龍先生嗎，難道諸葛亮也要篡奪蜀漢？所以就沒有定他的死罪，而是把他貶到黃州去了。而東坡的詞，就是在他被從御史台監獄放出來貶到黃州以後，才有了大的進步。由此可見，人不要害怕挫折苦難，在挫折苦難之中你的人生才有了深度。現在大家都念的蘇東坡的「大江東去」，是在哪裡寫的？在黃州寫的，從監獄裡出來寫的。蘇東坡還有一首《水龍吟》「似花還似非花」在哪裡寫的？也是在黃州寫的。他有很多首好詞都是被貶黃州以後寫的。不過我們說蘇東坡要改變詞的作風，他是從什麼時候改變的？那是在密州的時候他寫了一首小詞《密州出獵》，這個詞的牌調叫《江城子》：「老夫聊發少年狂。左牽黃，右擎蒼。錦帽貂裘，千騎卷平岡。為報傾城隨

其一

吳王池館遍重城，奇草幽花不記名。青蓋一歸無覓處，只留雙檜待昇平。

其二

凜然相對敢相欺，直干凌空未要奇。根到九泉無曲處，世間惟有蟄龍知。

——蘇軾《王復秀才所居雙檜二首》

大江東去，浪淘盡，千古風流人物。故壘西邊，人道是、三國周郎赤壁。亂石崩雲，驚濤裂岸，捲起千堆雪。江山如畫，一時多少豪傑。遙想公謹當年，小喬初嫁了，雄姿英發。羽扇綸巾，談笑間、強虜灰飛煙滅。故國神遊，多情應笑我，早生華髮。人間如夢，一樽還酹江月。

——蘇軾《念奴嬌．赤壁懷古》

似花還似非花，也無人惜從教墜。拋家傍路，思量卻是，無情有思。縈損柔腸，困酣嬌眼，欲開還閉。夢隨風萬里，尋郎去處，又還被、鶯呼起。

太守，親射虎，看孫郎。」這是詞的上半首。他說我這四五十歲的老人哪，現在忽然間有了少年的豪興。怎麼樣？就出去打獵。左手牽一條黃狗，右手的手臂上架著一頭蒼鷹，頭上戴著錦帽，身上穿著貂皮的皮襖，帶著許多人馬，從山崗上像一陣風一樣地捲過去。他說你們去告訴密州所有的老百姓，讓他們今天都跟我出來看我打獵，我要像當年的孫郎一樣，親自射中一隻老虎。大陸上有人講這首詞，說蘇東坡打獵要帶一個美女出去。沒有這回事，「傾城」雖然可以形容美女，可是他現在說的是滿城的老百姓。他說我是當地的長官，我去打獵了，你們老百姓就跟我來看我射虎吧！蘇東坡寫了這首詞以後自己很得意，因為小詞裡邊都是寫美女跟愛情的，哪裡有人寫過打獵射老虎？他就給他的朋友鮮于子駿寫了一封信說：「近卻頗作小詞，雖無柳七郎風味，亦自是一家。」他說我近來也常常寫一些小詞，我雖然寫得不像柳七郎——柳永排行第七，所以叫柳七郎——雖然沒有柳七郎的風味，但是我也有我的風格。因此我們可以說蘇東坡是有意要改變詞風的。他寫的是「詩化之詞」，是寫詩人自己的感情，不再寫美女跟愛情了。我常常說詩有詩的美感，詞有詞的美感。《江城子》這首詞可以說是一首好的作品，有詩的美感，但是就詞而言，它不是一首有詞之美感的好詞。詩是很直接的，「情動於中而形於言」。可是詞呢，要在言外還引起讀者很豐富的聯想，那才是好詞。

現在我還要說，蘇東坡雖然說他自己沒有柳七郎的風味，好像他要跟柳永對立

> 不恨此花飛盡，恨西園、落紅難綴。曉來雨過，遺蹤何在，一池萍碎。春色三分，二分塵土，一分流水。細看來，不是楊花，點點是、離人淚。
>
> ——蘇軾《水龍吟・次韻章質夫楊花詞》

> 老夫聊發少年狂，左牽黃，右擎蒼。錦帽貂裘，千騎卷平岡。為報傾城隨太守，親射虎，看孫郎。酒酣胸膽尚開張，鬢微霜，又何妨！持節雲中，何日遣馮唐。會挽雕弓如滿月，西北望，射天狼。
>
> ——蘇軾《江城子・密州出獵》

> 所惠詩文，皆蕭然有遠古風味。然此風之亡也久矣。欲以求合世俗之耳目，則疏矣。但時獨於閒處開看，未嘗以示人，蓋知愛之者絕少也。所索拙詩，豈敢措手，然不可不作，特未暇耳。近卻頗作小詞，雖無柳七郎風味，亦自是一家。呵呵。數日前，獵於郊外，所獲頗多。作得一闋，令東州壯士抵掌頓足而歌之，吹笛擊鼓以為節，頗壯觀也。寫呈取笑。
>
> ——蘇軾《與鮮于子駿書》

似的。可是宋人筆記上還記載著，他也讚美柳永。柳永有一首詞《八聲甘州》：「對瀟瀟暮雨灑江天，一番洗清秋。正霜風淒緊，關河冷落，殘照當樓。」這首詞裡面的「正霜風淒緊，關河冷落，殘照當樓」，蘇東坡就讚美了，說這幾句話「不減唐人高處」。這幾句話寫得意象高遠，有唐詩的風味。唐詩有什麼好？嚴滄浪最讚美盛唐的詩歌，說盛唐的詩歌有「興趣」。盛唐詩的美感是興象高遠，興就是感發，就是說有具象的景物，而且這個形象充滿了感發的力量。「峨眉山月半輪秋，影入平羌江水流」，誰的詩？李太白的詩。還有盛唐人一些寫戰場的詩，「琵琶起舞換新聲，總是關山離別情。撩亂邊愁聽不盡，高高秋月照長城」（王昌齡《從軍行七首》其二）、「青海長雲暗雪山，孤城遙望玉門關。黃沙百戰穿金甲，不破樓蘭誓不還」（王昌齡《從軍行七首》其四）。那都是寫形象，寫得非常高遠，充滿了一種氣勢，這就是盛唐詩。蘇東坡讚美柳永的《八聲甘州》寫景物寫得真切高遠，裡邊充滿了感發的力量。所以說，柳永是有好詞的。當然蘇東坡有讚美柳永的一面，也有鄙薄柳永的一面。而他自己有意就是要把詞用來寫自己的心意跟感情，而不是寫成給歌女去唱的「空中語」。那麼蘇東坡這樣寫了以後，是成功了還是失敗了呢？蘇東坡這樣變化以後，有成功的詞也有失敗的詞。在看他成功的詞以前，我們先看他一首失敗的詞。這是他的一首《滿庭芳》：

對瀟瀟暮雨灑江天，一番洗清秋。漸霜風淒緊，關河冷落，殘照當樓。是處紅衰翠減，苒苒物華休。惟有長江水，無語東流。不忍登高臨遠，望故鄉渺邈，歸思難收。嘆年來蹤跡，何事苦淹留。想佳人妝樓顒望，誤幾回天際識歸舟。爭知我、倚欄杆處，正恁凝愁。

——柳永《八聲甘州》

東坡云：世言柳耆卿曲俗，非也，如《八聲甘州》之「霜風淒緊，關河冷落，殘照當樓」，此語於詩句，不減唐人高處。

——宋·趙令畤（德麟）《侯鯖錄》

詩者，吟詠情性也。盛唐諸人惟在興趣，羚羊掛角無跡可求。故其妙處透徹玲瓏不可湊泊，如空中之音、相中之色、水中之月、鏡中之象，言有盡而意無窮。

——宋·嚴羽《滄浪詩話·詩辯》

峨眉山月半輪秋，影入平羌江水流。夜發清溪向三峽，思君不見下渝州。

——李白《峨眉山月歌》

蝸角功名，蠅頭微利，算來著甚乾忙。事皆前定，誰弱又誰強。且趁閒身未老，盡放我、些子疏狂。百年裡，渾教是醉，三萬六千場。　思量。能幾許，憂愁風雨，一半相妨。又何須、抵死說短論長。幸對清風皓月，苔茵展、雲幕高張。江南好，千鍾美酒，一曲滿庭芳。

這首詞完全就是平鋪直敘的，沒有含蓄蘊藉的深意。他說，功名算什麼，功名就跟蝸牛角上的小國之爭一樣——這是莊子說的，說蝸牛的兩只角上各有一個小國，而這兩個小國還要打仗爭地盤。蘇東坡說我們爭名奪利的爭奪就跟蝸牛角上的兩個小國打仗一樣。我們要貪財謀利益，但那點兒利益在高遠的人看起來就跟蒼蠅頭那麼微小。「算來著甚乾忙」，「乾忙」就是白忙。你白忙什麼，有什麼值得你忙呢？「事皆前定，誰弱又誰強」，什麼都有命運注定的，誰算弱的誰是強的？我們「且趁閒身未老」，還是趁現在有清閒，也還沒有衰老，放任一些吧，過一些個狂放的生活吧！如果我們每天都喝醉一場，一年有三百六十天，人生百年就可醉三萬六千場啊！「思量」是想一想，想一想人能活多大歲數？何況這一輩子還要憂愁風雨，一半都是不幸福的日子，你還跟人家爭論些什麼長短是非啊！如果今天有清風，有明月，青草地像一片錦褥鋪展著，天上的雲彩，像白雲一樣給你搭起帳幕，你就在這個帳幕之間，睡在青草地上，喝上千鍾美酒，唱上一曲《滿庭芳》吧！

惠子聞之而見戴晉人。戴晉人曰：「有所謂蝸者，君知之乎？」曰：「然。」「有國於蝸之左角者曰觸氏，有國於蝸之右角者曰蠻氏，時相與爭地而戰，伏尸數萬，逐北旬有五日而後反。」君曰：「噫！其虛言與？」曰：「臣請為君實之。君以意在四方上下有窮乎？」君曰：「無窮。」曰：「知遊心於無窮，而反在通達之國，若存若亡乎？」君曰：「然。」曰：「通達之中有魏，於魏中有梁，於梁中有王。王與蠻氏，有辯乎？」君曰：「無辯。」客出而君惝然若有亡也。

——《莊子．雜篇．則陽》

這實在不是什麼好的詞。沒有深刻的思想，沒有充沛的感情，他就空口這樣說，把話都說盡了。所以你就知道，詩化的詞有時候是失敗的。可是難道蘇東坡寫的詩化的詞都是失敗的？不是的，蘇東坡還寫了許多詩化的好詞呢。他有一首《八聲甘州》就是非常好的一首詩化的詞。我們說詞有的時候是豪放的，有的時候是蘊藉含蓄的，而蘇東坡的《八聲甘州》是豪放之中有蘊藉，所以我說它是非常好的一首詞。當然你要先知道《八聲甘州》是什麼時候寫的，給誰寫的。他有一個題目是「寄參寥子」。參寥子是個老和尚，是蘇東坡的好朋友。蘇東坡在寫這首詞的時候已經是元祐四年了（西元一〇八九年），他已經經歷了很多政治上的變化。最早是仁宗時代考上科舉，後來經過了神宗時代的變法，後來是哲宗即位高太后用事的時代。等到高太后死了，哲宗自己用事了，蘇東坡就又被貶放。開始本來是新黨的人排斥他，在元祐年間，高太后用事，把新黨的人貶出去，把舊黨的人都召回來了。舊黨召回來以後，當宰相的就是司馬光，司馬光我們管他叫司馬溫公，王安石我們管他叫王荊公。蘇東坡這個人之所以了不起，因為他真是正直的人。他不是說我如果是新黨的，你們舊黨的就都是壞人，凡是舊黨管他對錯好壞我都排斥；如果我是舊黨的人則凡是新黨就是壞的，不管是對是錯，我也一概排斥。這都是意氣用事。蘇東坡不是，蘇東坡是就事論事：對百姓有利的政策我就贊成，對百姓不利的政策我就反對。所以他在新黨的時候，跟新黨論政不合；但是等舊黨司馬光一上台，把新黨統統都貶出去，那蘇東坡就說，人家新黨也有好的嘛，所以他又和司馬光論政不合，於是就又把他外放。蘇東坡實事求是而且敢言，只要把他召回到朝廷，他認為是對的就說對，認為是錯的就說錯，心中沒有黨派之分，也不因明哲保身而緘口不言。這是蘇東坡之所以了不起的地方。那麼在舊黨當政的時候他也被貶出去了，又被貶到杭州，但這次是做杭州太守。杭州有一個老和尚叫參寥子，跟他是好朋友，也是個會作詩的人。後來朝廷又要把他叫回去，還讓他回朝廷做官。他在離開杭州的時候，就寫了寄參寥子的這首《八聲甘州》：

> 有情風、萬里卷潮來，無情送潮歸。問錢塘江上，西興浦口，幾度斜暉。不用思量今古，俯仰昔人非。誰似東坡老，白首忘機。　記取西湖西畔，正春山好處，空翠煙霏。算詩人相得，如我與君稀。約他年、東還海道，願謝公、雅志莫相違。西州路，不應回首，爲我沾衣。

杭州在錢塘江畔，每年八月有錢塘江潮。「有情風萬里卷潮來」，你看那隨著風漲起來的錢塘江潮，遠遠的一條白線從天邊慢慢慢慢進來就變成這麼高的浪頭了。但潮退的時候呢？王國維的《蝶戀花》詞說的，「辛苦錢塘江上水，日日西流，日日東趨海」，潮總是要退的，如果潮來是有情，那麼潮退就是無情。眼前的錢塘江潮

> 辛苦錢塘江上水，日日西流，日日東趨海。兩岸越山澒洞裡，可能消得英雄氣。說與江潮應不至，潮落潮生，幾換人間世。千載荒台麋鹿死，靈胥抱憤終何是。
>
> ——王國維《蝶戀花》

是如此，人世間的什麼事情不是如此呢？一下這個上台了，一下那個下台了，一下這個成功了，一下那個失敗了。「問錢塘江上，西興浦口，幾度斜暉」？你問一問，就在錢塘江上，在西興浦那個觀潮的地方，多少次日出日落，觀潮的人群不變，可是潮水的盛衰興亡經過了多少次！你「不用思量今古」，還不用說從古到今，這錢塘江的潮起潮落看過多少興衰，僅只我蘇東坡在「俯仰」之間就「昔人非」。在我一低頭一抬頭之間，就有多少人事都改變了。新黨上台把舊黨都貶出去。舊黨上台把新黨都貶出去，新黨又回來又把舊黨都貶出去了。經過新舊黨爭的幾次起伏，政壇上那真是「俯仰昔人非」啊！蘇東坡自己也歷盡了起伏，受盡了打擊，可是他說，「誰似東坡老，白首忘機」。我頭髮白了，但我始終沒有那種算計的心。你說怎樣升官發財呀，怎樣把誰抬起把誰打倒啊，我從來就沒有過那種心機。他說，我現在要離開杭州了，我希望我的好朋友參寥子你記住，「記取西湖西畔，正春山好處，空翠煙霏」。就是在西湖邊上，山上一片空濛的綠色煙靄霏微，在這麼美麗的春天，在這麼美麗的杭州，在這麼美麗的西湖，有過你和我兩個好朋友。你也喜歡詩，我也喜歡詩啊！「算詩人相得，如我與君稀」。人生得一知己死而無憾，普通人得一個好朋友都是難得的，何況我們兩個都是詩人呢。我不願意跟你離開，所以我跟你定個約會：將來有一年，我要從汴京的首都坐著船再回到杭州來。「東還海道」——在古代有一個人有過同樣的志願，那就是東晉的謝安。謝安本來隱居在浙江的東山不肯出山，後來東晉很危險的時候，朝廷請他出來做宰相，謝安就出來了，淝水之戰打敗了前秦苻堅，保住了東晉的平安。可是謝安功高震主，朝廷上對他很猜忌，於是謝安就離開了首都。離開首都以後，本來他造了泛海之裝，就是做了乘船的準備，打算將來從海道坐船回到浙江的東山去。可是還沒有動身謝安就生病了，就被抬回到首都，然後就死了。當他被抬回到首都去的時候，是從建康的西州門進去的，所以他的外甥羊曇從此就「行不由西州路」，再也不肯從西州路走過了。但有一天羊曇喝酒喝醉了，忽然間走到那裡，一看到那是西州路，他就痛哭流涕而返。這是「西州路」的典故。那麼蘇東坡呢？他跟參寥子訂了個約會，說將來有一天我要從首都坐著船回到杭州來找你，我像謝安一樣有這麼一個願望要回到江南來。我希望我不會失落這個願望，不會像謝安那樣死在首都，那麼你將來經過舊地的時候，也就不會像羊曇一樣，想到跟我的約會，想到我之不能回來而為我流下眼淚。

這一首詞，開頭寫得如此之開闊博大，而下半首卻寫得如此之低回婉轉，有這麼多憂危慮患的感情不敢說出來。為什麼憂危慮患？因為我蘇東坡不是一個苟且敷衍的人，不是一個迎合當道的人。我以前曾經因此被關到監獄的死牢裡邊，我未來會遭遇什麼我不知道，我能夠回來我也不知道。而朝廷的首都為什麼有這麼多的危險和災難，他有多少對國家的憂慮、對黨爭的感慨，都沒有說出來，但是在

時會稽王道子專權，而奸諂頗相扇構，安出鎮廣陵之步丘，築壘曰新城以避之。帝出祖於西池，獻觴賦詩焉。安雖受朝寄，然東山之志始末不渝，每形於言色。及鎮新城，盡室而行，造泛海之裝，欲須經略粗定，自江道還東。雅志未就，遂遇疾篤。……詔遣侍中慰勞，遂還都。……尋薨，時年六十六。

——《晉書．卷七十九列傳第四十九．謝尚謝安》

羊曇者，太山人，知名士也，為安所愛重。安薨後，輟樂彌年，行不由西州路。嘗因石頭大醉，扶路唱樂，不覺至州門。左右白曰：「此西州門。」曇悲感不已，以馬策扣扉，誦曹子建詩曰：「生存華屋處，零落歸山丘。」慟哭而去。

——《晉書．卷七十九列傳第四十九．謝尚謝安附羊曇》

他那開闊豪放的風格之中卻有一種幽微婉轉的深意藏在裡邊。這是蘇東坡的詩化之詞中的好的作品。

不過，詞的演化並沒有停留在這裡。下一次我們要講南宋的詞，我們管那個叫做賦化之詞。

（任德魁整理）

第七講

上一次我講了詞從晚唐五代的「歌詞之詞」到北宋演變為「詩化之詞」。還講了蘇東坡的一首寫得很好的詩化之詞《八聲甘州》。為什麼歌詞之詞會演變成詩化之詞呢？那是由於詞到柳永開始寫長調的緣故。因為溫庭筠他們寫的是小令，小令比較容易寫得含蓄蘊藉。到了柳永他寫長調，長調的篇幅較長，就比較容易說盡，比較容易失去詞的言外意蘊的那種美感。我提到溫詞的「小山重疊」和柳詞的「暖酥消、膩雲嚲」，都是寫一個女子懶梳妝，但溫庭筠用了「畫蛾眉」、「懶起畫蛾眉」等中國傳統文化的語碼，引起讀者豐富的聯想；可是到了柳永的《定風波》，他說「日上花梢，鶯穿柳帶，猶壓香衾臥。暖酥消、膩雲嚲、終日厭厭倦梳裹」，就完全沒有豐富的言外意思留給讀者去體會了，就完全變成一個女子早上懶得起床、懶得化妝的形容和描寫了。上次我還舉了蘇東坡的一首壞詞《滿庭芳》，也是由於說得很直白，就沒有什麼深厚的意思。那麼為什麼詞這種文學體式需要有言外的深厚意思呢？我們知道詩歌的形式，五個字一句或者是七個字一句，它有一個固定的韻律，許多感發的作用可以從聲音裡邊傳達出來。可是詞這種文學形式就變成長短句了，裡面有很多四個字或者六個字的句子，在這種情形之下，就缺少一種聲音的氣勢。所以我在參考材料裡邊選了一段《古今詞論》（編按：清・王又華輯）所引的毛先舒（稚黃）的話，他說：

塡詞長調，不下於詩之歌行。長篇歌行，猶可使氣，長調使氣，便非本色。高手當以情致見佳。蓋歌行如駿馬驀坡，可以一往稱快。長調如嬌女步春，旁去扶持，獨行芳徑，徙倚而前，一步一態，一態一變，雖有強力健足，無所用之。

長調因為它很長，跟詩裡邊的長篇歌行一樣，像白居易的《長恨歌》、《琵琶行》，像李太白的《蜀道難》、《將進酒》，那些長篇的歌行，是可以使氣的。所謂「氣」，其實就是詩歌的節奏，不講內容也不講情感，完全是聲音的直接感動。李太白的《將進酒》「君不見黃河之水天上來，奔流到海不復回。君不見高堂明鏡悲白髮，朝如青絲暮成雪。人生得意須盡歡，莫使金樽空對月」，其實並沒有太豐富的內容，也沒有很多言外的意思，但它使你覺得有一種滔滔滾滾的氣勢，那是它聲吻的節奏形成的，「聲」是聲調，「吻」是口吻。這聲吻，就造成了詩的氣勢。可是詞是長短句，長短句和散文差不多，它就沒有了詩的節奏所造成的那種滔滔滾滾的氣勢。小詞不都是七言或五言，它有四個字一句的、兩個字一句的、六個字一句的那種雙式的句子，而雙式的句子不能夠造成氣勢。所以好的詞人寫長調，不能夠像寫詩那樣使氣，而要以「情致」來表現他的好處。「致」就是一種姿態，「情致」就是你的感情和情意的一種姿態。人平時只能看到具體的姿態，比如說手足的姿態，四肢的姿態。感情是抽象的，誰能看得到感情是一種什麼樣的姿態？但是毛先舒說詞就是要把你的感情、意志，造成一種姿態才好。他說因為歌行如同「駿馬驀坡」，如同一匹很好的馬從一個山坡上跑下來，它滔滔滾滾一往無前地就這麼跑下來了，你就看到了它的那種氣勢。長篇的歌行，像「黃河之水天上來」就是如此。可是詞的長調，它四個字一停，兩個字一停，六個字一停，都是二、二、二的節奏，就好像一個嬌柔的女子春天出來散步，旁邊也沒有人扶持，她一個人在美麗的有花草的小路上行走，要「徙倚而前」。「徙」就是遷徙、移動，「倚」就是要停下來，靠在一個什麼東西旁邊歇一歇。她要走一走，停一停。就是說，詞的聲調不是滔滔滾滾的，而是如同美女行走，每走一步都要表現出一種姿態，而且每一個姿態和前一個姿態都是有變化的。這樣，你「雖有強力健足，無所用之」。雖然你有詩人的滔滔滾滾的氣勢，但是你使不上力氣，因為它的形式就不讓你滔滔滾滾一往無前，而是常常要停下來的。

在長調裡邊，如果你沒有含蓄，那麼寫柔婉的詞，就會像柳永，什麼「日上花梢，鶯穿柳帶」了，什麼「終日厭厭倦梳裹」了，就只是平鋪直敘地寫一個美女，讀起來就沒有什麼深遠的意思了。蘇東坡的《八聲甘州》之所以好，因為它裡邊有很深層的意思，可是蘇東坡還有一首《滿庭芳》，我們上次看過的，他說：「蝸角虛名，蠅頭微利，算來著甚乾忙。」你每天追求名利，那名利算什麼？就如同蝸牛角這麼渺小，就好像蒼蠅頭那麼渺小。全首詞完全是大白話，完全沒有言外的意思。那就不好了。在歷史上詞的演化中，從唐五代的小令到柳永有了長調，柳永的長調也還像小令那樣寫美女跟愛情，可是柳永長調寫美女跟愛情就變成淺俗了。那蘇東坡看到柳永這樣的詞很淺俗，所以蘇東坡在詞裡邊就不再寫美女跟愛情，而直抒他自己的懷抱，寫他的理想，寫他的人生感慨。他寫出來的《八聲甘州》之所以好，是因為他有很多感慨在裡邊。新黨上台的時候他被貶出來了，舊黨上台的時候他又被召回去了，以蘇東坡的個性，以他的理想，他只要回到朝廷，看到朝廷政治有錯誤時，他就一定要說話的。所以他不知道這一次回去會遭遇到什麼樣的災禍。因此他給他的好朋友參寥子寫了這首《八聲甘州》說：「記取西湖西畔，正春山好處，空翠煙霏。算詩人相得，如我與君稀。約他年、東還海道，願謝公、雅志莫相違。」他都是很含蓄地說的。他說我們在西湖曾經有過這麼美好的一段生活，風景是這樣美，人生有一個知己就是幸福的，何況我們兩個都是詩人，我們這種遇合真是千古難得。有這麼好的遇合，所以我和你約定，將來我一定要像當年東晉的謝安那樣「東還海道」，我要坐著船從首都汴京再回到杭州西湖來，我希望我的志向不要像當年謝安那樣落空。我也希望將來你不會像謝安的外甥一樣，走在首都的西州路上，想到謝安死去，再也不會回來了，就流下淚來。我希望你將來不會因為我死了而為我流淚。東坡的這首詞，他的感情不是直接的，而是婉轉低回的，他有許多要說的話。他此去回到朝廷，在黨爭之中，他不知道會不會遭到什麼災禍，不知道他將來的願望能不能夠達成。有這樣深厚的意思才是好的詞，而東坡之所以有這樣深厚的意思，那是因為以蘇東坡的為人，他有理想，有志意，有才華。他自己真正的生活、真正的感情、真正的理想志意，本來在他的心靈之中就是這樣纏綿往復、低回婉轉的，就是有這麼多憂患苦難不能說出來的。由於他的本質是如此，所以才能夠寫出這樣的詞來。一般的作者，如果沒有這樣深厚的修養，沒有這麼高遠的理想，沒有經過這麼多挫折苦難的遭遇，又是用大白話直接寫下來，你就不會寫得這麼深厚了。

在這種情形之下寫豪放的詞，除了蘇東坡以外，還有一個人是寫得最好的，那就是辛棄疾。但是我們連一首辛稼軒的詞都沒有講，因為稼軒詞要有整個的歷史背景，不講他的歷史背景，不講他的生活遭遇，很難把稼軒的每一首詞講好。如果我們將來還有機會的話，我們可以用一系列的時間——至少是五次——來講稼軒詞，才能夠把稼軒詞講得徹底，所以這次我根本就不講。辛稼軒是一個非常豐富的人，一次講座根本就不能把辛稼軒說完全。在豪放的詞人裡邊，一個是蘇東坡，一個就是辛稼軒，只有他們兩個人在豪放之中不是空口說大話，而是有許多低回婉轉，有許多挫折生活的背景隱藏在裡邊，所以能把豪放詞寫得很好。一般的人沒有蘇東坡跟辛棄疾的理想，沒有他們的遭遇，沒有他們的生活，只是在表面上做出一個豪放的樣子而已。比如，當文化大革命剛過去的時候，有人寫了一首詞，開頭兩句是「大快人心事，揪出四人幫。」他說得不錯，我們也同意揪出四人幫是大快人心的。但「大快人心事，揪出四人幫」跟喊口號一樣，那就不能叫做詞了。所以詞這個東西不能趕時髦，不能追風氣。現在大陸有很多寫新詩寫朦朧詩的作者，臺灣有寫現代詩的作者，他們都寫得很好。但其實在大陸上更流行的是中國舊詩詞。每一省、每一市都有詩詞學會，大家都寫詩詞，而且以寫得多為好。前幾天，兩個小朋友在這裡，說她們的母親每天都要她們寫一首詩，我問她們，你們寫的詩自己都記得嗎？她們說不記得。我說那你們就是被逼出來的，這樣的詩不是真正有一個生活內容的背景，缺乏自己真正的感發。像蘇東坡的「約他年、東還海道，願謝公、雅志莫相違。西州路，不應回首，為我沾衣」，有多少悲哀感慨挫折苦難才能寫出來，那是何等難得的一個場合，何等難以預期難以再見的一個離別！倘若你寫出這樣的詞，你不會忘記的。現在很多人沒有很豐富的感情，找個題目就來作詩。國家發生什麼事情，比如說人造衛星上天了，趕快寫一首詩來慶祝，大家就紛紛都來寫這個題目。其實如果你是一個製造人造衛星的科研工作者，你經過了多少科學實驗的艱苦工作，今天終於發射上去了，你如果在詞裡邊把這所有的經歷、所有的挫折、所有的感受都能夠蘊藏在裡邊，它就會是一首好的詞。你什麼都沒有，只因為這是應該歌頌的，就你也歌頌，他也歌頌，報紙上千篇一律，都歌頌衛星上天，這樣不會有好詞的。

那麼，現在一般人，就是說沒有像蘇東坡、辛棄疾這樣的遭遇身世、理想抱負的人，但是他也要寫詞，怎麼辦呢？有一個辦法，那就是用人工。你不要一口氣就是「大快人心事，揪出四人幫」，不要這樣直說，你要把它寫得含蓄一點，寫得隱藏一點，製造出來一種深度。本來沒有深度，但是你給他拐一個彎兒，造出一種曲折的深度來。這就是後來為什麼有了周邦彥的詞。我這樣說，好像是對周邦彥不尊敬。其實在《人間詞話》裡邊，王國維對於周邦彥也並不十分尊敬。他曾說周邦彥這個人沒有品格，沒有氣骨，說他的詞和歐陽修的詞比起來有淑女和娼妓之別。可是王國維寫完《人間詞話》以後，過了幾年又寫了一本書叫《清真先生遺事》。「清真」就是周邦彥的號，他又寫了一本書講周邦彥，在這本書裡他說，要在宋代詞壇中找出一個像杜甫一樣集大成的人，「非先生莫屬」。除了周邦彥，沒有人能擔當得起。他終於承認周邦彥是有其成就的。那麼周邦彥的成就在哪裡呢？我認為周邦彥在詞的演變中又開出一條新的路子來。就是說如果你沒有蘇東坡、辛棄疾那種深厚的修養和曲折的身世，而你還想寫出好的詞來，那麼你可以從姿態上把詞作得更有深度。要知道周邦彥是懂得音律的，很多新的曲調是周邦彥自己創造出來的。而他創造曲調的時候就有一個特色，他喜歡從音樂上製造繁難曲折。所以周邦彥的曲子常常有「犯調」。什麼叫「犯調」？犯調不是單純的一個調子，而是這個

> 永叔（歐陽修）、少游（秦觀）雖作艷語，終有品格。方之美成（周邦彥），便有淑女與倡伎之別。
>
> 美成深遠之致不及歐、秦，為言情體物，窮極工巧，故不失為一流之作者。但恨創調之才多，創意之才少耳。
>
> ——《人間詞話》上卷第三十二則、三十三則

調犯那個調。就是說，前邊可能是A調，後邊變成C調，再後邊又變成G調了。他不但在曲的音樂上製造曲折，他也在詞的平仄聲調上製造曲折。「平平仄仄平平仄，仄仄平平仄仄平」，那是一般格律詩的尋常格式，因為這種格式適合我們平時一般的聲氣口吻，平仄的組合都很順口，一順口就唱出來了。周邦彥則不然，他有意地要給你製造困難。他不讓你「仄仄平平仄」，偏讓你「仄仄仄，仄仄仄」。他知道他的感情內容比較缺乏深度，如果讓它們放開去這麼一跑，就膚淺了。所以他不讓它跑，他讓它走幾步就把它拉回來，再走幾步又把它拉回來。怎樣把它拉回來呢？就是敘述的口氣不要直說，聲調上也不要「仄仄平平仄，平平仄仄平」這樣的順暢。他是「仄仄仄，仄仄仄」、「仄平仄，平仄平」，總要轉一下子，給你做出很多姿態。怎見得？所以我們今天就要講一講這一類的詞了，那就是周邦彥的一首《蘭陵王》。

周邦彥是江南錢塘人，當北宋神宗變法的時候，有一條新法是擴充太學，就是朝廷的國立大學要擴大招生。周邦彥就是趁著太學擴大招生的機會來到首都開封，做了太學的學生。所以他實際上是神宗變法的受益者，也就是得到了變法好處的人。那時候周邦彥急於成名，考上之後就獻給皇帝一篇賦叫做《汴都賦》。「汴」就是開封，那是當年北宋的首都，他就寫了一篇賦讚美北宋的這個都城。中國的賦裡邊有一種題材，是專門讚美當時的大都城的，其中有名的像左思的《三都賦》、

樓忠簡（樓鑰）謂先生妙解音律。惟王晦叔（王灼）《碧雞漫志》謂：江南某氏者，解音律，時時度曲。周美成與有瓜葛。每得一解，即為製詞，故周集中多新聲。則集中新曲，非盡自度。然「顧曲名堂，不能自已」，固非不知音者。故先生之詞，文字之外，須兼味其音律。惟詞中所注宮調，不出教坊十八調之外。則其音非大晟樂府之新聲，而為隋、唐以來之燕樂，固可知也。今其聲雖亡，讀其詞者，猶覺拗怒之中，自饒和婉；曼聲促節，繁會相宣；清濁抑揚，轆轤交往。兩宋之間，一人而已。

——王國維《清真先生遺事·尚論三》

張衡的《兩京賦》，那都是讚美朝廷，說首都的地理形勢怎麼好，建設怎麼好，政治怎麼好，都是歌頌讚美的。凡是寫都城的賦，都是屬於讚美的，周邦彥是變法的受益者，所以他讚美新法，說首都現在如何好，新法怎樣怎樣成功。皇帝一看高興啊，說這都是讚美我的嘛，讚美我的政治，讚美我的都城。於是就給他升官。周邦彥本來是大學的學生——太學生，皇帝下了一個命令，給他升了官，「命為太學正」，就做了學生的領導了。

可是你要知道，這政治就是一個大海，它波瀾起伏。周邦彥做了太學正沒幾年，神宗就死了。繼位的新皇帝是哲宗，哲宗很小，還不過十歲，所以太皇太后用事。這位太皇太后就是哲宗的祖母、神宗的母親高太后。老人家一般都不喜歡改變的，所以高太后一當朝，就把新黨的人都解除職位，把當年被新黨趕出去的舊黨的人一個一個都召回來了。周邦彥是新黨的時候做的太學正，算是新黨，所以他就被趕出去了，趕到溧水等地方去做一些小官。可是後來高太后死了，哲宗當朝執政的時候，年輕的人當然喜歡革新的，他就把舊黨的人都趕出去了，把新黨的人又都召回來。那麼周邦彥是太皇太后重用舊黨的時候趕出去的，現在當然就把他召回來了。哲宗就問他，我聽說你從前寫過一篇讚美新法的《汴都賦》，你能背給我聽一聽嗎？本來周邦彥如果還像從前一樣追求功名利祿，說不定他會再有一個機會升官的。可是這個時候周邦彥的態度改變了，他不再像從前那麼喜歡出風頭了。他變得不愛說話，很沉默，像什麼樣子？樓鑰的〈清真先生文集序〉說他「人望之如木雞」，呆頭呆腦的樣子像木頭做的雞；而且他還「自以為喜」，認為這樣很好。為什麼會如此？因為周邦彥這個人經過了政治的波瀾，他知道少說話為妙。要是萬一哲宗當政當幾年又有改變呢？所以不要多說話惹禍。這就是中國古人所說的「明哲保身」了。

後來到了徽宗的時候，成立了大晟府，大晟府是一個管理音樂的官署，那麼周邦彥是個懂得音樂的人，就派他提舉大晟府。周邦彥寫過一首詞，牌調叫《六醜》，是他自己創作的一個新的曲調。人家就問他了，你的曲調叫什麼不好聽，幹嘛叫「六醜」呢？周邦彥說我是在這一首詞的曲子裡邊變了六個聲調，即所謂犯調，就是A調犯B調，B調犯C調，C調犯G調，使這個聲調由高轉低或者由低轉高，一共換了六個聲調。因此，這個曲子是特別好聽但又特別難唱的，所以管它叫「六醜」。由此，你就可以知道周邦彥是多麼喜歡搞這些繁複曲折的東西。

而我們今天要講的這首《蘭陵王》，在北宋末年是曾經流傳一時的。據說這個曲調也很難唱，一定得要非常有經驗的老樂工才可以用笛子吹出這個曲子來；一定得要非常有經驗的歌唱家才能唱出這麼曲折難唱的曲調來。那後來北宋滅亡以後，據說有人在逃難之中，從宮廷的老樂工那裡還曾得到了這個曲譜。這就是周邦彥的特色，他的風格就是要讓聲調有變化，要讓敘寫有轉折，要避免直說，要增加一種

公壯年氣銳，以布衣自結於明主，又當全盛之時，宜乎立取貴顯。而考其歲月仕宦，殊為流落，更就銓部試選邑，雖歸班於朝，坐視捷徑，不一趨焉，三綰州麾，僅登松班而旅死矣。蓋其學道退然，委順知命，人望之如木雞，自以為喜，此尤世所未知者。

——宋．樓鑰《清真先生文集序》

紹興初，都下盛行周清真詞柳《蘭陵王慢》，西樓南瓦皆歌之，謂之《渭城三疊》。以周詞凡三換頭，至末段聲尤激越，為教坊老笛師能倚之以節歌者。其譜傳自趙忠簡家。忠簡於建炎丁未九日南渡，泊舟儀真江口，遇宣和大晟樂府協律郎某，叩獲九重故譜，因令家伎習之，遂流傳於外。

——宋．毛幵《樵隱筆錄》

姿態。他說什麼呢？他怎樣說？我們來看這首《蘭陵王》：

柳陰直，煙裡絲絲弄碧。隋堤上、曾見幾番，拂水飄綿送行色。登臨望故國。誰識。京華倦客。長亭路，年去歲來，應折柔條過千尺。　閒尋舊蹤跡。又酒趁哀弦，燈照離席。梨花榆火催寒食。愁一箭風快，半篙波暖，回頭迢遞便數驛。望人在天北。　淒惻。恨堆積。漸別浦縈迴，津堠岑寂。斜陽冉冉春無極。念月榭攜手，露橋聞笛。沉思前事，似夢裡，淚暗滴。

李後主的詞「林花謝了春紅，太匆匆。無奈朝來寒雨晚來風」，一開始就把你打動，把你抓住了。你馬上就會被他感動。而現在周邦彥這首詞他說些什麼呢？他好像是說送一個朋友走，第一段似乎是寫送行的人，第二段似乎是寫遠行的人，第三段還是寫遠行的人。他所要說的，真的就這麼簡單嗎？我們現在可以做一個比較，周邦彥和蘇東坡兩個人都是曾經經過了新舊的黨爭。蘇東坡被認為是舊黨的，周邦彥被認為是新黨的。周邦彥經過了黨爭的政海波瀾之後怎麼樣了呢？他學聰明，學乖了，不再捲到政治裡邊去了。這是聰明人明哲保身。蘇東坡不然，新黨在台上，我看到你的政治對老百姓有不好的地方，我就批評你的新政不好；等到新黨下台，司馬光上台廢除了新法，把新黨的人都趕出去了，蘇東坡就說這也不對，新黨有壞的地方也有好的地方，新法的政治法令有錯的地方也有對的地方。這是蘇東坡。蘇東坡之所以了不起，就是他超越了個人小我的一己的偏私，完全是為國家為人民百姓。你新黨做得不對，我要批評你；你舊黨上台做得不對，我同樣要批評你。所以他以前論政與王安石不合，現在論政又與司馬光不合。蘇東坡曾經給朋友寫過一封信，說從前王安石在台上的時候，大臣們是「唯荊是師」，把王荊公當老師，王荊公什麼都對；現在司馬光上台了，所有的人又是「唯溫是隨」，司馬溫公怎麼說他們就跟著做。蘇東坡說我跟王荊公、司馬溫公在私底下都是好朋友，但是我在政治上不盲從他們。這是蘇東坡。蘇東坡有理想，有品格，所以他的詞寫出來才會有深厚的意境。

昔之君子，惟荊是師；今之君子，惟溫是隨。所隨不同，其為隨一也。老弟與溫相知至深，始終無間，然多不隨耳。

——蘇軾《與楊元素書》

那麼周邦彥寫什麼呢？我們來看他這首《蘭陵王》的開頭。「柳陰直，煙裡絲絲弄碧」。我們還是需要比較一下，我拿李後主來比較。李後主的感情很直接，他總是一開口就把大家都帶到他的感情裡邊來了。李後主也寫過一首關於柳樹的詩：

風情漸老見春羞，到處芳魂感舊遊。多謝長條似相識，強垂煙穗拂人頭。

——《賜宮人慶奴》

他說我本來也是個風流浪漫很有風情的人，但我現在年歲大了，如果是年輕時看見春天來了，那將會有多少尋芳鬥草的風流艷事，可是現在我看見春天來了，我就覺得很不好意思。他說我無論走到哪裡，哪裡都是花紅柳綠，草木有知，草木多情，我看到的那些花草都使我感動，使我想到當年年輕的時候的情景。我現在老了，遊春賞花是年輕人的天下了，沒有人再認識我了，但是好像柳樹還認得我，柳樹垂下來柔軟的長條，那麼努力地把它那繚繞著煙靄的、快要開花的那個柳穗低拂在我的頭上。它對我竟是如此的多情，所以我非常感動。這是李後主。李後主是純情的詩人，所以他看萬物都是有情的。現在周邦彥也寫柳樹，這「柳陰直」卻是非常科學的。「直」是怎麼個直法呢？有人以為日正當中，太陽照下來，太陽影子是直的。可是現在周邦彥所寫的「柳陰直」不是豎的「直」而是橫的「直」。北宋的首都是開封，也叫汴京，汴京城外就是汴河，沿河兩岸的河堤上都種的是楊柳。一眼望去，這一排都是筆直的。「煙裡絲絲弄碧」的「弄」，是擺動的樣子，所謂「雲破月來花弄影」，是要舞弄出一個姿態的。他說這個柔軟的柳條，在煙靄迷茫之中，一絲一絲在那裡舞弄它的綠色。「隋堤上、曾見幾番，拂水飄綿送行色」，這個汴河，原來是隋朝時候隋煬帝開鑿的，所以這裡叫隋堤。每年都有春天來，每年都有柳樹綠，每年柳樹都會飄下來迷濛的柳絮——「綿」是柳綿，就是柳絮。因為汴河是水路交通的要道，所以在汴河邊上，你常常看到許多人坐著船離開首都走了，許多人坐著船回到首都來了。

水調數聲持酒聽，午醉醒來愁未醒。送春春去幾時回，臨晚鏡，傷流景，往事後期空記省。

沙上並禽池上暝，雲破月來花弄影。重重簾幕密遮燈，風不定，人初靜，明日落紅應滿徑。

——張先《天仙子・送春（時為嘉禾小倅，以病眠不赴府會）》

那麼，「登臨望故國」——你找一個高處登上去，你回頭看看，再望一眼汴京的京城。「故國」，在這裡指的是一個國家的首都。「誰識京華倦客」？還有誰認識我嗎？我是已經在宦海波瀾的生活中感到疲倦的一個人。「長亭路，年去歲來，應折柔條過千尺」，每一年春天人們都在汴河邊上送別，送別的時候，每個人都折一枝柳條，「年去歲來」，折下來多少柳條呢？把那些折下來的柳條連接起來，一定比千尺還多了。那現在我們來看，他講的是送行的人還是遠行的人？過去講這首詞的人，有人說是送行，有人說是遠行。但是我以為，周邦彥這首詞的妙處就在於他不確指。他寫的是年年的送別，不是指一年，也不是指一個人。這汴河邊的河堤上，既有送行的人也有遠行的人，而且年年都是如此。他這意思從哪裡表現出來的呢？是從他所用的詞語中表現出來的。因為他說是「曾見幾番」，說是「年去歲來」，這都表示不只一次。「閒尋舊蹤跡」，我在這裡被人送走過，我在這裡也把人送走過，這裡的柳條的拂水飄綿，這裡的送別的宴席，這都是我熟悉的舊蹤跡。而現在呢？「又酒趁哀弦，燈照離席」，又一次送別的場面來到了。你看，他說「幾番」，說「年去歲來」，說「舊蹤跡」，說「又酒趁哀弦，燈照離席」，處處表現的都不只是一次。「趁」是陪伴著，離別的酒筵陪伴著悲哀的離別之曲。這正是「梨花榆火催寒食」的季節。梨樹開花的季節，榆木可以取火的時候，那是什麼時候？清明節的前後。清明又叫寒食，大家都知道，《左傳》上說晉文公重耳年輕的時候逃亡離開晉國，幾乎死在路上，有一個跟隨他的大臣叫介之推，當重耳沒飯吃快要餓死的時候，割了腿上的一塊肉煮了給他吃。等到重耳回到晉國做了國君，每個有功的人都得到犒賞了，但是割肉給他的介之推「不言祿」，他不跟人家說你應該給我什麼報答，所以「祿亦弗及」，晉文公就把他給忘了，就沒有給他任何的官位。然後介之推就怎麼樣呢？就帶著他的母親跑到綿山裡邊隱居了。後來有人提醒了晉文公，晉文公忽然想起來了，他說是啊！這個人應該好好地犒賞他的，他怎麼跑到山裡邊去了？於是有人給晉文公出了個餿主意，說你一放火燒山，他就逃下來了。晉文公就真的放火燒了山，可人家介之推寧可燒死也不出來，結果就被燒死在山上了。晉文公很悲傷很後悔，說我燒山，結果把對我最有恩德的一個人給燒死了，所以每年的這個時候大家都不許生火，於是就有了寒食節。那麼古代的時候呢？不像我們現在有什麼電爐啊、煤氣啊，一擰開關就著了。古代的火種要保留，還得用火種來生火。寒食節三天都不生火，火種就沒了，火種沒了怎麼辦？古人的辦法是鑽木取火。什麼樹木最容易取火呢？榆木。所以他說「梨花榆火催寒食」，說是又到了寒食過後用榆木取火的季節了。而就在這樣的季節，有人坐著船離開汴京了。古代是帆船，把帆張起來，一陣風一吹，這船就像一支箭一樣地射出去，所以是「一箭風快」。那如果你本來是靠了岸了，在淺水裡怎樣開動你的船呢？你只要拿一個竹竿子在水底一撐，這個船就離開岸，就到了水面上。「半篙」，這個春水就淹沒了這個竹竿的一半。風這麼快，一陣風過去再回頭看一看，「回頭迢遞便數驛」，你已經走得很遠了，已經走過好多碼頭了。「驛」就是驛站，車的車站，船的碼頭。那麼送行的人在哪兒呢？在北方遙遠的那一頭。

「淒惻，恨堆積」。這個人就走了，他說我滿懷著悲戚的心情，心裡邊的別恨離愁，堆積得越來越深厚了。我離開首都了，我走在路上，「漸別浦縈迴」。「浦」是沙灘，這水路很曲折的，要繞過一個沙灘再繞過一個沙灘，所以說「別浦縈迴」。「津堠岑寂」的「津」就是碼頭，「堠」是碼頭上的一個崗位，是在碼頭上專管船隻來往的。一般來說，有船來的時候碼頭上萬頭攢動，等船走了，或者不是在有船來的時間，碼頭上就沒有一個人，就靜悄悄的了，所以說「津堠岑寂」。那我現在在船上看到什麼？「斜陽冉冉春無極」，看到落日從水面上、從兩岸桃紅柳綠的無邊春色裡，冉冉地慢慢地沉下去了。「念月榭攜手，露橋聞笛」，那時我就回想：當年在首都繁華的都城，在一個有明月的台榭——「榭」是在水上的高台——我曾經跟我所愛的一個女子攜手並肩；我還記得在一個露天的橋——古代橋上有一個頂棚叫廊橋，沒有頂棚的就是露橋——或者也可以是晚間滴了露水的橋上，我跟我所愛的女子靜聽著遠遠傳來的笛聲。「沉思前事」，我回想從前我在首都所經歷的繁華、歡樂、富貴、愛情，現在都跟一場夢一樣過去了。所以我就暗暗流下淚來。「似夢裡，淚暗滴」，大家注意到沒有？它們的聲音是「仄仄仄，仄仄仄」，六個字都是仄聲，這和詩的習慣是不一樣的。

周邦彥這首詞，他完全是用一個敘述的曲折的口吻，而不是用像李後主那樣的直接打動你的口吻。這是什麼寫法呢？這就是鋪敘跟勾勒的手法。它不直接地表現作者的感動。這樣的寫法，我把它叫做以賦筆為詞。那麼詩、詞、賦三者有什麼不同呢？詩跟詞當然形式上不同，另外詩比較注重直接的感發；詞呢，王國維說「詞之為體，要眇宜修」，是要引起你很多的言外之聯想的。而賦是什麼？賦用思致而不用直感，它都是旁敲側擊，都是經過了用思想來安排的，常常通過鋪敘、勾勒等方法來描寫。這樣的做法為什麼？就是為了不讓它像駿馬驀坡那樣跑得太快，得把它留住，留給讀者慢慢去體會。這樣的作法就叫做以賦筆為詞，用寫賦的方法來寫詞。

我們現在就要下結論了，「歌詞之詞」之所以有要眇幽微的特色，一個原因是有的時候它有雙重性別的作用，像溫庭筠《菩薩蠻》的「懶起畫蛾眉」；另一個原因是有的時候它有雙重語境的作用，像韋莊《菩薩蠻》的「珍重主人心，酒深情亦深」、「此度見花枝，白頭誓不歸」，像南唐中主的「菡萏香銷翠葉殘」。所以歌詞之詞的小令，這麼短小的作品能夠給你要眇幽微的很深遠的意思，就是因為它有雙重性別或是雙重語境的作用。那這「雙重性別」、「雙重語境」，我們又是從哪裡看出來的呢？「雙重性別」，是通過作者帶給我們的「語碼」，像「蛾眉」、

如今卻憶江南樂，當時年少春衫薄。騎馬倚斜橋，滿樓紅袖招。
翠屏金屈曲，醉入花叢宿。此度見花枝，白頭誓不歸。
——韋莊《菩薩蠻》其三

勸君今夜須沉醉，樽前莫話明朝事。珍重主人心，酒深情亦深。
須愁春漏短，莫訴金杯滿。遇酒且呵呵，人生能幾何？
——韋莊《菩薩蠻》其四

「畫蛾眉」、「懶起畫蛾眉」之類表現出來的。而且我們要知道，並不是任何一個詞語都可以成為語碼，是要帶著有文化傳統的才是語碼。那天，有一個朋友寫來一封信，他感慨說，廣東戲或者崑曲甚至於後來的京戲，戲裡的人物一舉手、一投足都有它的意思，甚至戲裡邊官員戴的烏紗帽，他的頭一動，這個帽翅上下動還是前後動都有象徵的意思。那一定是有長久文化傳統的藝術，才有這樣的作用。他說現在的京戲要找有名的電影導演、話劇導演來導，可是這些導演對傳統的文化模式習慣都不熟悉，他不知道戲曲是用動作來表示的，每一個手勢動作都很重要。你怎樣一個動作就關上門了，怎樣一個動作就出了門了，每一個動作都有很豐富的意思在裡邊。它完全是一種程序，而這個程序就是一種傳統。那麼現在你要用話劇或者電影的導演給傳統的戲曲做導演，他們並不懂得這一套程序，所以程序就失去了作用，這真是無可奈何的一件事情。詞的語碼，和這個也有相似之處。

關於「雙重語境」，我講過南唐中主的《攤破浣溪沙》「菡萏香銷翠葉殘，西風愁起綠波間」，王國維從中看出了更深的意思，他是根據什麼看出來的呢？我說那是根據一種顯微的結構。「荷花凋零荷葉殘」跟「菡萏香銷翠葉殘」意思是一樣的，可是「荷花凋零荷葉殘」就變成白話了，白話就沒有這些微妙的作用了。你說「菡萏」就會有一種高貴之物的聯想；「香銷」是那美好的東西都失去了，這兩個字的聲音都是ㄒ的聲母，有一種慢慢消逝的感覺；你說「翠葉殘」，不但有顏色，而且「翠」字也代表珍貴美好。那麼「菡萏」是美好的，「香」是美好的，「翠」也是珍貴美好的，但只用兩個動詞，一個是「銷」，一個是「殘」，就集中地表現所有的美好都消逝了，眾芳蕪穢了。這些顯微結構或者是語碼的微妙的作用，就也造成了歌詞之詞的小令有這麼豐富的內涵。

那麼到了詩化之詞，詩化之詞是最不容易寫得好的，因為詩是比較直接的，詩應該是直接的感發。而這種作風最早的就是李後主，這就是王國維說的，說李後主「變伶工之詞為士大夫之詞」。士大夫之詞就是詩化之詞。他們不再把詞當做一個「空中語」的歌詞，而是直接地用來表達自己的思想感情了，因此李後主的詞帶著直接的感發，它的作用是近於詩的。但李後主的改變是無心的，他沒有要改變的意思，只是因為他國破家亡，自然而然地就這樣把自己的悲哀寫到詞裡邊了。而蘇東坡的詩化是有心的改變。蘇東坡覺得柳永寫的那些美女跟愛情太庸俗了，太淫靡了，我們應該寫自己的士大夫的思想跟感情。蘇東坡，還有辛棄疾，他們是把直接的感發跟曲折幽隱的情思結合起來，外表寫得非常直接，是直接的感發，但是裡邊的情思是非常曲折幽隱的。我們舉了蘇東坡的《八聲甘州》為例。這首詞他說得非常直接，但裡邊的情思卻非常纏綿曲折。而且這曲折幽隱的情思不是造作出來的，是出於蘇東坡他本身的遭遇、本身的修養、本身的志意和理想。是他本身有這樣一種忠義奮發的理想，可是這理想遭遇到多少次新舊黨爭的挫折壓抑，所以他能寫出很多這麼好的詞來。辛稼軒更是如此的。稼軒必須鋪開來講，我們現在沒有時間，所以這次不講稼軒。那麼像周邦彥這個人談不上什麼理想，只是明哲保身，年輕的時候追求名利，上一篇賦馬上就由太學生變成太學正了，但等到他被貶謫，看到政海波瀾，他再回來就不再講話了，就再沒有政治上的理想和抱負了。他不是為國家，也不是為人民，只是為他自己。以前上賦是為自己的功名利祿，現在不再講話是為自己的明哲保身。這是周邦彥。周邦彥自己本身的情意不夠曲折深厚，所以他就在筆法上追求，盡量地追求和使用那些曲折幽隱的筆法。

現在我們要看我們講義的最後一部分了，我們講義的最後一段是關於詞學的反思。古人認為詞老是寫美女和愛情這種內容實在不大好。所以黃庭堅說「空中語耳」——這是假的，我就是給美女寫一段歌詞嘛。因此，古人對詞只有零碎的記載，沒有詞學的理論。認為詞不能夠和詩文處在同等地位的這種觀念，一直沒有改變。一直到什麼時候呢？一直到明朝的時候也還認為詞是沒有價值、沒有思想的。其實到了明朝，中國傳統的思想有了一些變化。什麼變化呢？這得從八股文說起。唐朝考科舉寫文章也寫詩，考試考八股文是從明朝開始的。明朝的八股文他給你規定一共要寫八段，每一段寫什麼都有要求，他給你定出來寫作的方法還不說，而且規定考題都要從四書裡面出題目。四書有不同版本怎麼辦？就規定都用朱熹的批注。這當然最初也有他的道理，為的是統一思想，大家都講聖賢之道，讓大家好好去讀《論語》、《孟子》等四書。本來用意也還不錯，可是人性一般都是猶如水之就下，時間久了，大家都不認為這是讓我們每個人都讀四書，讓我們學習聖人的品德修養，而是把它當成了一個可以利用的工具。我並不想按照《論語》裡孔子說的道德標準來做，我把它背熟了，把朱注背熟了，不就是為了科舉考試嗎？所以後來的人也不再正式讀《論語》、《孟子》，就只讀那些試帖，就是別人的考試卷子，學習人家怎麼說怎麼說。而一旦考上了，追求的就是利祿和升官發財。所以人心就墮落了、敗壞了。在這個時候，出來一個思想家，就是王陽明。王守仁先生就說，大家都把《論語》、《孟子》作為追求名利祿位的工具了，這是偽學呀！人應該追求你本身的心性，心性的真誠才是好的，你滿口的仁義道德，滿腹的貪贓枉法，那是偽善。這些話針對時弊，當然也不錯。可是凡事有一利都會有一弊，王守仁一講學，門下弟子什麼人都有，這些人就把他的學說給簡化了，說只要「真」就是好的，只要你心性之真就是好的。那麼，王守仁說在人的天性中「惻隱之心，人皆有之；羞惡之心，人皆有之；是非之心，人皆有之」，我們的本性是有善的這一面，這當然不錯，可是人心的本性也有動物化的一面啊。於是他們就說，人的私心，也就是說沒有教化沒有修養沒有道德的動物本能的那一面，那也是真的，而只要是真的就是好的。所以你看三言、二拍、《金瓶梅》，那都是明朝的小說，從那些小說裡，你可以看出明朝的社會風氣。不過話要說回來，婦女在這種思潮之中卻曾經受益。受的什麼益呢？既然說人的心性本身的真實就是好的，那麼男子也是人，女子也是人，男子有心性之真，女子不是也有心性之真嗎？所以女子也可以寫自己的感情啊。以前的社會總是說「女子無才便是德」，所以北宋的良家婦女除了李清照跟朱淑真這麼大膽地寫了很多詞，大多數良家婦女是不敢寫詞的，她們是要到死生之際，痛苦到了極端，才用自己的生命寫一首詞。像陸放翁的妻子寫過《釵頭鳳》，還有戴石屏的妻子寫過《祝英台近》的絕命詞，寫完了她就投水自殺了。但到了明朝的時候，女子可以寫詞了。北美有人研究婦女文學，統計出明清兩代竟然多達好幾千個女詩人，只是我們大家都沒有注意罷了。他說的一點都不錯，婦女寫作在明朝已成為風氣。受王守仁影響的李贄、李卓吾，以及李卓吾影響之下的「公安派」的作者、「竟陵派」的作者，他們都認為女子是可以有才的。於是男子的觀念改變了，男子說女子除了有色以外，也可以有才，所以這些名門閨秀大家都可以寫詩詞了。只不過，男子除了要求女子要有色、有才之外，更重要的還要有德。這本來也無大錯，但公平來講，無論是男是女都應該有德啊！可是明代的男子把自己的道德尺寸放得非常寬，對女子卻是非常嚴格的。女子雖然說可以有才，但是更要有德。怎麼樣有德？我最近寫明朝的女性詞，像最有名的葉家母女，葉紹袁的妻子和女兒，他的妻子十幾歲嫁到他們家，他母親是寡母，只有這麼一個兒子，兒子要考試，所以不許兒子到妻子房裡邊同住，怕影響他讀書。這個妻子是個才女，但他的

> 世情薄，人情惡，雨送黃昏花易落。曉風乾，淚痕殘，欲箋心事，獨語斜闌，難難難！人成各，今非昨，病魂長似鞦韆索。角聲寒，夜闌珊，怕人尋問，咽淚裝歡，瞞瞞瞞！
>
> ——唐琬（陸游妻）《釵頭鳳》

> 惜多才，憐薄命，無計可留汝。揉碎花箋，忍寫斷腸句。道傍楊柳依依，千絲萬縷，抵不住、一分愁緒。如何訴。便教緣盡今生，此身已輕許。捉月盟言，不是夢中語。後回君若重來，不相忘處，把杯酒、澆奴墳土。
>
> ——戴復古（石屏）妻（姓名不詳）《祝英台近》

母親不喜歡她寫詩，常常叫丫鬟到房裡去偵察，如果這個新媳婦寫詩了，那不得了，婆婆就過來罵了。到後來她的兒女都很大了，婆婆發脾氣，她就得長跪在地上聽。當時的婦女處境就是如此的。而明朝的男子什麼都敢寫，寫小說可以寫《金瓶梅》，寫戲曲可以寫《牡丹亭》，可以寫杜麗娘和柳夢梅在夢中幽會。男子寫詞也是放開筆什麼都敢寫，因為那時候對詞還沒有一種高遠深刻的要求，詞就是小道，是配合曲子唱的，曲子裡可以說「碧紗窗外靜無人，跪在床前忙要親。罵了個負心回轉身。雖是我話兒嗔，一半兒推辭一半兒肯」（關漢卿《一半兒・題情》），詞裡也同樣熱中於寫這種男女風情的作品。

詞是在什麼時候才被人慢慢地認識到它的意義和價值？我們現在就要對詞學進行一個反思了。像王國維所說的「要眇宜修」和「能言詩之所不能言」之類的詞的特質，是什麼時候才被發現的呢？當然，天下任何的事物，除非你本來沒有，只要你本來有這個東西，早晚會被人認出來的。我們說「錐處囊中，脫穎而出」，如果你本來是一塊木頭，你放在哪兒也不會出來，但如果你是個針，把你放在一個口袋裡，你的鋒芒就會透過口袋而出來。那麼詞的特質怎麼樣被人發現？我們現在就要來看我們的講義中的詞學反思的部分了。

其實，詞的特質早在北宋就開始被人慢慢地發現了。我們第一個先來看北宋李之儀《跋吳思道小詞》是怎麼說的：

長短句於遣詞中最爲難工……語盡而意不盡，意盡而情不盡。

吳思道是李之儀的一個朋友，他填寫了一些小詞，李之儀就說，「長短句於遣詞中最為難工」，長短句就是詞了，長短句在寫作、修辭的時候是最不容易寫得好的。為什麼？因為它要「語盡而意不盡，意盡而情不盡」。這就是王國維說的「詞之為體，要眇宜修」啊！詞本身有著一種非常微妙的作用，好的詞引起讀者很豐富的聯想。可見，在北宋的當時已經有人體會到好的詞有很多言外的意思。可是，這種說法並沒有被大家重視，因為李之儀是給他朋友的詞寫一個跋文，寫跋文你能說人家的壞話嗎？當然不能了，給朋友寫序跋都是說好話。所以大家不重視，認為這並不是一個客觀的批評。那麼黃昇在《唐宋諸賢絕妙詞選》中就說了：

語簡而意深，所以爲奇作也。

詞的話雖然很簡單，但意思很深，所以才是不平凡的作品。然後南宋時候的劉克莊在《題劉叔安感秋八詞》中說：

借花卉以發騷人墨客之豪，託閨怨以寓放臣逐子之感。

他說小詞有很多言外的意思，它表面寫的是花草，裡邊表現的卻是騷人墨客的豪情；他表面上寫的是女子的相思怨別，裡邊表現的卻是一個不被重用的臣子的悲怨。所以你看，從很早就有人看到小詞裡有一些微妙作用。可是這些說法都不成氣候，沒有人把這種感受上升到詞學理論的高度提出來。

到了清朝初年，經歷了一次國破家亡的變亂，於是陳維崧出現了。你要知道，經過變亂之後，人就容易認識到詩化之詞的好處，李後主經歷了亡國破家後才寫下了「自是人生長恨水長東」「故國不堪回首月明中」這樣的詞；南宋是經過變亂才有辛棄疾這樣的詞。明朝末年，中國又經過了一次大的變亂，所以陳維崧在他的〈詞選序〉中就說了：

> 要之，穴幽出險以厲其思，海涵地負以博其氣，窮神知化以觀其便，竭才渺慮以會其通，爲經爲史，曰詩曰詞，閉門造車，諒無異轍也。

他這是把詞和詩打成一片了：你隨便怎麼樣寫，經學史學都可以用進去。但是，這樣做又失去了詞的特色，詩跟詞就都一樣了啊。所以就又有人說了，這是朱彝尊給《紅鹽詞》（編按：陳維崧之弟陳維岳詞集）寫的序說：

> 詞雖小技，昔之通儒鉅公，往往爲之。蓋有詩所難言者，委曲倚之於聲，其辭愈微，而其旨益遠。善言詞者，假閨房兒女子之言，通之於《離騷》變雅之義，此尤不得志於時者所宜寄情焉耳。

他從男女之情看到很深刻的意思，說這裡邊有和《離騷》、變雅相合之處，所以詞這種體裁特別適合於不得志於時者抒發自己的感情。這事本來大家都已經慢慢體會感覺到了，但是都不成理論，大家都不重視。像朱彝尊這幾句話也是給朋友寫的序言，序言當然也是一味說好話了，不能太認真的。那麼這種情況持續下去，一直到誰出現了？一直到張惠言和他的常州詞派的出現。

張惠言，就是王國維說「固哉，皋文之為詞也」的那個張皋文，他是一個很重要的詞學家。我現在要說的是張惠言詞論裡邊的好處跟壞處。張惠言在〈詞選序〉中說：

> 傳曰：「意內而言外謂之詞。」其緣情造端，興於微言，以相感動，極命風謠里巷男女哀樂，以道賢人君子幽約怨悱不能自言之情，低回要眇，以喻其致。蓋《詩》之比興，變風之義，騷人之歌，則近之矣。

詞（[illegible]），意內而言外也，……从司言，司主也，意主於內而言發於外，故从司言。

——許慎《說文解字》九篇上文二與段（玉裁）注

「意內而言外謂之詞。」這句話是從哪兒來的呢？是從《說文解字》這本書裡來的，但《說文解字》裡所說的這個「詞」是語詞之詞，不是文體的歌詞之詞。所以「意內而言外謂之詞」這句話是牽強附會。你看，從這第一句話張惠言就是牽強附會的，所以會引起大家反對。張惠言他沒有一個透徹的理論，所以要引證古書。但是古代秦漢時候沒有詞這種文學體式，更沒有詞的理論，於是他牽強附會拉來《說文解字》做根據，這當然是錯的。可是他後邊說得很有意思：「其緣情造端，興於微言，以相感動。」他說詞這種文學體式最早是「緣情」，是依附在感情上來表現的。「造端」就是開始。但是「緣情造端」之後呢？就「興於微言」。「微言」，就是一些小的不重要的話。從那些不重要、細微的話，可以引起我們的一種感動和興發，引起我們的聯想。然後就怎樣呢？就「極命風謠里巷男女哀樂，以道賢人君子幽約怨悱不能自言之情」——從大街小巷少男少女相思怨別的戀愛的歌詞，卻訴說了「賢人君子」，那些有理想有道德有學問的人內心最幽深隱約最哀怨最悱惻的一種感情。而且你要注意他還不止如此，他不止是「幽約怨悱」，而且還是「不能自言之情」，是一種不能自己說出來的感情。這就是我為什麼在開始的第一堂課，就給你們講了一首陳曾壽《浣溪沙》的原因。「修到南屏數晚鐘。目成朝暮一雷峰。纏黃深淺畫難工。千古蒼涼天水碧，一生繾綣夕陽紅。為誰粉碎到虛空？」這真是一種「賢人君子幽約怨悱不能自言之情」。陳曾壽的感情，對於亡國的滿清的這一份感情，是沒有道理可說的，而且它不合乎民族大義。陳曾壽有這麼一種感情，因為從他的祖輩開始就在滿清仕宦，而且他自己又是溥儀皇后的老師。他沒有辦法。他也許知道他的感情可能是不對的，可能是不合乎民族大義的，可是他有這個感情，他無法擺脫它。這個話很難說出來，是一種讓你難以訴說出來的感情。而且陳曾壽他表達的時候是直說的嗎？他說我有很多不得已我現在擺脫不掉嗎？不能這樣說啊，他不是這樣說的。他說的時候是低回婉轉，要眇幽微。而且你還要注意張惠言怎麼說的，他說「低回要眇以言其意」了嗎？他說「低回要眇，以言其情」了嗎？沒有，張惠言都不是這麼說的，他說你要用「低回要眇」的這種筆法來「以喻其致」——來喻說一種情致。「致」，是一種活動的姿態。就是說，小詞可以表現一種幽約怨悱不能自言之情，而且是「低回要眇，以喻其致」。這真是很妙。張惠言他用了這麼一大段話來說明小詞的這個作用，那麼小詞裡邊的這種作用到底叫做什麼？這就是從詞體產生以來，古人一直都沒有解決的問題了。在張惠言以前是人們根本就沒有清楚地認識到；張惠言有了認識，可是說不出來，所以他從一開始解釋這個「詞」，就用《說文解字》來牽強附會。現在接下來他又在牽強附會了，他說這種說不出來的感情的活動是什麼？「蓋《詩》之比興，變風之義，騷人之歌，則近之矣」——大概那就是詩裡邊所說的「比興」，就是《詩經》裡邊

「變風」的意思，就是屈原《離騷》的意思吧？這個是張惠言說的，因為他實在不知道怎麼樣才可以把他已經認識到的那個東西說清楚。小詞裡邊這種作用究竟是什麼？我們都感覺到、體會到小詞裡邊有這麼一種作用，但它到底是什麼？誰也找不到一個合適的、現成的詞語來說明。因為我們傳統上過去就沒有詞這種文學體式。從先秦就有詩，有文，而詞是後來很晚才興起來的，所以張惠言現在不得不假借詩論裡邊的言語來評論詞。詩裡邊有比興，我以前講過。所謂「比」，像《碩鼠》用一個大老鼠來比喻剝削者；所謂「興」，像《關雎》希望得到淑女與幸福和美的婚姻生活。比興就是有這麼一個作用：「言在此而意在彼」。你說的是一個大老鼠，可是你的意思比的是剝削者，你說的是一對雎鳩鳥，但是你嚮往的是婚姻的美好。那麼小詞它的言外有很豐富的意思，大概就跟詩的比興差不多了吧？大家都知道《詩經》裡邊有國風，但什麼是「變風」呢？變風，就是當一個國家喪亂的時候，人們所寫的那些哀怨的歌詩。張惠言認為，小詞所寫的就是那種哀怨的作品。那什麼是「騷人之歌」呢？《離騷》寫了很多美人——「眾女嫉余之蛾眉兮，謠諑謂余以善淫」；《離騷》也寫了很多芳草——「余滋蘭之九畹兮，又樹蕙之百畝」；《離騷》還寫了很多美麗的衣服和裝飾——「製芰荷以為衣兮，集芙蓉以為裳」。《離騷》裡的美人芳草都是言在此而意在彼的，都是喻託。話雖如此，但是你要知道，一說比興，一說《離騷》，你就掉在一個陷阱裡了。因為從漢代的儒家開始，一提到比興就一定指政治。漢儒說，「比」是看到壞的政治，你用一個什麼東西來比他；「興」是看到一個好的政治，你也用一個什麼東西比他。這就把「比興」跟政治牽扯到一起了。可是小詞本不見得與政治有很多的關係啊！所以張惠言說溫庭筠的《菩薩蠻》有《離騷》「初服」之意，說韋莊的《菩薩蠻》是入蜀以後思念故國的作品，王國維就不服了：你憑什麼就給它增加這麼多政治上的意思，真是「固哉皋文之為詞也」！張惠言的話不能令人信服，就是因為他沒有說得很清楚。那麼王國維既然不滿意張惠言，那他在《人間詞話》裡所提出的「境界」又說的是什麼呢？從一開始大家就問我這個問題，現在我要趕快把大家這個問題解決了。

王國維所說的「境界」很混亂（編按：靜安先生對於境界的相關敘述，散見於《人間詞話》上卷一～九、二十六、三十四則，下卷十三、十四、十六、十八諸則，及俞平伯序本附錄第十六則等），有時候指的是詩，有時候指的是詞。比如說，詞裡邊可以「有我」「無我」，詩裡邊也可以「有我」「無我」啊，詞可以有境界，詩也可以有境界啊，而且「境界」兩個字太籠統了，太混淆了。「境界」就是作品裡面的世界，每個作品裡都有一個世界，就叫境界。用「境界」來指歷代詞學家在詞裡邊所體會到的那種詞的特質，也同樣很難把問題講明白。所以中國的詞學以前是沒人重視，到後來是有了體會，但是理論不清楚，找不到一個詞語來說明詞的特質到底是什麼東西。那麼我不是說我看了西方的那些文學理論嗎，西方的接受美學家沃夫崗·伊塞爾所說，從作者到讀者的中間是作品，這作品裡邊有很多語言的符號，在這個符號之中就可以傳達很多信息。那麼我們對作品的體會從哪裡來？當然是從作品的符號所傳達的那些信息而來。至於作品的符號怎樣傳達的這些個信息？都是一些什麼樣的信息？那就要引另外一個我常常引的女學者 Julia Kristeva（朱莉亞·克里斯特娃）的看法了。她說，凡是一切的文字都是由符號組成的，符號的作用有兩種，一種是 symbolic function，是「象喻」的作用；還有一種是 semiotic function，是「符示」的作用。什麼叫做「象喻」呢？比如我們說「楓葉」是代表加拿大的，十字架是代表耶穌基督之救贖的，竹子是代表一種貞潔的品格的，這就是「象喻」。象喻是一種約定俗成的比喻，它的喻意是比較固定的。什麼叫做「符示」呢？符示的作用是沒有規定的，它就在符號的活動變化的作用之中顯示出來很豐富的意思。

張惠言一定要說小詞有比興的作用，他的錯誤是把很多的符示的作用都用象喻來解釋了。像《離騷》的「美人芳草」以喻君子，那就是一種象喻的作用，美女就代表一種賢德的有才能的人，美女沒有人欣賞就代表有賢德、有才能的人沒有被重用。但小詞不是這樣，小詞的作者不一定有屈原那樣的意思。王國維說南唐中主詞「『菡萏香銷翠葉殘，西風愁起綠波間』大有眾芳蕪穢，美人遲暮之感」，「菡萏香銷」不是一個 symbol，不是一個約定俗成的東西，它的作用都是從符示的作用表現出來的，詳細內容我在分析這首詞時已經都講過了。那麼，不管是張惠言的象喻的解說也好，不管是王國維的符示的解說也好，總而言之，好的詞一定是在它的文本中能夠表現出很豐富的作用。

沃夫崗・伊塞爾也說過，他說在語言文字的符號之中藏有一種potential effect的作用。那麼potential effect這個詞，應該怎麼用中文來表達呢？我試著把它翻譯為「潛能」。我認為好的小詞之中有一種「潛能」，這種潛能可以通過symbolic function（象徵的作用）或semiotic function（符示的作用）來體會，也可以通過語碼的聯想或通過語言的結構來體會。但是不管你用什麼方法來體會，總而言之，小詞是以具有這種豐富的潛能為美的。凡是缺乏這種潛能的詞，就一定不是好詞。

（陸有富整理）

附錄

王國維《人間詞話》石印本

人間詞話卷上

王忠慤公遺書內編

海甯　王國維

詞以境界為最上有境界則自成高格自有名句五代北宋之詞所以獨絕者在此

有造境有寫境此理想與寫實二派之所由分然二者頗難分別因大詩人所造之境必合乎自然所寫之境亦必鄰於理想故也

有有我之境有無我之境淚眼問花花不語亂紅飛過秋千去可堪孤館閉春寒杜鵑聲裏斜陽暮有我之境也采菊東籬下悠然見南山寒波澹澹起白鳥悠悠下無我之境也有我之境以我觀物故物皆著我之色彩無我之境以物觀物故不知何者為我何者為物古人為詞寫有我之境者為多然未始不能寫無我之境此在豪傑之士能

自樹立耳
無我之境人唯于靜中得之有我之境于由動之靜時得
之故一優美一宏壯也
自然中之物互相關係互相限制然其寫之于文學及美
術中也必遺其關係限制之處故雖寫實家亦理想家也
又雖如何虛構之境其材料必求之于自然而其構造亦
必從自然之法律故雖理想家亦寫實家也
境非獨謂景物也喜怒哀樂亦人心中之一境界故能寫
真景物真感情者謂之有境界否則謂之無境界
紅杏枝頭春意鬧著一鬧字而境界全出雲破月來花弄
影著一弄字而境界全出矣
境略有大小不以是而分優劣細雨魚兒出微風燕子斜
何遽不若落日照大旗馬鳴風蕭蕭寶簾閒挂小銀鉤何

處不若霧失樓臺月迷津渡也

嚴滄浪詩話謂盛唐諸公唯在興趣羚羊挂角無跡可求故其妙處透澈玲瓏不可湊拍如空中之音相中之色水中之影鏡中之象言有盡而意無窮余謂北宋以前之詞亦復如是然滄浪所謂興趣阮亭所謂神韻猶不過道其面目不若鄙人拈出境界二字為探其本也

太白純以氣象勝西風殘照漢家陵闕寥寥八字遂關千古登臨之口後世唯范文正之漁家傲夏英公之喜遷鶯差足繼武然氣象已不逮矣

張皋文謂飛卿之詞深美閎約余謂此四字唯馮正中足以當之劉融齋謂飛卿精豔絕人差近之耳

畫屏金鷓鴣飛卿語也其詞品似之絃上黃鶯語端己語也其詞品亦似之正中詞品若欲于其詞句中求之則和

淚試嚴妝殆近之歟

南唐中主詞菡萏香銷翠葉殘西風愁起綠波間大有衆芳蕪穢美人遲暮之感乃古今獨賞其細雨夢回鷄塞遠小樓吹徹玉笙寒故知解人正不易得

温飛卿之詞句秀也韋端己之詞骨秀也李重光之詞神秀也

詞至李後主而眼界始大感慨遂深遂變伶工之詞而為士大夫之詞周介存置諸温韋之下可謂顛倒黑白矣自是人生長恨水長東流水落花春去也天上人間金荃浣花能有此氣象耶

詞人者不失其赤子之心者也故生于深宮之中長于婦人之手是後主為人君所短處亦即為詞人所長處

客觀之詩人不可不多閱世閱世愈深則材料愈豐富愈

變化水滸傳紅樓夢之作者是也主觀之詩人不必多閱世閱世愈淺則性情愈真李後主是也

尼采謂一切文學余愛以血書者後主之詞真所謂以血書者也宋道君皇帝燕山亭詞亦略似之然道君不過自道身世之戚後主則儼有釋迦基督擔荷人類罪惡之意其大小固不同矣

馮正中詞雖不失五代風格而堂廡特大開北宋一代風氣與中後二主詞皆在花間範圍之外宜花間集中不登其隻字也

正中詞除鵲踏枝菩薩蠻十數闋最煊赫外如醉花間之高樹鵲啣巢斜月明寒草余謂韋蘇州之流螢渡高閣孟襄陽之疎雨滴梧桐不能過也

歐九浣溪沙詞綠楊樓外出秋千晁補之謂只一出字便

後人所不能道余謂此本于正中上行杯詞柳外秋千出畫牆但歐語尤工耳

梅舜俞蘇幕遮詞落盡梨花春事了滿地斜陽翠色和烟老劉融齋謂少游一生似專學此種余謂馮正中玉樓春詞芳菲次弟長相續自是情多無處足尊前百計得春歸莫為傷春眉黛促永叔一生似專學此種

人知和靖點絳唇舜俞蘇幕遮永叔少年游三闋為咏春草絕調不知先有正中細雨濕流光五字皆能攝春草之魂者也

詩蒹葭一篇最得風人深致晏同叔之昨夜西風凋碧樹獨上高樓望盡天涯路意頗近之但一灑落一悲壯耳

我瞻四方蹙蹙靡所騁詩人之憂生也昨夜西風凋碧樹獨上高樓望盡天涯路似之終日馳車走不見所問津詩

人之憂世也百草千花寒食路香車繫在誰家樹似之

古今之成大事業大學問者必經過三種之境界昨夜西風凋碧樹獨上高樓望盡天涯路此第一境也衣帶漸寬終不悔為伊消得人憔悴此第二境也衆裏尋他千百度回頭驀見那人正在燈火闌珊處此第三境也此等語皆非大詞人不能道然遽以此意解釋諸詞恐晏歐諸公所不許也

永叔人間自是有情癡此恨不關風與月直須看盡洛城花始與東風容易別於豪放之中有沈著之致所以尤高

馮夢華宋六十一家詞選序例謂淮海小山古之傷心人也其淡語皆有味淺語皆有致余謂此唯淮海足以當之小山矜貴有餘但可方駕子野方回未足抗衡淮海也

少游詞境最為淒惋至可堪孤館閉春寒杜鵑聲裏斜陽

暮則變而淒厲矣東坡賞其後二語猶為皮相

風雨如晦雞鳴不已山峻高以蔽日兮下幽晦以多雨霰雪紛其無垠兮雲霏霏而承宇樹樹皆秋色山山盡落暉可堪孤館閉春寒杜鵑聲裏斜陽暮氣象皆相似

昭明太子稱陶淵明詩跌宕昭彰獨超衆類抑揚爽朗莫之與京王無功稱薛收賦韻趣高奇詞義晦遠嵯峨蕭瑟真不可言詞中惜少此二種氣象前者唯東坡後者唯白石略得一二耳

詞之雅鄭在神不在貌永叔少游雖作豔語終有品格方之美成便有淑女與倡伎之別

美成深遠之致不及歐秦唯言情體物窮極工巧故不失為第一流之作者但恨創調之才多創意之才少耳

詞忌用替代字美成解語花之桂華流瓦境界極妙惜以

桂華二字代月耳夢窗以下則用代字更多其所以然者非意不足則語不妙也蓋意足則不暇代語妙則不必代此少游之小樓連苑繡轂雕鞍所以為東坡所譏也沈伯時樂府指迷云說桃不可直說破桃須用紅雨劉郎等字說柳不可直說破柳須用章臺霸岸等字若惟恐人不用代字者果以是為工則古今類書具在又安用詞為耶宜其為提要所譏也

美成青玉案詞葉上初陽乾宿雨水面清圓一一風荷舉此真能得荷之神理者覺白石念奴嬌惜紅衣二詞猶有隔霧看花之恨

東坡水龍吟咏楊花和均而似原唱章質夫詞原唱而似和均才之不可强也如是

詠物之詞自以東坡水龍吟為最工邦卿雙雙燕次之白

石暗香踈影格調雖高然無一語道著視古人江邊一樹垂垂發等句何如耶

白石寫景之作如二十四橋仍在波心蕩冷月無聲數峰清苦商略黃昏雨高樹晚蟬說西風消息雖格韻高絕然如霧裏看花終隔一層梅溪夢窗諸家寫景之病皆在一隔字北宋風流渡江遂絕抑真有運會存乎其間耶

問隔與不隔之別曰陶謝之詩不隔延年則稍隔矣東坡之詩不隔山谷則稍隔矣池塘生春草空梁落燕泥等二句妙處唯在不隔詞亦如是即以一人一詞論如歐陽公少年游詠春草上半闋云闌干十二獨凭春晴碧遠連雲二月三月千里萬里行色苦愁人語語都在目前便是不隔至云謝家池上江淹浦上則隔矣白石翠樓吟此地宜有詞仙擁素雲黃鶴與君游戲玉梯凝望久嘆芳草萋萋

千里便是不隔至酒祓清愁花消英氣則隔矣然南宋詞雖不隔處比之前人自有淺深厚薄之別

生年不滿百常懷千歲憂晝短苦夜長何不秉燭遊服食求神仙多為藥所誤不如飲美酒被服紈與素寫情如此方為不隔采菊東籬下悠悠見南山山氣日夕佳飛鳥相與還天似穹廬籠蓋四野天蒼蒼野茫茫風吹草底見牛羊寫景如此方為不隔

古今詞人格調之高無如白石惜不于意境上用力故覺無言外之味絃外之響終不能與于第一流之作者也

南宋詞人白石有格而無情劍南有氣而乏韻其堪與北宋人頡頏者唯一幼安耳近人祖南宋而祧北宋以南宋之詞可學北宋不可學也學南宋者不祖白石則祖夢窗以白石夢窗可學幼安不可學也學幼安者率祖其粗獷

滑稽以其粗獷滑稽處可學佳處不可學也幼安之佳處在有性情有境界即以氣象論亦有傍素波干青雲之概寍後世齷齪小生所可擬耶

東坡之詞曠稼軒之詞豪無二人之胸襟而學其詞猶東施之效捧心也

讀東坡稼軒詞須觀其雅量高致有伯夷柳下惠之風白石雖似蟬蛻塵埃然終不免局促轅下

蘇辛詞中之狂白石猶不失為狷若夢窗梅溪玉田草窗中麓輩面目不同同歸于鄉愿而已

稼軒中秋飲酒達旦用天問體作木蘭花慢以送月曰可憐今夜月向何處去悠悠是別有人間那邊才見光景東頭詞人想像直悟月輪遶地之理與科學家密合可謂神悟

周介臣謂梅溪詞中喜用偷字足以定其品格劉融齋謂周旨蕩而史意貪此二語令人解頤

介臣謂夢窗詞之佳者如水光雲影搖蕩綠波撫玩無極追尋已遠余覽夢窗甲乙丙丁稿中實無足當此者有之其隔江人在雨聲中晚風菰葉生秋怨二語乎

夢窗之詞余得取其詞中之一語以評之曰映夢窗凌亂碧玉田之詞余得取其詞中之一語以評之曰玉老田荒」

明月照積雪大江流日夜中天懸明月黃河落日圓此種境界可謂千古壯觀求之于詞唯納蘭容若塞上之作如長相思之夜深千帳燈如夢令之萬帳穹廬人醉星影搖搖欲墜差近之

納蘭容若以自然之眼觀物以自然之舌言情此由初入中原未染漢人風氣故能真切如此北宋以來一人而已

陸放翁跋花間集謂唐宋五代詩愈卑而倚聲輙簡古可愛能此不能彼未可以理推也提要駁之謂猶能舉七十斤者舉百斤則蹶舉五十斤則運掉自如其言甚辨然謂詞必易於詩余未敢信善乎陳卧子之言曰宋人不知詩而强作詩故終宋之世無詩然其歡愉愁苦之致動于中而不能抑者類發於詩餘故其所造獨工五代詞之所以獨勝亦以此也

四言敝而有楚辭楚辭敝而有五言五言敝而有七言古詩敝而有律絶律絶敝而有詞蓋文體通行既久染指遂多自成習套豪傑之士亦難于其中自出新意故遁而作他體以自解脱一切文體所以始盛中衰者皆由于此故謂文學後不如前余未敢信但就一體論則此説固無以易也

詩之三百篇十九首詞之五代北宋皆無題也非無題也詩詞中之意不能以題盡之也自花庵草堂每調立題并古人無題之詞亦為作題如觀一幅佳山水而即曰此某山某水可乎詩有題而詩亡詞有題而詞亡然中材之士鮮能知此而自振拔者矣

大家之作其言情也必沁人心脾其寫景也必豁人耳目其辭脫口而出無矯揉妝束之態以其所見者真所知者深也詩詞皆然持此以衡古今之作者可無大誤矣

人能于詩詞中不為美刺投贈之篇不使隸事之句不用粉飾之字則于此道已過半矣

以長恨歌之壯采而所隸之事只小玉雙成四字才有餘也梅村歌行則非隸事不辦白吳優劣即于此見不獨作詩為然填詞家亦不可不知也

近體詩體製以五七言絕句為最尊律詩次之排律最下蓋此體于寄興言情兩無所當殆有均之駢體文耳詞中小令如絕句長調似律詩若長調之百字令沁園春等則近于排律矣

詩人對宇宙人生須入乎其內又須出乎其外入乎其內故能寫之出乎其外故能觀之入乎其內故有生氣出乎其外故有高致美成能入而不能出白石以降于此二事皆未夢見

詩人必有輕視外物之意故能以奴僕命風月又必有重視外物之意故能與花鳥共憂樂

昔為倡家女今為蕩子婦蕩子行不歸空牀難獨守何不策高足先據要路津無為久貧賤轗軻長苦辛可謂淫鄙之尤然無視為淫詞鄙詞者以其真也五代北宋之大詞

人亦然非無淫詞讀之者但覺其親切動人非無鄙詞但覺其精力彌滿可知淫詞與鄙詞之病非淫與鄙之病而游詞之病也豈不爾思室是遠而子曰未之思也夫何遠之有惡其游也

枯藤老樹昏鴉小橋流水平沙古道西風瘦馬夕陽西下斷腸人在天涯此元人馬東籬天淨沙小令也寥寥數語深得唐人絕句妙境有元一代詞家皆不能辦此也

白仁甫秋夜梧桐雨劇沈雄悲壯為元曲冠冕然所作天籟詞粗淺之甚不足為稼軒奴隸創者易工而因者難巧歟抑人各有能有不能也讀者觀歐秦之詩遠不如詞足透此中消息

宣統庚戌九月脫稿於京師宣武城南寓廬

詞上

仁和沈舉清校錄

人間詞話卷下

王忠愨公遺書內編

海寧王國維

白石之詞余所最愛者亦僅二語曰淮南皓月冷千山冥冥歸去無人管

雙聲疊韻之論盛於六朝唐人猶多用之至宋以後則漸不講并不知二者為何物乾嘉間吾鄉周松靄先生春著杜詩雙聲疊韻譜括略正千餘年之誤可謂有功文苑者矣其言曰兩字同母謂之雙聲兩字同韻謂之疊韻余按用今日各國文法通用之語表之則兩字同一子音者謂之雙聲如南史羊元保傳之官家恨狹更廣八分官家更廣四字皆從K得聲洛陽伽藍記之獰奴慢罵獰奴二字皆從N得聲慢罵二字皆從M得聲也兩字同一母音者謂之疊韻如梁武帝之後牖有朽柳後牖有三字雙聲而

兼疊韻有朽柳三字其母音皆為V劉孝綽之梁皇長康强梁長强三字其母音皆為ian也自李淑詩苑偽造沈約之說以雙聲疊韻為詩中八病之二後世詩家多廢而不講亦不復用之於詞余謂苟於詞之蕩漾處多用疊韻促節處用雙聲則其鏗鏘可誦必有過於前人者惜世之專講音律者尚未悟此也

詩至唐中葉以後殆為羔雁之具矣故五代北宋之詩佳者絕少而詞則為其極盛時代即詩詞兼擅如永叔少游者詞勝於詩遠甚以其寫之於詩者不若寫之於詞者之真也至南宋以後詞亦為羔雁之具而詞亦替矣此亦文學升降之一關鍵也

曾純甫中秋應制作壺中天慢詞自注云是夜西興亦聞天樂謂宮中樂聲聞於隔岸也毛子晉謂天神亦不以人

廢言近馮夢華復辨其誣不解天樂二字文義殊笑人也」

北宋名家以方回為最次其詞如歷下新城之詩非不華贍惜少真味

散文易學而難工駢文難學而易工近體詩易學而難工古體詩難學而易工小令易學而難工長調難學而易工」

古詩云誰能思不歌誰能飢不食詩詞者物之不得其平而鳴者也故歡愉之辭難工愁苦之言易巧

社會上之習慣殺許多之善人文學上之習慣殺許多之天才昔人論詩詞有景語情語之別不知一切景語皆情語也

詞家多以景寓情其專作情語而絕妙者如牛嶠之甘作一生拚盡君今日歡顧敻之換我心為你心始知相憶深歐陽修之衣帶漸寬終不悔為伊消得人憔悴美成之許

多煩惱只為當時一晌留情此等詞求之古今人詞中曾不多見

詞之為體要眇宜修能言詩之所不能言而不能盡言詩之所能言詩之境闊詞之言長

言氣質言神韻不如言境界有境界本也氣質神韻末也有境界而二者隨之矣

西風吹渭水落日滿長安美成以之入詞白仁甫以之入曲此借古人之境界為我之境界者也然非自有境界古人亦不為我用

長調自以周柳蘇辛為最工美成浪淘沙慢二詞精壯頓挫已開北曲之先聲若屯田之八聲甘州東坡之水調歌頭則佇興之作格高千古不能以常調論也

稼軒賀新郎詞送茂嘉十二弟章法絕妙且語語有境界

此能品而幾於神者然非有意為之故後人不能學也

稼軒賀新郎詞柳暗淩波路送春歸猛風暴雨一番新綠又定風波詞從此酒酣明月夜耳熱綠熱二字皆作上去用與韓玉東浦詞賀新郎以玉曲叶注女卜算子以夜謝叶食月已開北曲四聲通押之祖

譚復堂篋中詞選謂蔣鹿潭水雲樓詞與成容若項蓮生三百年間分鼎三足然水雲樓詞小令頗有境界長調唯存氣格憶雲詞精實有餘超逸不足皆不足與容若比然視皋文止菴輩則倜乎遠矣

詞家時代之說盛於國初竹垞謂詞至北宋而大至南宋而深後此詞人群奉其說然其中亦非無具眼者周保緒曰南宋下不犯北宋拙率之病高不到北宋渾涵之詣又曰北宋詞多就景敘情故珠圓玉潤四照玲瓏至稼軒白

石一變而為即事叙景使深者反淺曲者反直潘四農德輿曰詞濫觴于唐暢於五代而意格之閎深曲摯則莫盛於北宋詞之有北宋猶詩之有盛唐至南宋則稍衰矣劉融齋熙載曰北宋詞用密亦疏用隱亦亮用沈亦快用細亦濶用精亦渾南宋只是掉轉過來可知此事自有公論雖止弇詞頗淺薄潘劉尤甚然甚推尊北宋則與明季雲間諸公同一卓識也

唐五代北宋之詞可謂生香真色若雲間諸公則綵花耳湘真且然況其次也者乎

衍波詞之佳者頗似賀方回雖不及容若要在浙中諸子之上近人詞如復堂詞之深婉彊村詞之隱秀皆在半塘老人上彊村學夢窗而情味較夢窗反勝蓋有臨川廬陵之高華而濟以白石之疎越者學人之詞斯為極則然古

人自然神妙處尚未見及

宋尚木蝶戀花新樣羅衣渾弃却猶尋舊日春衫著譚復堂蝶戀花連理枝頭儂與汝千花百草從渠許可謂寄興深微

半唐丁稿中和馮正中鵲踏枝十闋乃鶩翁詞之最精者望遠愁多休縱目等闋鬱伊惝怳令人不能為懷定稿只存六闋殊未為允也

固哉皐文之為詞也飛卿菩薩蠻永叔蝶戀花子瞻卜算子皆興到之作有何命意皆被皐文深文羅織阮亭花草蒙拾謂坡公命宮磨蝎生前為王珪舒亶輩所苦身後又硬受此差排由今觀之受差排者獨一坡公已耶

賀黃公謂姜論史詞不稱其軟語商量而稱其柳昏花暝固知不免項羽學兵法之恨然柳昏花暝自是歐秦輩句

法前後有畫工化工之殊吾從白石不能附和黃公矣

池塘春草謝家春萬古千秋五字新傳語閉門陳正字可憐無補費精神此遺山論詩絕句也夢窗玉田輩當不樂聞此語

朱子清邃閣論詩謂古人有句今人詩更無句只是一直說將去這般一日作百首也得余謂北宋之詞有句南宋以後便無句如玉田草窗之詞所謂一日作百首也得者也

朱子謂梅聖俞詩不是平淡乃是枯槁余謂草窗玉田之詞亦然

自憐詩酒瘦難應接許多春色能幾番遊看花又是明年此等語亦算警句耶乃值如許筆力

文文山詞風骨甚高亦有境界遠在聖與叔夏公謹諸公

之上亦如明初誠意伯詞非季迪孟載諸人所敢望也

和凝長命女詞天欲曉宮漏穿花聲繚繞窗裏星光少冷霞寒侵帳額残月光沈樹杪夢斷錦闈空悄悄强起愁眉小此詞前半不減夏英公喜遷鶯也

宋李希聲詩話曰唐人作詩正以風調高古為主雖意遠語疎皆為佳作後人有切近的當氣格凡下者終使人可憎余謂北宋詞亦不妨疎遠若梅溪以降正所謂切近的當氣格凡下者也

自竹垞痛貶草堂詩餘而推絕妙好詞後人群附和之不知草堂雖有褻諢之作然佳詞恆得十之六七絕妙好詞則除張范辛劉諸家外十之八九皆極無聊賴之詞古人云小好小慙大好大慙洵非虛語

梅溪夢窗玉田草窗西麓諸家詞雖不同然同失之膚淺

雖時代使然亦其才分有限也近人弃周鼎而寶康瓠實難索解

余友沈昕伯紘自巴黎寄余蝶戀花一闋云簾外東風隨燕到春色東來循我來時道一霎園場生綠草歸遲却怨春來早錦繡一城春水繞庭院笙歌行樂多年少著意來開孤客抱不知名字閒花鳥此詞當在晏氏父子間南宋人不能道也

君王枉把平陳業換得雷塘數畝田政治家之言也長陵亦是閒邱隴異日誰知與仲多詩人之言也政治家之眼域於一人一事詩人之眼則通古今而觀之詞人觀物須用詩人之眼不可用政治家之眼故感事懷古等作當與壽詞同為詞家所禁也

宋人小說多不足信如雪舟脞語謂台州知府唐仲友眷

官伎嚴蕊奴朱晦庵繫治之及晦庵移去提刑岳霖行部至台蕊乞自便岳問曰去將安歸蕊賦卜算子詞云住也如何住云云案此詞係仲友戚高宣教作使蕊歌以侑觴者見朱子糾唐仲友奏牘則齊東野語所紀朱唐公案恐亦未可信也

滄浪鳳兮二歌已開楚辭體格然楚辭之最工者推原宋玉而後此之王褒劉向之詞不與焉五古之最工者實推阮嗣宗左太沖郭景純陶淵明而前此曹劉後此陳子昂李太白不與焉詞之最工者實推後主正中永叔少游美成而後此南宋諸公不與焉

唐五代之詞有句而無篇南宋名家之詞有篇而無句有篇有句唯李後主降宋後之作及永叔子瞻少游美成稼軒數人而已

讀會真記者惡張生之薄倖而恕其奸非讀水滸傳者恕宋江之橫暴而責其深險此人人之所同也故艷詞可作唯萬不可作儇薄語龔定庵詩云偶賦凌雲偶倦飛偶然閒慕遂初衣偶逢錦瑟佳人問便說尋春為汝歸其人之涼薄無行躍然紙墨間余輩讀耆卿伯可詞亦有此感視永叔希文小詞何如耶詞人之忠實不獨對人事宜然即對一草一木亦須有忠實之意否則所謂游詞也

讀花間尊前集令人回想徐陵玉臺新詠讀草堂詩餘令人回想韋縠才調集讀朱竹垞詞綜張皋文董晉卿詞选令人回想沈德潛三朝詩別裁集

明季國初諸老之論詞大似袁簡齋之論詩其失也纖小而輕薄竹垞以降之論詞者大似沈歸愚其失也枯槁而庸陋

東坡之曠在神白石之曠在貌白石如王衍口不言阿堵物而暗中為營三窟之計此其所以可鄙也

蕙風詞小令似叔原長調亦在清真梅溪間而沈痛過之彊村雖富麗精工猶遜其真摯也天以百凶成就一詞人果何為哉

蕙風洞仙歌秋日遊某氏園及蘇武慢寒夜聞角二闋境似清真集中他作不能過之

彊村詞余最賞其浣溪沙獨鳥衝波去意閒二闋筆力峭拔非他詞可能過之

蕙風聽歌諸作自以滿路花為最佳至題香南雅集圖諸詞殊覺泛泛無一言道著

詞下　　仁和沈舉清校錄

葉嘉瑩作品集21

人間詞話七講

作　者：葉嘉瑩
責任編輯：李濰美
封面設計：何萍萍
石印本：國家圖書館提供
文字校對：陳錦生、李昧、于家慧
法律顧問：董安丹律師、顧慕堯律師
企　畫：網路與書股份有限公司
地　址：台北市 105022 南京東路四段二十五號十一樓
網　址：www.netandbooks.com
出　版：大塊文化出版股份有限公司
地　址：台北市 105022 南京東路四段二十五號十一樓
網　址：www.locuspublishing.com
讀者服務專線：0800-006689
電　話：(02) 87123898　傳真：(02) 87123897
郵撥帳號：18955675　戶名：大塊文化出版股份有限公司
總經銷：大和書報圖書股份有限公司
地　址：新北市新莊區五工五路二號
電　話：(02) 89902588（代表號）　傳真：(02) 22901658
初版一刷：二〇一五年一月
初版六刷：二〇二三年十一月
ISBN 978-986-213-571-6
定　價：新台幣三〇〇元
Printed in Taiwan

人間詞話七講 / 葉嘉瑩作 . -- 初版 . -- 臺北市 : 大塊文化，
2015.01　面；　公分 . --（葉嘉瑩作品集 ; 21）
ISBN　978-986-213-571-6（平裝）

1. 詞論

823.886　　　　103024706